理想的云朵有多高

红孩 著

群言出版社
QUNYAN PRESS
·北京·

图书在版编目（CIP）数据

理想的云朵有多高 / 红孩著. -- 北京 : 群言出版社, 2016.5

ISBN 978-7-5193-0126-2

Ⅰ. ①理… Ⅱ. ①红… Ⅲ. ①随笔—作品集—中国—当代 Ⅳ. ①I267.1

中国版本图书馆 CIP 数据核字（2016）第 117251 号

责任编辑：王　聪
封面设计：刘淑媛

出版发行：群言出版社
社　　址：北京市东城区东厂胡同北巷 1 号（100006）
网　　址：www.qypublish.com
自营网店：https://qycbs.tmall.com（天猫旗舰店）
http://qycbs.shop.kongfz.com（孔夫子旧书网）
http://www.qypublish.com（群言出版社官网）
电子信箱：qunyancbs@126.com
联系电话：010-65267783　65263836
经　　销：全国新华书店
法律顾问：北京天驰君泰律师事务所

印　　刷：北京鑫瑞兴印刷有限公司
版　　次：2016 年 8 月第 1 版　2016 年 8 月第 1 次印刷
开　　本：710mm × 1000mm　1/16
印　　张：19.25
字　　数：249 千字
书　　号：ISBN 978-7-5193-0126-2
定　　价：38.00 元

目录

第四辑 吃猕猴桃时要先想到猕猴

豚鱼不肯浪声平（代序）

——读红孩文艺时评随感

肖复兴

红孩写散文，也写评论。看他的散文，会觉得他年龄挺大的，因为他写得老道，走的是古典的路子。看他的评论，会觉得他年龄不大，有些年轻，充满如今有些老气横秋的评论家那里少有而难得的一股子生犷子气。

红孩耍着这样两把板斧，在文坛上横冲直撞。

如今，他的新书《理想的云朵有多高》问世。这是他的一本文艺时评集，也可说是文艺随笔集，着重于文学，又不囿于文学，如水漫延，直至文化如美术音乐等很多领域。当然，这和他的职业相关，他既立身《中国文化报》，又涉足中国散文学会，一身多任，一时多辰，既处庙堂，又处江湖，眼观六路，耳听八方，既流云一般奔波于会议之间，又蛰伏于案头投笔于书本与电脑之中。忙碌着，思考着，写作着，快乐着，也痛苦着，基本是他的集于一身的几种状态。套用放翁的诗，他是恨不得“一身能化身千亿，一树梅花一红孩”。

读这本文艺时评随笔，会觉得很轻松，没有那么多理论预设的前置关隘，不唬人，不和读者捉迷藏。红孩更多不是以一个评论家的身份切入，而是以一个普通读者的身份进入，平等的姿态，带入他自己很多过往与现在切身的经历与体验。这是在很多高头讲章的评论文字中难得见到的。它会让读者感到亲切，感到可信，感到是在和你交流并提供一种对当下文学的看法和思路。红孩是把这样理性的评论文字，当作一种感性的散文来写的。这是一种有意思的文体交融。

读这本文艺时评随笔，轻松的意思中还因为有几分调侃。这种调侃，既是讽刺，也是幽默。在《给大师们留点脸面》里，他不仅以浩然手里那一百余封当年文化人请浩然转交江青的效忠信为例，以此来剥开所谓大师的外衣，让人觉得有些令人凛然；同时，还以古代为例，想象如果让那些大师比如孔子当北大校长、苏东坡当作协主席、李白当诗歌学会会长，以此与今天做比的调侃，则让人忍俊不禁。对于如今很多文学评奖活动中只有专家没有读者，他称之为“文坛的自助餐”；将一些文学作品圈子里热闹读者并不领情，他称之为“被窝里出汗自己热”，都会让人觉得在好笑之余更能感受到那一点悲凉与无奈之外文学的起伏变化。

这本时评随笔集中，还融有红孩自己对于文学实践的体验与认知，以此观照并解读一些文学现象，使得这样的批评不流于一般化的直白与干涩。比如在马尔克斯逝世之际，回顾曾经在中国文坛上兴起过的马尔克斯热的时候，他从马尔克斯的魔幻主义是否被中国作家真正读懂这一看似不恭的角度，来分析马尔克斯存在与马尔克斯热的意义：“一个成功的作家，他一定是在确定的情境中给读者创作出无数的不确定的选择。如果单纯地从确定到确定，形成一个线段，这个作家存在的意义就值得怀疑。”这样的解说，是客观的，又是主观的，却同时也是有价值的，有新意的。

这本时评随笔集，集中展示红孩一贯的写作风格和姿态。这种风格，是对于文学与文化现在进行时态的敏感的捕捉与锐利的评点。这种姿态，则是前行式的，甚至是俯冲式的，体现他对于文学与文化的熟知和热爱甚至有些急切的感情。当然，还有他的文学理想，如同书名一样，他是把这一理想比喻为高蹈的云朵，应该是飘荡我们的头顶，飘荡在没有雾霾的天空。

对于如今的文学，他有很多切实而真切的发言。他批评大师和文学奖的泛滥过多，分析文艺批评的关注度为什么不高，指陈文学创作对现实的偏离与隔膜……他甚至写出《对当代文坛的忍与不忍》和《鲁迅没得过“鲁迅奖”》等充满义气和讽刺意味的文字。凡是看到的文学现象，他都忍不住要发言，颇有几分激扬文字，指点江山的锐气。这是难得的，是对于如今几乎油盐难进的世故而寂寞的文坛一点响亮的声音，既是回声，也是发声。

其实，对于如今文学与文坛的现状和风气，早在20世纪80年代，孙犁先生就给予过一针见血的批评，称其为“商贾化，政客化，青皮化”。90年代，孙犁先生又多次指出“因为文坛文风不正，致使一些本来很有前途的作者，受不住诱惑，走入歧途。”讲文坛要有相当的自持力，“没有大智大勇，很难逃出这个圈子。”我以为，这本时评随笔集可贵之处，就在于红孩秉承了孙犁先生这一对于文学与文坛批评的精神，并希望自己能够努力跳出这个圈子，而使得自己与文学的出息都更大一些。

读红孩的这本带有些锐气与棱角甚至多有不平之气的文艺时评随笔集的同时，我正在读清末桐城派诗人方守彝的诗集《纲旧闻斋调刁集》，其中有这样几句诗：“杏花梅花信手笔，钟山匡山动心情；鸥鸟也知文字外，豚鱼不肯浪声平。”似乎很符合红孩的这本时评随笔集中的很多文字，和他自己写作的心情与姿态。

对于这本集子的文章，红孩自己称之为是文艺随笔，或者说是文艺时评。这是近些年来文学边缘化报纸媒体发达之后出现的一种新文体。它以短小的制式、尖锐的姿势，跃出文坛而进入大众。这一文体长短处忽现，因其受制于报纸文字的限制，往往会如风拂面，点到为止。红孩信任于我，嘱我为他的这本新书写序，我写下这些我的读后感，更期待着他不满足于这样的限制，突破这样的限制，以自己的优势和勤奋以及努力，写出更多更深入也更尖锐一些的文字。

2016年元月12日于美国—布鲁明顿

第一辑

文学啥时成了圈里人的文学

谁是中国的马尔克斯

早晨起来，从电视新闻中得知，马尔克斯去世了，享年 87 岁。我当时的感觉一点都不觉得震惊，仿佛是离我们已经久远的莫泊桑、巴尔扎克去世了。道理很简单，这个叫马尔克斯的大叔太有名了。

20 世纪 90 年代初，当我还是中学生的时候，我就不断地从各种文学期刊、文学讲座、文学青年的交谈中，知道拉美（地区）出了个有如中国鲁迅一样赫赫有名的作家，那人叫马尔克斯。他在 1982 年因长篇小说《百年孤独》得了诺贝尔文学奖。当时，咱不懂外语，也很少看外国文学，以为马尔克斯和马克思、马克·吐温是一个家族。后来，不断地有人说马叔的《百年孤独》如何如何，使我感到像说天书一样神秘。记得学历史时，老师讲过，十月革命的一声炮火，把马克思主义传遍中国，于是才有了五四运动，才有了中国共产党的诞生。在这之前，我们也曾有过洋务运动。更早之前，也还有玄奘西天取经。这些，都是文化思想的西学东进，一次又一次地改变了中国的命运。

80 年代，年轻人对老马（克思）谈得少了，对马尔克斯大叔关注的程度高了。用当时的说法，就是西方的文艺思潮开始进入中国，以至对当时社会的人生价值观从单元向多元进行了转变。面对这股思想浪潮，某些人士无比忧虑，以为青年人长此下去将会是垮掉的一代。80 年代中后期，我中学毕业曾在京郊农场担任过 6 年的团委书记，或许由于是身在底层，对上边的事了解得不多，就采取跟着走的做法。记得在1990年，中央在青年当中开展所谓的“双基”（基本国情和基本路线）教育，我作为宣讲教员，为基层青工做了十几场报告。也就是通过这十几场报告，使我以后在几十人、上百人面前讲话再也不脸红胆怯，更不会语无伦次。

说一件有意思的事。一天，我陪农场宣传部的小罗到一个分场去宣讲。小罗是北大哲学系毕业，年龄也就在二十五六岁。开场白，我首先强调了一下学习纪律，然后简要介绍小罗的情况，便宣布小罗老师正式讲课。我没有想到，小罗老师在开讲不到5分钟就卡壳了，致使青工们一阵骚动。我连忙摆手势示意大家安静，想不到这时的小罗老师竟然会声色异常严肃地说：“青年同志们，你们千万不要这样，要知道，这次学习很重要，你们可担负着祖国的未来！”结果，青工们更加热闹起来，有的青工大声说：“小罗老师，你想过没有，要知道你比我儿子也没大几岁！怎么祖国的未来就担负在我们身上，应该担负在你的身上才对！”“对，祖国的未来应该担负在小罗老师身上，我们不学了！”面对青工们的起哄，我当然要制止了。多年以后，当我回想起这段往事，总觉得我们那时的教育方式是多么僵硬。要知道，农场里的青工才不管他谁是萨特、尼采、马尔克斯呢？人们关心的只是牛奶产量有多高，工资涨不涨？

近代中国以来，中国是一个寻求主义、热衷主义的国家。如早期的三民主义，后来的新民主主义、资本主义、社会主义、共产主义和有中国特色的社会主义。就艺术创作上，则有现实主义、超现实主义、写实主义、浪漫主义，等到了20世纪80年代，随着西方文艺思潮的进入，则又出现了存在主义、魔幻现实主义等所谓的现代主义。面对这些政治上的和艺术上的主义，不论是谁，恐怕都够喝一壶的。毫无疑问，魔幻现实主义是属于马尔克斯的。如果没有马尔克斯，也许中国的很多小说家还在中国传统的写作方式上埋头耕耘，包括获得诺贝尔文学奖的莫言。换句话说，马尔克斯是莫言以及大多数中国作家的文学教父，此说法一点都不为过。

很荣幸，马尔克斯写作《百年孤独》的 1967 年，我刚出生。他 1982 年获得诺贝尔文学奖时我才 15 岁，是个刚上初二的学生。等我于 20 世纪 90 年代初在上海《译林》杂志上终于看到《百年孤独》的时候，《百年孤独》在读者中已经不怎么盛行了。但偶尔读到作家谈创作的文章，大多数作家——尤其是小说家，几乎都提到《百年孤独》对其的影响。1997 年，我到河北省三河县去拜访作家浩然老师时，记得他亲口对我说，他这一生吃了没怎么读过外国文学的亏，如果读点外国文学，说不定作品写得还要好些。我想，浩然老师可能也没怎么读过马尔克斯的《百年孤独》吧？

说来惭愧，《百年孤独》直到今天我都没有完整地读过，这也包括其他许多的外国文学名著。不是我不想好好读，主要是我对那些生硬的译文实在接受不了。我当时就想，人家外国作家没读过中国的《红楼梦》不也写出经典作品了吗？这就如同中国作家不看外国文学也能写出唐诗宋词。这样的理由似乎很充分，其实使我失去了很好的更多了解世界的机会。等到了 30 年后的今天，当我看到中外文化交流已经进行得如火如荼时，我才真正地知道自己年轻时多么的幼稚与无知。好在自己的年龄不算太老，学习的机会尚能把握，外国文学这一课一定能补上。

不过，话又说回来，马尔克斯真的有那么大的魅力，足以让当代中国作家顶礼膜拜吗？我没有统计过，中国当代作家中有多少人没看过或不喜欢马尔克斯的。我相信肯定有，而且我还相信，有更多的人，看了马尔克斯的《百年孤独》，其实并没有读懂，更谈不上读懂魔幻现实主义。以多年的写作经验，假如中国有很多的人读懂了马尔克斯，我断定，马尔克斯的写作是不成功的。

我知道，一个成功的作家，他一定是在确定的情境中给读者创作出无数的不确定选择。如果单纯地从确定到确定，形成一个线段，这个作家存在的意义就值得怀疑。

我相信，马尔克斯，这个出生在哥伦比亚，结束于墨西哥的大男孩，他给人类的贡献不在于他让人们知道了什么，而在于他让人们想起什么。正是带着这样的判断，我在努力寻找中国的当代作家，谁有可能成为中国的马尔克斯。或许马尔克斯只有一个，或许马尔克斯就在你身边，或许马尔克斯就是你自己。只是你还不知道。

莫言获奖，将改变中国文学的命运

人类在其自身的发展过程中，有很多规律值得人们总结。以我的粗浅认识，大凡大的科技革命、政治变革、体制改革、军事战争，都将会改变一个人、一个家庭、一个地区、一个团体，乃至一个国家、民族，甚至是整个世界的命运。这样的例子诸如：印刷术的发明、蒸汽机的发明、苏联的十月革命、中国的改革开放等等，比比皆是。中国当代文学也是这样，白话文的诞生、鲁迅的诞生、延安《讲话》的诞生、《哥德巴赫猜想》的诞生，在改变中国人生活命运的同时，也改变了中国文学的命运。

今天，中国作家莫言获得了国际公认的诺贝尔文学奖，这个消息不亚于在中国文坛、世界文坛放射了一颗原子弹，其产生的冲击波将会改变中国文学的命运。这不是我的预言，它将很快成为现实。我以为，主要体现在以下几个方面：

一、中国汉语白话文发展一百年了，用白话文写作到底能否表达作家的思想感情和书写习惯。在中国到处普及英语考试考级评职称的今天，我们该如何增加我们对母语——即汉语的学习与尊重。莫言获奖，将会大大提高中国人、中国作家的世界地位，也必将使世界众多的国家关注中国汉语和中国文学。

二、我们将以什么样的心态看待诺贝尔文学奖和其他一些国外的奖项。长期以来，中国作家能否获诺贝尔文学奖一直是中国文学界的一个“结”，一个“坎”，一块“心病”，这很像中国足球。为此，发生过无数次的争论、事件、嘲讽，一会儿说某人曾经差点得上，一会儿说某人根本不可能，甚至为了这个奖，我们组织大规模的作家团队不断地到国外交流，这些都成为一种景象，不管你愿意不愿意看，它就每天都在发生着。现在，莫言得到了这个奖，他的身份是中共党员、中国作家协会副主席、曾经的中国人民解放军，这些身份够体制的了吧？过去，有人总说意识形态是中国作家获不了诺奖的直接原因。为此，我们有个别作家还退出了中国作家协会，以为那样就会得诺奖。这次好了，从此以后谁还会再议论诺奖的这个不合理那个不合理呢？

三、莫言获奖，无疑给中国当代文学争了气。由此，会有很多积极的事情出现：第一，中国当代作家将会得到党和政府的进一步重视和支持；第二，莫言和他同时代的作家作品将会得到出版社、媒体和读者的青睐，在一定程度上会改变文学图书市场的疲软；第三，主流作家将会理直气壮地更加雄居于中国文坛，同时也给 80 后、90 后的年轻作家敲响了警钟，即什么是真正的中国文学？第四，将会改变当代作家的浮躁之风，人们会自觉回到现实的“三贴近”创作；第五，将改变中国当代文学在创作和阅读上的审美习惯。

四、莫言获奖，也会出现另外一些负面的事情：第一，评判中国文学的标准、尺度，是不是今后会以外国的标准来看？一方面，我们要坚持中国文学的独立自主，另一方面还要与世界文学接轨，这本身就是一种矛盾；第二，由于莫言的获奖，极大地刺激中国当代一批与莫言相当的作家，这批作家是不是可以说就是中国的准诺贝尔文学奖获得者呢？第三，因为诺贝尔文学奖降临中国，势必会使我们的茅盾文学奖、鲁迅文学奖黯然失色，在以后的文学评奖中，我们是否也会有大的改进呢？第四，诺贝尔文学奖毕竟是国际大奖，在中国文化走出去的同时，我们也会担心，“洋奴文学”会不会大量充斥我们的文坛？第五，对于立志从事文学创作的青少年，如果立志当作家，在中国是向鲁迅、茅盾、冰心等老作家看齐，还是向今天的莫言大师看齐呢？看似简单的问题，不同的选择，会产生不同的结果。

不管怎么说，我们都应该感谢莫言，祝贺莫言，他必然成为中国当代文学的一面旗帜。

对当代文坛的忍与不忍

当下文坛，可谓五花八门，热闹非凡，不管你喜欢不喜欢，它都以自己的方式存在着。过去，我们总爱说存在就是合理的，即使你明明看到存在的不合理，甚至是危害，你也必须宽容它。倘不如此，你就会被人说成僵化、保守，会陷入攻击、谩骂，会陷入假正经、假政治、假大腕、假权威的嘲讽。尽管如此，我还是要坚持自己的观点，对当下文坛说三道四，您姑且听之看之。

一、有人说，目前从事文学创作的人没有 20 世纪 80 年代火热，我不同意。据资料表明，全国在网上开博客的人群有 6500 万人，如果以宽泛的文学标准，这 6500 万人都可以称为作家。对此，我能容忍普通人成为作家，人人都可以拥有写作的权利，但我不能容忍各级作家协会把自己太当回事，通常把作协的门槛搞得很高。其实，我们翻开各地作协的会员档案，你会惊奇地发现，有相当多的人往往跟文学没多大关系。

二、当下被誉为著名作家的人很多，但看得多了，你会明白，很多著名作家名不副实。譬如：著名小说家没有塑造典型人物，著名诗人没有名句，著名散文家没有名篇。对此，我能容忍著名的作家做广告，但我不能容忍著名作家对自己的著名欣然接受。

三、时下文学奖设置很多，从中央到地方，从鲁迅、茅盾、郭沫若、曹禺、老舍、冰心、沈从文、朱自清到李白、杜甫、韩愈、蒲松龄、曹雪芹，时空交错，睁眼闭眼全是奖。只要你看报刊书籍，任何作者的简介中，都有不同程度的获奖记录。过去评奖，大多采取专家与读者共同评选。现在，只有专家，没有读者，搞文坛自己的自助餐。对此，我能容忍人人都获奖，不能容忍某些评委到处吹嘘自己的作用有多大，因为好多作品他从来就没有看过。

四、中国的会议很多，文坛的会议也很多。文坛会议中最多的是研讨会。研讨会本该是充满学术性的，可如今的研讨会几乎没有任何学术的气息，不要说争鸣，就是不同的声音都很难听到。研讨会成了“言好会”。对此，我能容忍作者花钱请人开会，但我不能容忍新闻记者在报道中不断使用“一致认为”。

五、时下，全国非常流行各种论坛、峰会、年会。常参加会议的人，心里都知道，这种会议大都不是由主办者实际主办的，背后运作的往往是文化公司，其目的不是学术交流和工作交流，中心目的就是赚取会议费。文学界这样的会议不在少数，对此，我能容忍公司这样聪明地赚钱，但我不能容忍很多文学青年（包括文学老年）一次又一次甘愿让公司算计。

六、文人相轻，这是老话。然而，最近几年我发现，在大大小小的报纸、杂志上，随处可见文人相捧的文章。有的还以整版的方式集中宣传。相捧是好事，为了和谐相处嘛！可问题是捧人的与被捧的和谐了，别人就不和谐了。对此，我能容忍一个人不要脸地靠到处捧别人过日子，我不能容忍被捧的人真的以为你就是那样的人，特别是当二者成为利益群体时，文坛就成了酱缸了。

七、出书热眼下已是不争的事实。过去，著书立说在常人眼里是可望而不可即的事，不论从事哪种写作，都会得到社会的尊重。如今，身边是个人就有可能出过一两本书。在我看来，出书是好事，对自己的人生经验进行总结，大到社会，小到家庭，都有益处。对此，我提倡出本版书（作者拿版税、稿费的那种），也能容忍某些人自费出书，但不能容忍有些官员、老板利用手中的权力拿国家钱为个人的虚名反复地出书。

八、作家协会的体制问题一直是文学界议论的热门话题。人们之所以对其歧义颇多，关键是现在的各级作协逐渐机关化，凡事爱讲究个级别。这个问题若放在其他各种协会或许好些，但作家协会就不同，因为作家们是文人，文人历来不怕官，怕的是不被尊重。譬如作协主席，你如果是名作家，大家交往仅仅是作家间的，就很平等，很舒服，如果你是正部级、正局级、正处级，人们就有了上下距离，这样的距离不会产生美，产生的只是隔膜。对此，我能容忍作协机构按其他行政级别套用，但我不能容忍作家一旦有了级别就真的拿自己当成多大的官了。

九、作家从来都是私人化写作，新中国成立后开始有了专业作家制度。90 年代初，随着人事制度的改革，作家终身制受到挑战，于是各地作协纷纷取消专业作家制度，取而代之的是合同制作家。其实，合同制作家跟“包二奶”差不多——作协给出工资，出选题，出出版经费，帮助开研讨会，以至还包括评职称、推荐评奖等等，福利待遇非一般机关、事业单位公职人员可比。对此，我能容忍作协拿出一些资金扶持一些作家创作重要作品所需的采访、资料费用，但我不能容忍作协以扶贫办的角色让某些作家成为新的寄生虫。

十、文学的反差现象有很多，评一级作家的没作品，有作品的评二级三级，有的根本不参评。有的人千方百计地想加入作协，有的人三请六叫就是不入。有的人因为有劣迹被开除作协，有的人带着劣迹堂而皇之地被请进作协。有的人写一辈子评论没有一条自己的理论，有的人有一肚子理论从来不用通俗的话说出来。对此，我能容忍有的人按规矩办事，不能容忍有的人不按规矩办事还以守规矩的样子招摇过市。

以上现象种种，只能是当代文坛诸多现象的缩影。实际的文坛比这要丰富得多。恕我不再一一列举，欢迎读者诸公补充之，以便我们共同编纂 21 世纪中国文坛之怪现状。如此，岂不乐乎？

鲁迅没有得过“鲁迅奖”

——兼谈三十年文学得与失

三十年，对于一个人的年龄来说，不是个小数字。但对于匆匆的岁月之河，似乎就显得微不足道。虽然，任何历史都是当代史，甚至是一个人的历史，可我们还是愿意参照它。就中国历史而言，这三十年的波澜壮阔，足以在历史长河中留下鲜明的烙印，对于今天的我们怎样赞美之似乎都不太过分。即使放到世界三十年，其骄人的成就也足以当惊世界殊。当然，这是指对三十年整体而言，如果对具体的某一年某一阶段分析，其结论又并非完全如此。

一、我们过去一直说新时期文学，就是指改革开放三十年的文学。确切地说，是 1976 年粉碎“四人帮”前后到 2008 年以来的文学。因为，在 1976 年前后，文学中的小说和诗歌已经冲出禁区，发出了第一声呐喊。标志性的就是“四五事件”中的诗歌。其实，这样分我并不十分认可，我更愿意将这三十余年的文学化分为三个阶段。第一阶段，从 1976 年到 1989 年；第二阶段从 1990 年到 1999 年；第三阶段从 2000 年到 2008 年。这样，这三个阶段与建国十七年、“文革”十年便形成了五个特征明显的阶段。

二、新时期文学的第一阶段，以诗歌为发端，小说和报告文学并举紧跟，形成波涛汹涌之势对“文革”进行了彻底的控诉与反思。在这一时期，又可分前后两个时段，前一时段是完全用传统的文学技法的写作，后一时段是不断地借鉴外国文学的表现手法，特别是借鉴西方的文艺思想对我们的传统文学观念进行了颠覆性的冲击。其关键词语为“知青文学”“伤痕文学”“反思文学”“寻根文学”“朦胧诗”和“报告文学”。

三、新时期文学的第二阶段，以汪国真、席慕蓉的诗歌为发端，之后掀起散文热，最终以余秋雨的出场而成为这一阶段标志性的符号。相对于散文，这一阶段的小说由第一阶段的干预社会的“向外写作”开始转变为关注人自身的“向内写作”，小说的轰动不在艺术本身，也不在形成社会思潮，而更多的是猎奇与另类，突出的是贾平凹的《废都》和一些女作家追求的“下半身写作”。报告文学这个曾引领时代潮流的新兴文体，在这一阶段逐渐淡出，到后期几乎成了“广告文学”的专有名称。诗歌近乎于整体败落，想来“饿死诗人”的说法绝不是无中生有。

四、新时期文学的第三阶段，是没有标志性的阶段，它既是第二阶段的延伸，又不同于第二阶段。尽管主流文学还不予接纳，网络文学却以势不可挡的力量在70后、80后、90后的年轻人中形成蔓延的态势。主流文学的作品如果不靠电视剧的带动，几乎被一个时代边缘化。在当下，人们形容主流文学是“自己的自助餐”“被窝里出汗自己热”。最有意思的是，各地的作家协会虽然相继废除作家终身制，实行合同制，但多年下来，跟中国足球联赛没什么两样——作家的收入高了，待遇高了，但写作水准每况愈下。很多作家出书靠财政拨款，或自己掏腰包。另一个有意思的状况是，当下的写作者非常多，其人数远比80年代初多。80年代多的不是作者，而是读者。

五、盘点三十年文学，有三个标准不能回避：一是所创作的作品对推动社会的思想进程起了多大作用；二是这个作品有没有民族特色，在艺术规律上有没有新的突破，三是所创作的作品为中国文学甚至是世界文学画廊增没增加标志性的典型人物。以小说为例，我们所以说鲁迅、老舍是大师，除了他们的地域性语言非常鲜明，更为重要的是他们分别为中国文学、世界文学画廊添加了十几个典型人物。当代文学三十年，能留下典型人物的作家有几人？铁凝塑造了香雪，高晓声塑造了陈焕生，邓友梅塑造了那五，这已经是很了不起的了。恰恰，这些人物不是在第二、第三阶段塑造的。这又向我们说明了什么？

六、报告文学这个文体早已有之。有人说《史记》就是。50年代，人们将报告文学称为特写。特写不是通讯，有一定的文学性，不仅记录事件，还塑造人物。三十年前，随着徐迟的《哥德巴赫猜想》的问世，在新时期文学和科技的春天问世的同时，报告文学这个文体也开始登上历史的舞台。80年代前后出现的报告文学，确实是文艺的轻骑兵，文字短小，思想深刻，揭示社会矛盾，展示人物命运，塑造人物形象，且能很好地将文学性、新闻性结合。进入90年代后报告文学开始淡出舞台，除文学的整体脱离现实的直接原因，主要的是当下的报告文学写作者对文体本身缺乏基本的认识，结果是越写越长，文学性很弱，新闻性也不突出。即使像汶川地震这样的重大题材，至今也没有精彩的报告文学作品。整体印象是作品越写越厚，人物越写越薄。

七、诗歌历来是时代的晴雨表。新时期文学，以诗歌发端，极大地影响了一个时代。这在世界文学史上也极为罕见。即使到今天，诗人在人们心中的位置依然是至高无上的。自90年代汪国真、席慕蓉之后，大陆在诗歌上好像再也没有重大影响的诗人和作品。90年代后期，台湾诗人余光中凭借一首乡愁诗曾一度在大陆产生较大影响。2008年的冰雪及地震之灾，倒是唤醒了中国人的诗情。著名诗人雷抒雁在此期间曾写出两首质地上乘的佳作。我在向他祝贺时，他向我表达了这样的心声：这既是为了国家和民族的灾难写作，更是为找回诗人的尊严写作。是的，时代需要诗人，但需要的不是写千行万行的诗人，而是一句就能代表一个时代的诗人。

八、散文放在最后一个文体谈，不是我的本意，这主要是由它自身的发展规律决定的。毫无疑问，散文在古代文学中，与诗歌占有同等的地位。即使到“五四”以后的三十年，其文学史地位也丝毫不比小说、诗歌差。但到建国初期，尽管有杨朔、刘白羽、秦牧三大散文家的出现，散文的整体地位已经远不如小说和诗歌了。等到了新时期文学的第一阶段，当诗歌、小说、报告文学已经开始对“文革”进行控诉、反思以及开始寻根并接受西方文艺思潮时，散文还是在粉饰太平地写些风花雪月的作品，这显然与那个时代极不相称。散文的真正崛起，始于90年代，原因主要有三个，一是第一阶段文学与政治的关系咬合得过于紧密；二是市场经济的浪潮使疲惫的心灵需要抚慰；三是小平同志南巡讲话加速了全社会的经济发展，也使出版业空前发展，给写作者提供了广阔的舞台。

九、90年代初出现的散文热，如同80年代初的诗歌热，带有一种释放的味道。但时间并不长，大约五六年光景，伴随着以周作人、林语堂以及后来的张中行、季羡林等为代表的学者散文的重出与登场，特别是以余秋雨为代表的文化散文的出现，开始了中国散文新的时代的到来。回头来看这些学者化散文的热潮，大致有这样的三点成因：一是经过“文革”和改革开放的十年，人们的思想由狂热逐渐转向理性，人们的生活由贫穷开始向富裕转化，这在很大程度上自然会提升人们的审美水平；二是人们对过去传统的模式化的散文已经产生厌倦，即出现审美疲劳；三是人们对事物的审美由政治、伦理、道德标准开始向文化、哲学思考，给人换了一个认识世界的角度，结果赢得了超意识形态的广泛共鸣。即便如此，我们应该清醒地看到，这种貌似大气磅礴的散文，其实质是背离散文创作规律的。人类创造文学，是因为情感的表达，“山歌都是心头出”就是这个道理。文化散文虽也有情感的表达，但更强调事物发展的内理。有相当多的文化散文作家所干的事不是文学的，而恰恰是历史学家、考古学家、地理学家、宗教学家所干的事。只可惜，这样的散文至今仍为某些人甚至是上层人士所推崇。

十、十一届三中全会以来，我们国家取得许多重大的经济成就。在意识形态上，也取得了许多重大的发展。其中，反对个人崇拜，让领袖人物走下神坛是极其重要的一步。在文艺界，相当长一段时间，曾一度呼唤大师时代的到来，结果，嚷嚷呵呵半天，一个也没有。倒是有好事者整出几个国学大师，到头来社会不承认，大师们自己也不敢冒领这个圣人般的头衔。你想啊，谁不想多活几年啊！从大师我又想到大家、名家。大家这个词很吓人，我总以为能称得上大家的，除了作品在某一领域具有领衔的位置，其人品气节也一定为社会所称道。譬如萧军，就可以被称作大家。名家，自然是指作品在某一领域具有较深的造诣。在当下中国，能称为名家的成百上千，而真正能够称为大家的寥寥无几。

十一、自新时期以来，文学界设立了很多文学奖。在最初的十年，设立的全国优秀短篇小说奖、中篇小说奖、诗歌奖、报告文学奖，后来又增加了长篇小说茅盾文学奖。这些奖为推动新时期文学的发展起了举足轻重的作用。那一时期的获奖作家作品我们今天仍然耳熟能详。进入 90 年代中期，终止七八年的评奖以鲁迅先生的名字冠之又开始了。这回评奖跟过去不同，主要采取专家评选，没有读者参与。专家最初是指定的，后来业内意见很大，又改成从专家库里抽签选择评委，结果还是出现了“搞报告文学研究的评散文”式的尴尬。可见在建专家库时也有纰漏。不管怎么说，奖最终还是评了，而且评了四届。但问题是，现在评得的奖几乎被人都忘记了，只有作者在名片上印着，在作品后边的作者简介上写着。至于茅盾文学奖，包括其他许多以大师的名字命名的奖，也都难逃鲁迅奖的命运。

十二、假如在新时期文学之后鲁迅还活着，那将是一个什么样的情形？我想，第一，鲁迅肯定不会得茅盾文学奖，他不写长篇；第二，他也不会得鲁迅文学奖；第三，他即使同意用自己的名字冠以什么文学奖，他也不会充当里边的评委。原因很简单，鲁迅是大师，他不需要这些。当下得奖的作家太多了，想得诺贝尔文学奖的作家也不少，但真正思考文学自身规律的作家太少。自从作家有了职称，一级作家随处可见，就是不知他们写过什么作品。作家协会纷纷建起了文学院，就是包养专业作家、合同制作家的福利院。作协给提供工资、补贴、医疗保险、职称、选题、采访经费、出书补贴、研讨经费，跟包二奶没什么两样。有个别作家被一个地方包养还嫌不过瘾，又许身几个东家，真把自己当成贵妃了。当然，也有个别作家长期“坐窝不下蛋”的，“不下蛋”本来应该感到脸红，反而怨东家这也不好那也不是。

十三、文学界尴尬的事有很多，最让人可笑的是各种研讨会。如今的研讨会很少是由主办方发起的，而是由个人先找来经费，然后再确定主办方、协办方、承办方。过去文学界开会讲究圆桌会，不分主次，现在则按资排辈。发言的人，说话的多少、轻重，并不取决于作品内容，而取决于看稿费的多少。既然是事先得了好处了，会议的基调自然是一边倒。倘若谁有批评之声，就会被视作另类，哗众取宠。既然影响大家的和谐，下次开会就被排斥在外。道理很简单，现在的写作者大都有一定的职务，没有职务也有版税、面子，如果作品存在这样那样的问题与不足，势必会影响评奖、晋级以至版税收入。在今天的文坛，人们最怕的就是批评之声。一个不能正视批评的民族是没有希望的民族。一个不能正视批评的文坛一定是虚假的圣坛。

十四、文学界最让人高兴的事不是评奖，而是大大小小的笔会。几乎所有的作家都热衷于参加各种笔会，既可以切磋创作体会，又可以结交朋友，还可以游山逛水。笔会的主办者大部分是各地的文学期刊，也有作协、文联以及地方政府搞的。这本无可厚非。但近年来，很多小文化公司悟出了笔会的奥妙，他们往往利用各地作家协会、学会、期刊的名义大肆兴办笔会、改稿会、征文、文稿交易会、采风活动，大量收取会议费、出版管理费，弄得文坛光怪陆离，以为真的是一派繁荣景象呢！唉，这就是今日中国的文坛，很是让人费解与深思啊。

散文何时设单篇奖？
——兼谈鲁迅文学奖的改进及其他

今年是进入21世纪的第十个年头，祖国建设繁荣兴旺，文学事业空前发展，为此，我们有必要对过去的十年进行一次总结。新时期十年，中国文学究竟经历了什么，取得了哪些成就，存在的问题是什么，有哪些工作需要改进、完善？这是广大文学工作者非常关注，也是需要认真思考的问题，更需要认真回答的问题。鉴于新一届鲁迅文学奖评奖在即，我想就改进评奖机制提出一些想法和建议，请各界有识之士一同商讨。

文学是社会的反映。不论哪种文学样式，都是作家从生活出发，把人的思想、情感借助文字，通过艺术表现形式表达出来的。祖国悠久的历史，火热的现实生活，无疑为作家创作提供了丰厚的创作土壤。因此，我们的文学作品在内容表现上一定是丰富多彩的。人们热爱文学，除了满足对生活的认识与还原，还有对精神的需求和审美的需要。不同的人群喜爱不同的作品，任何题材、体裁的作品都有它的受众人群。因此，我们的作品要满足不同人群的需要。我们在提倡主旋律的同时，也必须要多样化。

作家既然创作，就要发表、出版，就要让人品头论足。没有一个作家的创作不想发表、出版的，也没有一个作家不希望自己的作品发表、出版后不产生任何反响的。所以，任何作家都应该以坦诚的胸怀接受大众的批评，尤其是敢于听取不同意见。任何文学组织、机构，开展文学评奖，其目的都是为了发现新人，推出优秀作品，繁荣文学创作，为读者提供优秀的精神食粮。开展健康、公正、有益的文学评奖，有利于文学的进步，社会的进步。

应该客观公正地说，中国作家协会在20世纪80年代开展的各种文学评奖极大地推动了中国文学的繁荣与发展，以至于今天的人们，谈到文学，谈到作家，大多还停留在对那一时期的记忆。进入90年代后，由于文学整体地向内转，现实主义文学创作逐渐淡出文学的主流，使得作家作品与社会生活严重脱节，最终形成了文学只是文学小圈子的游戏，读者越来越受冷漠。反之，读者也越来越冷漠文学。即使在90年代后，中国作协又推出鲁迅文学奖，包括早先设立的茅盾文学奖，虽然评了好几届，但社会反响平平，最终受益的是获奖作家本人及其所在的管理机构。当然还应该包括那些以此为荣、沾沾自喜的评委们。

毫无疑问，鲁迅文学奖、茅盾文学奖奖励的是精英艺术。然而，缺少了大众基础的精英艺术又能坚持多久呢？我们不妨在社会上搞个调查，看有多少人知道鲁迅文学奖，有多少人知道茅盾文学奖？再细问，看有多少人知道鲁迅文学奖的作者和作品，有多少人知道茅盾文学奖的作者和作品？不必脸红，我相信绝大多数人对此一无所知。相反，如果你问文学圈子里的人，也未必有半数人知道。这就是中国当代文学的现状，谁也无法回避。中国文学走到这一步，其中的原因有很多，抛开经济、政治的原因，与整个文学报刊的编辑思想、作协评奖机制有着直接的关系。当前，文化体制改革全面展开，各种文学报刊将面临身份转换和观念转换，转换得好，则极大促进文学的发展。转换得不好，势必会使本来就不景气的文学再一次遭到滑坡。因此，首先有必要对带动全局工作的评奖机制进行有益的改进，以此来尝试改革的温度。试以鲁迅文学奖为例：

一、修改评奖条例，让评奖更加透明、公正，尤其体现评奖的社会参与性。

二、在确定评奖的范围后，首先要厘清鲁迅文学奖的特性和标准。当前，有些文学题材概念模糊，界限不明，既对评奖标准产生混乱，也对作家创作和读者对文学的基本认识产生错觉。譬如：报告文学和纪实文学的区别；散文和杂文、随笔的区别；鲁迅文学奖要不要在诗歌奖中设旧体诗词（鲁迅是新文化新文学的代表，有人对此有看法）。从最近公布的评奖公告看，本届鲁迅文学奖增设了小小说一项。至此，小说从长篇、中篇、短篇和小小说都有自己的评奖归属。没有设的是中篇小说集、短篇小说集、小小说集。为此，我就有了这样的疑问，在连续多次的评奖中，为何散文不设单篇奖？而一律是散文集，甚至把杂文、随笔也划到这个范畴。无独有偶，诗歌评奖也是如此。熟悉散文、诗歌的朋友都知道，不要说古代散文、诗歌给我们留下许多名篇佳作，即使是现当代文学中的散文、诗歌名篇佳作，其数量无论如何要比小说影响大。我们今天能记住的许多作家、诗人的作品，没有一个记住的是他们的集子，而恰恰记住的是他们个别的名篇，多者三五篇（首），少者可能只有一篇（首），然而，这些作家诗人就仅凭这一篇（首）却被人们永久地记住，甚至进入我们的文学史。鲁迅文学奖的散文集评出不少，在读者中几乎没什么影响。读者往往看的是你这个作家有没有名篇，如果没有名篇的散文集，读者看它有什么用。这是文学的基本规律。在此，我强烈呼吁：鲁迅文学奖一定要下决心取消散文集、诗集的评比，一定要设立散文、诗歌单篇（首）奖！一篇散文，一首诗歌的意义绝不比一部小说、报告文学逊色。小小说也应该设单篇奖。单篇一定比集子的意义大。评集子获奖，作协就成了出版社的宣传部。也就是说，这些理论、概念、界线、分类问题如果不科学地解决，肯定会给评奖工作带来操作上的麻烦，终将会阻碍文学的发展与繁荣。

三、评奖也是社会的反映。建议评奖设大众评奖和专家评奖两个部分（不是两个层次，专家未必比读者眼光高）。①可以考虑先进行初评作品公示，让社会广泛参与投票。②根据社会投票结果，结合专家评奖，进行终评。③终评采取实名制，公开投票结果，每个评委必须写出200字左右评语。④取消几名评委联名提名作品直接进入复评、终评的做法，这种做法实质是一种变相的特权、腐败。

四、鉴于文学界的“张无本（不是没有学历，是没有真才实学，颇像中医张大师那样到处兜售绿豆汤）式的专家、评委”也已经泛滥成灾，建议在评奖之前，确定评奖类别、名额后，首先进行评委评选。①评委要有五分之一的读者评委（文学界以外人士参加）。②评委采取自愿报名，责成有关机构进行初选，然后进行公示。③建立专家库的办法是一种参考，但不是唯一。专家库一定要得到社会认可，而且要按文学体裁进行分组。④不论任何人，不能连续担任两届评委。⑤初评委和终评委应放在一起，终评委由初评委中选举产生。

五、评奖要充分发挥作协所属学会、社团的作用，这些组织长期致力于某一文学类别的组织、研讨、评奖工作，熟悉作家队伍，积累了大量的经验，在作家中有着广泛的威信，对协助中国作协工作肯定会发挥积极的作用。可以考虑学会与创研部、创联部和作协所属报刊进行结合，组成专门的专项评奖办公室，负责评奖的组织工作。

总之，评奖工作要尽可能让社会参与，不能搞成作协自己的自助餐，更不能搞成小圈子的独食。只有开门办作协，开门评奖，让社会了解作协，参与作协，才能使文学重新回到在读者心中的神圣地位。

实名制比盲目投票更重要

——我为什么放弃鲁迅文学奖投票

关于鲁迅文学奖我说的话已经不少了。前年我写的《鲁迅没有得过鲁迅奖》和今年写的《散文何时设置单篇奖——关于鲁迅文学奖评奖机制的建议》在上海《文学报》发表后引起强烈反响，至今仍然有很多作协领导、作家、评论家在议论它，甚至见面跟我讨论它。尽管有个别人不舒服，但绝大多数人（包括高层领导）都对我的观点表示认可和支持。我注意到，第五届鲁奖从公布启动到现在已经在公开透明上有了一些改进（如把参评作品在网上和报纸上公示，初评结束后把候选名单进行公示等），但离广大作家所期望的公开、公正、公平还有相当大的距离。

一项评奖，如果要做到让作家、读者满意，首先是公开。第一，评奖制度公开；第二，参评作品公开；第三，评委名单公开；第四，评奖程序和评委意见公开。鲁奖现在的问题是：评奖制度公开了，参评作品公开了，但评委名单没有公开，评委意见也没有公开。我一直力挺——评委一定要通过选举选出，评委意见一定要以文字形式分别在网上和报纸上公布于众，甚至把得票的多少——赞成、弃权、反对都公开。这样，才能让人一目了然。再有，就是监督机制。一定要请懂文学规律的人和纪检、监察干部一并组成，否则，是看不透其中的奥妙的。

或许是我的建议作协领导重视了，这次初评结束后，作协“为了增强评奖的透明度、公正性和公信力，决定在终评前请中国作协会员投推荐票”，即对每个门类可以提出五部以内作品作为推荐。我觉得这个做法不错，是发扬民主的一次好机会。可问题是，当我一看那些选票时，我就傻了：因为在七个门类中没有一类我都读过的作品，有的甚至在某个门类一个作品都没有读过（我相信每一个作协会员，包括作协领导以及不知姓名的评委们都有同感），即使我熟悉的散文类，也有一半（十部）书籍我没有读过，以至从来没有听说过。因此，让我投票我就感到很茫然，真的不知该不该画那个钩。也许有人会说，你这人就是事多，何必那么较真儿，熟悉哪个作品就对哪个作品发表意见呗，何况人家作协连回执信封邮票都准备好了。可我犹豫了半天，还是放弃了。我觉得这样做既是对自己的尊重，也是对参评作者的尊重。我历来反对形式主义，你如果没看作品，就在你熟悉的关系好的作家后边画钩，那你不熟悉的作家作品岂不受了天大的委屈，谁保证人家不是文坛的黑马呢？我的意见是：可以选一些会员代表，或社会代表，集中几天到作协去看一下这些作品，如果你读了，你就发表意见。这样似乎合情合理。当然，如果把这些作品印9000套，分发给每个会员，那真是每个人所希望的。出版社自然乐了，可那钱从哪出呢！

再有一点，我有些担心。一是这些选票如果所选不集中，都不到半数，或不到十分之一，怎么办？试想，一个作品如果连文学圈子的人都不知道，它评奖还有什么意义呢？二是这些选票意见评委就真的在乎吗？对此，我表示怀疑。

所以，我放弃投票，我极力主张实名制。中央电视台青歌赛搞了十几届，评委当众打分，去掉一个最高分，去掉一个最低分，有时还要发表打分意见，甚至被监督组评委质疑回答，多么让人信服。如果鲁奖采取评委通过选举产生，评比中采取实名制——公开姓名，写上二三百字的对参评作品的支持、反对、弃权意见，还可以标出分数，让作者、读者一清二楚，再去掉一个最高分和一个最低分，我看即使全体作协会员不投票这评奖也是公正的了。可那一天什么时候会来到呢?

奖作家不如奖作家笔下的人物

11 月 9 日晚，在经过一段沸沸扬扬的争议当中，第五届鲁迅文学奖终于落下帷幕。其实，在中国的许多事情的处理上，像鲁迅奖这样的事情早已司空见惯。只是文人们过于较真儿，才会使本该寂寞的文坛热闹了一阵子。

我们发现，在诸多事件的争论上，人们往往争论的不是事物的本质，而更多的是与这事物相关和不相关的东西。譬如，人们议论余秋雨，焦点不是余氏散文的得失，而是余秋雨对“文革”该不该反思。再譬如，人们谈论姚明，不从技术上去研究分析，而是津津乐道于其身价的多少。还有，城市交通拥挤，人们总是抱怨人多、车多，而不检讨自己的不遵守交通规则，更无人去关心交通法规制定得合理不合理，道路设置得科学不科学。正如，这次鲁迅文学奖评奖，人们更多地关注官员该不该写作，是否有人真的去行贿，而很少有人从艺术层面去分析作品的得失。

在评奖之前，我就曾发表文章提出“散文（包括诗歌）应该设置单篇奖”，也提出评委要采取实名制。结果是你提你的，人家该怎么做还怎么做，因此，当鲁奖评选出来，遭到诸多质疑、炮轰时，我一点也不觉得奇怪。相反，我倒很理解主办者的苦衷：你说的都是对的，可要实行起来很难。如果设置散文单篇奖，不论评出几篇，太扎眼。一是阅读方便；二是评奖标准很难定出；三是评出的未必是最好的作品。应该说，如果评出了单篇作品，那么，这篇作品不仅是这个作家的名篇，也一定是这个时代的名篇。然而，主办方没有这么做。想来，主办方也怕，你评出的作品如果既不是作家的名篇，也不是时代的名篇，那可真是丢人了。如此，还是评集子保险些。

但是，我说的是但是，主办方也有胆量，散文和诗歌不敢评单篇，但中篇小说、短篇小说和报告文学却敢评单篇（报告文学往往是一部），而且是历来如此。前些时，有人写杂文说作家协会成了小说家协会，指的就是作协领导大都由小说家担任。关于小说评奖，至今让人难忘的是 20 世纪 80 年代初的评奖，那时评出的作品公平公正，其作品不论是艺术性还是思想性，在读者中都能得到公认。然而，自 90 年代以后，小说评奖一届不如一届，作品影响也越来越小。如果这几次评奖没因为人为的因素发生争论，恐怕这种评奖在读者甚至是作者中已经没有多少意义了。因为，现在的小说，不论是长篇，还是中篇、短篇，在读者的阅读视野里已经没有那么重要了。我们过去一直把文学看作是人民文学，现在的情形是——人民是人民，文学是文学，不是人民不要文学，而是文学冷淡了人民。

我们看一个作家的成就，主要是看三点：一是作品对推动民族文化的思想进程有没有担当；二是作家是否塑造了典型人物；三是作家在艺术创作技巧有无突破并形成自己独特的语言风格。就当下——90 年代以来的小说而言，几乎没有任何一个作家能做到这三点，哪怕是其中的一点。而在我看来，在这三点中最重要的是塑造人物，离开了典型人物，小说的意义就不是很大。我们看鲁迅、老舍、赵树理、高晓声、铁凝，他们所以成功，其主要原因是他们为中国文学乃至世界文学画廊贡献了典型人物。基于此，我们再来看 90 年代以来的文学评奖，奖项很多，获奖作家也不少，但就是没有一个人物活在读者的心中。所以，在任何场合，我都不愿听到著名作家、大师的称谓，因为他们没有相称的作品，更没有不朽的经典人物。因此，我在这里呼吁，文学评奖与其奖作家不如奖作家笔下的人物。如果中国作家笔下的经典人物多了，中国文学就真的走向人民，走向世界了。

中国文学的乡土情结

——兼谈地域文化与作家

偶然翻报，见有一位新疆的作家发表言论，他建议新疆的作家不一定非要写新疆。我看后总觉得有些别扭。想想看，似乎这话与我们过去所听到的“作家要写自己熟悉的生活”的教导相互矛盾。再想想看，结合当下热闹的文坛，也确乎有一批作家不怎么写自己熟悉的生活，但名声倒也整得老响。这就怪了，你说作家应该这样，他说作家应该那样，那么作家到底该咋样呢？我觉得这个话题很有意思。

不必多说，每个人都有自己的生活，也有着对生活的不同理解。不论什么样的生活，大都带有一定的地域性。从中国现当代文学来看，大凡卓有成就的作家，其作品无一不充满浓郁的地域性。鲁迅如此，萧红如此，老舍如此，沈从文如此，孙犁、赵树理、汪曾祺、陆文夫皆如此。由此，不难得出一个结论：一个优秀的作家，必然诞生在一块丰硕的土地上。一个没有土地的作家，是很难在文学上取得巨大成就的。即使有的作家在某一个时期热闹过，但终其结果，也无非作品留给了那个热闹的时期。

正是基于这样的认识，当我在2006年初冬的北京，回想起2005年9月在美丽的双鸭山市集贤县举办的主题为“地域文化与作家”的研讨会，从心里我就愈发觉得这次会议开得非常有意义。近些年，我一直从事散文和小说批评。每年还要编选年度散文选和年度争鸣小说选。而要保证所写的评论有针对性，选取的小说、散文有一定的艺术性，就要充分阅读大量的作品。2005 年，应上海学林出版社的邀请，我主编了一套名为“零距离——中外名家笔下的灵性文字”的散文大系，共 10 卷本，300 万字，涉及 1000 名作家的 1000 篇作品。光复印纸就用了 9700 多张，其工程量之大可想而知。在这 10 卷本当中，有“致故乡”一卷，内容为 100 个作家写的 100 篇关于故乡的散文。这些散文，没有一篇写得不真挚感人，其中不乏还有一些对故乡风情、景物、民俗的描写，仿佛将读者引领到一幅幅风景画面前。我以为，这些作品所以写得好，主要原因便是作者对最初生活的熟悉，是文化在基因里的表现。相反，作家在写“致大海”“致森林”时，由于大部分作家不是从儿时的记忆，而是我的现实感受，所以在整体上就不像写故乡的文字来得自然、朴素、流畅。同样，作家在写“致父母”“致子女”时，就比写“致师长”“致恋人”要好。以上，似乎都在证明，好的作品一定是作家所熟悉的，最能调动情感的。

当代作家也是如此。铁凝现在虽然有河北省作家协会主席、中国作家协会副主席的显赫声望，但她始终把笔端倾注在对普通人——冀中平原的描写上。读者想到铁凝，一定会想到香雪，想到河之女，想到麦秸垛。陕西的贾平凹虽然早已是城市人，而且写过轰动一时的《废都》，但衡量他艺术水平的还是看他写老家商洛地区的小说和散文。陕西的陈忠实也是如此。在这里，我必须提到我的老师，著名军旅作家王宗仁。如前所述，很多成就卓著的作家都有自己的土壤。已故著名作家刘绍棠先生曾说“我要在家乡深深地打一口井”。我想，这井就该是他一生所热爱所描写的大运河吧。王宗仁系陕西扶风人，1957 年到青藏高原当兵，1964 年从高原调到北京解放军总后勤部。至今，他在北京已经生活了 42 年。按说，王宗仁的文学创作大体应该分三部分，即写家乡、写高原和写北京。但熟悉他作品的读者都知道，在作家所写的四五百万字的作品中，绝大部分都是写高原的。如报告文学“青藏风景线”系列之《青藏高原之脊》《死亡线上的生命里程》《女人，世界屋脊上新鲜的太阳》《情断无人区》以及散文《太阳有泪》《藏羚羊跪拜》等，在中国文坛有着极高的声誉。据我所知，自1964年到北京后，王宗仁每一两年都要到高原去，到目前他已经翻越唐古拉山130余次。每次回来，他都会有极大的收获。文坛曾把王宗仁誉为“高原之子”。谈到生活和创作的关系，王宗仁说过这样的话：人站得高了，山就低了。一个冷淡了生活的作家，人民是没有理由不冷淡他的。

我曾在很多场合说过，中国文学说到底是中国乡土文学。在这里，乡土已经不再是农村和农民的代名词，而是民族特色、地域特色的泛指。我说老舍写的《骆驼祥子》《龙须沟》《四世同堂》是乡土文学，你能接受吗？乡土即本土，只有从故乡的土地上出发，才能到达他乡。他乡不是别的，实乃是艺术的真谛。真谛也就是归宿。这当然是我的理解。

王蒙文学的确定性与非确定性

——关于《闷与狂》及其他

最近的文坛很是热闹，鲁奖就不说了。我要说的是有三个作家，成为当下不可回避的话题。第一个当属王蒙先生，他因为新近出版了所谓的长篇小说《闷与狂》，广被关注，也备受争议。第二个是张贤亮先生，这位新时期文学的开拓者之一，后来西部文化产业的领军人物，因为他的离世落幕而被人们热议。第三个是萧红先生，也可以称为萧红女士，因为电影《黄金时代》的国庆热映，而继去年电影《萧红》后再度掀起一股萧红热。

我们这次研讨会的主题是“王蒙最新双长篇小说学术研讨会”，乍一听，觉得有点怪，长期以来，我们总习惯一事一议。但后来一想，这事若发生在别人身上或许有点怪，但发生在王蒙先生身上，就很正常。熟悉王蒙文学的读者，我这里是指读过他作品的人，是过去进行时的那群人。而相对于过去进行时的人群，所对应的应该是将来进行时的人群。我们今天参加研讨会的，基本上属于现在进行时。那么，有人会问，你当属于哪一种人群，我想说，我既属于过去，也属于现在，更属于将来。

我不是纯粹的学院式理论家，我是读者，是作者，是研究者，是记者，是王蒙文学的追随者，是这个会议的关注者，也是一个极想发言表明我观点的人。我不说，我不抢着说，我怕别人先说，别人先说我就不好再说，我就得转化思路，我就得顿悟，我就得冥思苦想，我就得见招拆招，我就得一鸣惊人，我就得与众不同，我就得发飙，说一些歪理邪说，说一些你不敢说的话，说一些你想不到的话，让王蒙先生知道我，让与会者知道我，让这个会结束后大家还议论我。哈哈，请允许我模仿王蒙先生的叙述方式表达方式思想方式。

请注意，我在这里谈的不是王蒙先生的具体哪部小说，哪篇散文，哪首诗，哪篇讲话，我说的是王蒙文学，包括所有的文字，和与文学有关的非文字的东西。譬如他的社会活动，譬如他的演讲，譬如他在人们心中的印象。在中国，我不知道哪个作家可以在他的名字后面用文学去冠名去定义，我们过去可以用鲁迅小说、老舍小说、朱自清散文、杨朔散文去冠名去定义去解读，但很少有人用鲁迅文学、老舍文学去冠名定义的。今天，我提出了王蒙文学这个说法，不是心血来潮，不是吸引眼球，不是溜须拍马，不是想让王蒙先生点一个赞，而是实在是被王蒙先生三十年来在文学形式上的不断突破创新所吸引。

毫无疑问，王蒙先生是新时期文学新世纪文学以来在中国当代作家中最领潮头之先风气之先最不拘形式也是最讲形式的人，从他早期的意识流到他后来的散文、随笔、回忆录、长篇小说、中篇小说、短篇小说、小品文、讲演稿以及思想性散文《大块文章》《九命七羊》《老子的帮助》《庄子的享受》《我的人生哲学》《红楼启示录》《读书解人》以及去年以来的长篇小说《这边风景》和今年的《闷与狂》等等。对此，有人惊呼王蒙写疯了，什么都写，什么都尝试，什么话都说，什么都让你来不及准备，什么都让你措手不及，什么都让你速度惊人，什么都让你瞠目结舌。关于《闷与狂》，有人说它是小说，有人说它是散文，有人说它是回忆录，我觉得这都不重要，重要的是王蒙先生以他特有的语言、结构、情绪表达了他想要表达的东西。如果非要说它是小说，也可以。记得丁玲在谈到萧红的小说时，曾说萧红写的不像小说。萧红则说，不同的人写不同的小说，我的小说就这样写。我想也是，谁规定小说怎么写了，谁给小说下定义了。谁规定小说就是罗贯中，就是曹雪芹，就是鲁迅，就是老舍，就是托尔斯泰，就是马尔克斯，就是莫泊桑了。我看到《上海文学》选了书中的某章节，但并没标出这是什么文体，它只告诉读者这是王蒙先生的一个专栏的一篇文章。这样的文章它属于文学，它不属于小说、散文、随笔、笔记、日记，它只属于王蒙式的表达。

关于《闷与狂》的书写，王蒙先生是有他的想法的，这种想法是一种试验，这就如同他当年玩意识流，你习惯不习惯，接受不接受是你的事，反正我要这样写，怎么开心就怎么写，怎么逗你玩儿就怎么写。我就是马三立，我就是周立波，我就是郭德纲，我就是老梁说事，我就是百家讲坛，我就是国宝档案。王蒙先生在书中其实也不止一次在向读者表白，他说："这本书你在阅读，这本书现在完全听你的支配，你想翻到第几页就是第几页，你想卷到什么程度就卷到什么程度。"他还说，"快乐是一种变化。缺少变化是烦闷的由来。而烦闷是快乐的死敌。你烦闷了，你感到了一种重复，重复使人疑惑，你需要醍醐灌顶，你需要振聋发聩，你需要当头棒喝，你需要五雷轰顶，你需要革面洗心，你需要做得成强悍，强悍得成钢铁，你要敢下手，出手辣，练就铁砂掌。你不能对别人出手，你还不敢对自己出手吗？你要敢尝试敢变化敢刀山火海敢就地十八滚降龙十八掌练就十八般武艺扫堂腿横扫千钧，远走高飞千里万里与往事干杯。"

这就是王蒙，不断寻求变化的王蒙，不断寻求新鲜的王蒙，不断寻求刺激的王蒙，不断特立独行的王蒙，不断让人眼花缭乱的王蒙。人生就是一条直线，你可以选择一个又一个线段，这个线段就是你的直接经历，它是可以确定的。而人的思想是穿越线段后向两端继续发展延伸的射线，它具有非确定性。艺术也是如此，王蒙文学的特点其确定性在于他始终不断地寻求变化，其非确定性在于是怎么变化。我们过去总爱说，某某作家形成什么风格，什么流派，王蒙先生却不信这个圈套，这个惯式，这个约定俗成，这个千篇一律，这个被人膜拜，这个被人定义，他总是在变着法儿地玩魔术，玩魔方，玩花样，玩捉黑枪，玩打升级，玩敲三家，玩砸金花儿，玩斗地主，玩灌蛋，玩押大小，玩清一色，玩一条龙，对于他这种昏天黑地、五光十色、神出鬼没式的写作，从一开始它就被关注，被争议，被口吐莲花，被说三道四，这使我想到王蒙先生的文章《“饥饿效应”与“陌生化代价”》，虽然这是一篇谈论人际关系的，但也同样适用于艺术：“第一，开始吃的时候，你正处于饥饿状态，而饿了吃糠甜如蜜，饱了吃蜜也不甜。第二，你初到一个餐馆，开始举箸时有新鲜感，新盖的茅房三天香，这也可以叫作‘陌生化效应’吧。”然而，再陌生的东西你一旦有了一回生，就会有二回熟，熟了就会不讲道理，“了解了这一点，也许我们再碰到对于新相识某某某先是印象奇佳，后来不过如此，再往后原来如此，我们对这样一个过程也许应该增加一些承受力。”

我注意到，近来关于《闷与狂》的多数文章，人们讨论的内容多不在艺术形式上，更多的是作品的社会性，对历史、事物的判断，以至是用词是否准确上。还包括编辑的勘误校对上。诚然，这些问题都是对一部作品不可或缺的研究角度，判断尺度。就当下千篇一律、千人一面、千手观音式的写作，我以为对形式的创新是更为迫切的。不妨我们看看当下的小说，一样的题材，一样的腔调，一样的描写，一样的腐败，一样的搞小三，一样的性交易，没有一点的新鲜感。这其中包括我们某些的获奖小说，名家大腕的代表作、成名作，许多有识之士纷纷站出来提出批评，但终究人微言轻，寡不敌众，败下阵来，还是王蒙先生能够自解：“与其对旁人要求太高，寄予太大的希望，不如这样要求自己与希望自己。与其动辄对旁人失望不如自责。都是凡人，不必抬得过高，也不必发现什么问题就伤心过度。”

或许王蒙先生人到八十真的成了精了。什么叫成精，成精就是想怎么说就怎么说，想怎么吃就怎么吃，想怎么睡就怎么睡，他可以这样说，你不可以这样说，他可以这样做，你不可以这样做。就如同这本《闷与狂》，王蒙可以这样写，可以写世界领袖中国领袖，也可以写歌厅小姐、路边小贩，可以拿某些政治路线、口号行动进行调侃开涮，也可以把自己当成靶子自我射击自我解剖自我嘲讽自我现实自我浪漫自我虚无。很难想象，中国作家还有谁有这种资历这种智慧这种毫无遮拦这种津津有味这种语法这种深刻这种冷酷诗意这种浪漫的写作。

是的，王蒙的青春、王蒙的热烈、王蒙的冷峻、王蒙的幽默、王蒙的达观都体现在他的文字中他的脸上。可是，你未必真的懂得，真正的作家、艺术家、政治家，其内心都是孤独的，都是不可言说的，这就如同三顾茅庐、西安事变，当时的当事者他们当时都说了些什么，至今无人知晓一样。王蒙先生的“闷”与“狂”这本身就是一种对立统一，因为闷所以要狂，反之，因为狂所以要闷。你不要以为他在书中最后一节他毫无回避地说出“明年我将老去”，这是事实也是非事实，这是一种确定也是一种非确定，这是一种冷酷也是一种非冷酷。王蒙先生说，冷酷是一种伟大的美，冷酷提炼了伟大的纯粹，美的墓碑是美的极致。如果用孤独可以代替冷酷，那么我要说，孤独同样是一种伟大的美，孤独同样提炼了伟大的纯粹，孤独的墓碑是孤独的极致。换句话说，孤独也是一种燃烧，是人生的巨大燃烧。这种燃烧是疯狂的，是苦闷后的疯狂。这种燃烧——“它可能发出美轮美奂的光彩，可能发出巨大的热能，温暖无数人的心，它也可能光热有限，却也有一分热发一分光发一分电，哪怕只是点亮一两个灯泡，也还照亮了自己的与邻居的房屋，燃烧充分，不留遗憾。”假如这段话可以作为王蒙先生文学确定性的一种认可，我愿把它作为这篇文章的结尾。

铁凝为铁生颁奖

好久没参加文学界的活动了。9 月 25 日，中秋，鲁迅诞辰日，北京第三届文学节颁奖大会，都在这一天，一场作家的聚会上。地点在长安街北侧的北京国际饭店。一个月前，北京作家协会就给每个会员发出通知，号召作家参与文学节活动。比如到一个乡村文学社举办系列讲座，在鲁迅博物馆举办作家手迹展，再有，评选出终身成就奖和杰出贡献奖作家各一名。可以想见，在北京作家群中能当此殊荣的肯定能列出十几位。像有条件入选终身成就奖的就有浩然、张洁、邓友梅等人，至于能当选杰出贡献奖的如刘恒、毕淑敏、陈祖芬、刘庆帮等人料别人也不会有大的意见。

作为主办单位，北京作家协会举办这个颁奖活动，并没有什么花里胡哨的东西。按以往的习惯，作家的聚会由作家主持。这次担任主持的是曾哲和徐坤。本来都是熟人，心里觉得他们会主持得相当有水平。谁料一开口，差点让我大跌眼镜，不，我没戴眼镜，只能算大跌眼睛。他们这二位表演得像两个中学生，手里捧着会议程序，规定好的台词，整个一个中规中矩。当然，规定动作不只是他们俩来完成，包括致辞讲话的中国作家协会副主席陈建功，北京市委宣传部和文联的领导。毕竟是作家，是文化人，讲起话来都努力增加着文采。

颁奖活动终于开始了。获得终身成就奖的是 84 岁高龄的小说家林斤澜，宣读授奖辞的是毕淑敏，颁奖人是北大著名教授严家炎先生。对于林斤澜先生在短篇小说上取得的成就，文学界早已公认。毕淑敏在授奖辞中怎样溢美，人们都觉得应该。我感兴趣的是林斤澜先生在获奖感言中反复提到的“感谢文学这一亩三分地”，是文学给了他乐趣，给了他生存的希望。之后，75 岁的老作家赵大年以一口地道的京腔儿朗诵了 9 月 9 日林斤澜刚刚写就的随笔《绝活儿》。内容不是别的，都是围绕小说，围绕写小说的人，读到诙谐处，大年老师还提醒大家鼓掌。我发现会场在座的很多作家都听得非常仔细，铁凝和陈建功、刘恒等人更是全神贯注，仿佛心与心正在默默地交流。这个时候，我似乎真正体会到刘恒所说的“各位同行”的真实意义了。是的，当下大家都很忙，为名忙，为利忙，为官忙，为房子忙，为股票忙，为孩子忙，为老人忙，即使作家同行，又有几人能有机会片刻静下心来倾听别人如何谈论小说呢？

北京作协发出的杰出贡献奖候选人名单中，我记得有史铁生和刘庆邦，好像还有一位，我给忘记了。庆邦跟我是多年的朋友，他从煤炭系统调到北京作协搞专业创作，自然增加了北京作家群的亮点。我跟史铁生不熟，甚至不认识，熟悉他的作品。可以这样说，文坛上有史铁生的存在，仿佛是一种文学精神的存在，有了他，就可以制衡那些喧嚣浮躁势力的东西。所以，我投了史铁生的票。果然，评选结果也确实如我所料。毕淑敏在宣布授奖辞时，大致也说出了我要说的意思。为史铁生颁奖的是中国作家协会主席铁凝。铁凝走上台时，步履轻盈，笑得阳光灿烂，她俯下身子，对坐在轮椅上的史铁生说了一些话，因为远，我不知道究竟说了什么，我想他们之间是不需要什么客套的。看着史铁生抬起头接过证书那朴实天真的样子，我感到一股暖流涌上心头，不觉有泪水在眼圈打晃。这是久违了的文学的暖流。当即，我在一张便条上写下：铁凝为铁生颁奖。

史铁生在获奖感言中说，文学的创新是必要的，但文学也必须有永恒的东西。人们丰衣足食后，为什么还要搞文学？想必是无穷的生活给我们制造无穷的疑难，无穷的疑难给了我们无穷的思考和思考的力量。人一旦缺少思考的力量，就难免有一天会败给电脑。同前一辈作家比，我们这一辈还是想争气的。我很高兴看到，有一批更年轻更有希望的作家已经成长起来。

史铁生的声音不大，但话里却蕴涵着厚重。正如刘恒所言，林斤澜无比睿智，史铁生则无比坚毅。这就是文学给予我们的小小报答。

铁凝的风筝

阳春三月春光好，户外蓝天舞风筝。想想看，谁的童年没有放过风筝的经历呢？这话乍听起来一点都不错。但随着城市化的发展，城市的圆周像摊煎饼一样正在一圈圈向外蔓延时，空旷的土地就会如潮水般收缩。不用掩饰，风筝天生就是与土地联系在一起的。没有了土地的天空，天空也是矮小的。

在我们过去读过的文学作品中，有很多描写过风筝的。譬如，鲁迅先生就曾写过《风筝》：“故乡的风筝时节，是春二月，倘听到沙沙的风轮声，仰头便能看见一个淡墨色的蟹风筝或嫩蓝色的蜈蚣风筝。还有寂寞的瓦片风筝，没有风轮，又放得很低，伶仃地显出憔悴可怜的模样。但此时地上的杨柳已经发芽，早的山桃也多吐蕾，和孩子们的天上的点缀相照应，打成一片春日的温和。我现在在哪里呢？四面都还是严冬的肃杀，而久经诀别的故乡的久经逝去的春天，却就在这天空中荡漾了。”尽管如此，鲁迅先生对风筝却有着别样的看法：“但我是向来不爱放风筝的，不但不爱，并且嫌恶它，因为我以为这是没出息孩子所做的玩意儿。和我相反的是我的小兄弟，他那时大概十岁内外罢，多病，瘦得不堪，然而最喜欢风筝，自己买不起，我又不许放，他只得张着小嘴，呆看着空中出神，有时竟至于小半日。远处的蟹风筝突然落下来了，他惊呼；两个瓦片风筝的缠绕解开了，他高兴得跳跃。他的这些，在我看来都是笑柄，可鄙的。”再比如，茅盾先生在回忆冼星海时曾写道："现在我还记得的，是他这未来的《民族交响乐》的一部分的计划。他将从海陆空三方面来描写我们祖国山河的美丽，雄伟与博大。他将以'狮子舞''划龙船''放风筝'这三种民间的娱乐，作为他这伟大创作的此一部分的'象征'或'韵调'。"当然，除此之外，冰心、老舍、萧红、丁玲等许多作家笔下都有过对风筝的描写。可以说，风筝是每一个作家的童年梦幻。

我对风筝的真正热爱，是在读了铁凝的散文《风筝仙女》后。铁凝写这篇散文时，她还没来北京当中国作协主席，或者说还没到河北石家庄当省作协主席。那时的她，家还住在保定，具体说挨近郊区的地方："我们的楼房前边不再有房子，是一大片农民的菜地。凭窗而立，眼前地阔天高，又有粪味儿、水味儿和土腥味儿相伴，才知道你每天吃下去的确是真的粮食，喝下去的也确是活的水。"生活在拥挤的城市，能够栖息在拥有粪味儿、水味儿和土腥味儿的一隅土地边上，肯定是不错的选择。如果再能够每天在这土地上散步，甚至是放放风筝，那简直就是活得非常奢侈了。要知道，城市无论怎样高大，也无论怎样功能齐全，它也是很难容下一只风筝的。正因为如此，铁凝才珍惜这块土地，珍惜这放风筝的机会。所以，她才选择了"河北邯郸沙口村高玉修的风筝"。其实，这个叫高玉修的农民扎制的仙女风筝并非有多么高超的手艺，甚至他的"批发优惠"类似广告语的东西也还显露着拙朴，但"我"还是要选择他。在这里，与其说作家选择了高玉修的仙女风筝，倒不如说是作家选择了高玉修象征的土地。请注意，作家在文中反复出现"放线呀放线呀快放线呀，多好的风啊！"既是作家对童年童趣的回望，也是作家对自然的渴望。当然，这种回望与渴望绝不是代表她个人，她代表着越来越多的城市人。

放风筝，一般很私人化，其心态也很平和，往往不带有任何功利。但在作者充满诙谐的笔下，却有那样一位坐着奥迪车，戴着钻戒的款爷，他也煞有介事地来放风筝。也许平常做老板习惯了，习惯成

“像一个被大人骄纵的孩童”，他甚至连葵花子都懒于亲口去嗑。本来，坐奥迪，戴钻戒，买大个蜈蚣风筝一点也没有过错，可是，当你把这些东西都附着在风筝上，而自己却只是象征性地握一握线拐，以为这就叫放过风筝了，你能说这不是在亵渎春天亵渎这脚下厚道的土地和清明的天空又是什么？想一想那个小时候会糊风筝却买不起线的人们吧，当今的人们谁还会为一只断了线的风筝去追七八里地呢？

我很感动作家在最后一节对仙女风筝断线而一路追赶的描写：“天色已暗，我开始追赶我的仙女，越过脚下的粪肥，越过无数条垄沟和畦背，越过土路交错的车辙，也越过‘钻戒’们不以为然的神色。”其所以要这样做，主要“只因为这纯粹是仙女和我之间的事”和“我觉得这仙女本是我失散已久的一个朋友，这朋友有名有姓，她理应姓高，与邯郸沙口村那个叫作高玉修的农民是一家人”。这段精彩的议论，与开头所说的“才知道你每天吃下去的确是真的粮食，喝下去的也确是活的水”相互呼应，构成了这篇散文的主旨。

对于今天的铁凝来说，“高玉修的仙女风筝”似乎是已经很遥远的事了。但透过她近年的小说《逃跑》《谁能让我害羞》《风度》《春风夜》，特别是长篇小说《笨花》，你又不得不承认，不论铁凝的风筝飞得如何高，她的心始终在贴着大地潜行，那里有着她的人物，她的乡土，她的“童年伙伴——香雪”。

海洋文学的秋天到了

我爱大海，跟大海有关的艺术作品我都愿意看。从2011年起，我所供职的中国散文学会与浙江省岱山县人民政府联合举办了三届“岱山杯”全国海洋文学大赛，吸引了国内外数千人参加。这其中的原因主要有以下几点：第一，这些年随着国家经济的突飞猛进，旅游业空前发展，使人们有更多的机会出门去旅游，旅游的最佳去处除了峻拔的高山恐怕就是辽阔的大海了；第二，自新世纪以来，文学经过十年的萧条逐渐又恢复了生机，网络的发展使相当多的人具有了用文字书写表达的权利，其最好的方式就是散文；第三，党的十七届六中全会的召开，特别是党的十八大以后，各级党委、政府对文化工作格外重视，为文化的大发展大繁荣提供了有效的保证；第四，近几年，关于黄岩岛、钓鱼岛与周边国家的领土争议，使得国人对国家海洋权益越来越关注。

关于海洋文学大赛，在我的记忆中以前从来没有过。因为，过去国人对海洋一直不怎么关注，我们脑海里所主导的一直是地大物博，而不是海阔物丰。另外，以海洋题材为主要写作对象的作家也不是很多，比较知名的就是当年冰心写的《海上》、浩然写的《西沙儿女》和大连作家邓刚所写的“海碰子”系列小说。记得在二十年前，我还看到过一本《名家笔下的北戴河》那样的一本散文集，虽然有峻青、石英等一些名家力作，但终究是作家的偶然为之之作，不足以形成集团效应。

在我的内心深处，始终期盼着中国海洋文学的诞生。今年初，台湾拍了五部文学纪录片，总标题为《他们在岛屿写作》，分别以风格化电影叙事手法，重新诠释与记录了林海音、余光中、郑愁予、周梦蝶、王文兴、杨牧6位台湾文坛重量级作家的生命与创作历程。其中，首部试映片为记录林海音的《寻找背海的人》。

记得在上演不久的一天，担任着岱山县领导的复达同志到北京办事。期间，他专门到中国散文学会来看我，跟我商量第三届“岱山杯”海洋文学大赛事宜。我对他说，你如果有时间不妨到电影院看看《他们在岛屿写作》，这片子或许对你有借鉴作用。我与复达交往多年，知道他在紧张的政务之余，一直在从事散文创作。而且，从与他的交流中知道，他从小生活在岱山，后来又长期在岱山工作，是真正的岛民。全国的作家很多，但真正在岛上生活、工作的不是很多，印象中著名诗人舒婷是一个，可惜她的作品并不是以海洋为主要题材的。

6月15日，按照事先的约定，我和参加第三届“岱山杯”海洋文学大赛颁奖活动的朋友们如期而至，来到被誉为蓬莱仙境的岱山岛。我这是第三次到岱山。刚入住宾馆不久，复达就赶到宾馆同我就海洋文学的发展进行了近两个小时的畅谈。我对他说，你是老岛民，又长期在乡镇、县里担任领导，有非常独特的条件，可以亲自尝试专门写一本岱山题材的散文集，这将是我国第一本海洋题材的散文集啊！听过我的话，复达的脸上微微含笑，他说，我今天拜访你，还有一个请求，就是想请你为我的一本散文集写个序言。我说，你的这个散文集全部是写海洋题材的吗？复达说，是的，全部写海与岛的。我一听，马上兴奋地喊道：好啊，原来你老兄早有准备啊！

从岱山岛回来，我并没有马上看复达的这部书稿。关于海洋题材作品，虽然我多年来一直关注，并且经我手也编辑发表过大量的作品，这其中包括复达的散文。可我总是想能有一扛鼎之作，因了这本书使人们看到标志性的海洋文学作品。以前，看一些乡土题材的作品，大都围绕某个村庄的民俗景物去写，看一个还觉得新鲜、厚重，看得多了，就觉得平淡无奇了。同样，写海洋题材的作品也很多，但总感觉离我心中的期望相差甚远，一是作者对海岛海洋不是很熟悉，写浮光掠影；另一是文字粗糙，缺少生动灵气的描写。基于这样的考虑，我一方面对复达寄予厚望，另一方面我又十分担心，生怕他写得过于官气，失去文学的意蕴。

今年夏季，全国热得邪乎，北京更是暑热。入秋以后，天气突然凉爽下来。一天，复达突然来北京办事，匆匆见面后他嘱我尽快将序言写出，说出版社等得着急了。看着窗外秋风舞动的景致，我隐约地感觉到，中国海洋文学的秋天到了。

复达的散文真的是不负众望。他的这二十几万字分“海”“岛”和“人”三部分，既是岱山这个海岛的缩影，也是复达及岱山人的生活缩影。阅读其中，使我感觉阵阵海风吹来，飘逸着幅幅动人的海岛风光，仿佛复达的家乡就是我的家乡。我曾经说过，文学的最高境界就是哲学，其最大的成功就是通过作者的自我发现、认识、表现，去达到我们的共鸣。很显然，复达的作品是达到这个境界的。

由于长期从事散文创作和研究工作，很多写作者总问我什么样的散文是好散文？我的想法是：语言朴实生动，内容丰富厚重，形式不拘一格。具体说，好的散文一定要给读者提供情感的含量，信息知识的含量，文化思考的含量。读复达的散文，我以为大体上体现了好的散文的基本要素。在此，我特别推崇复达散文的抒情描写，如：“或金灿透剔，酥松柔和，或青淤厚重，细腻硬实，沙滩总在波涛起伏间露着弧形的笑脸。退潮的时候，沙滩的身子随着海潮的一层层剥落而拉大，空旷的沙滩悠扬地凸显在海平面上，像是海的一片唇微微地张着，像是岛的一练裙裾浸沉在潮汐间，光彩惹目，令人欣然。即便是涨潮，沙滩也总以那一弯的笑脸迎候着波涛的洗礼，将潮水带来的窒息释放在弧形边上。”(《海的痕迹》)再如：“走在这样的沙滩上，身后留下的是一个个浅浅的脚印。几辆汽车或停泊或徐徐行驶，长长的轮胎印痕流线般地张扬在沙滩上。望着这铁板似的沙滩，我时常想，这沙滩何以成为此模样？是沙滩，却又失却沙滩的本色。是不是别有隐情？我揣摩着，沉思着。渐渐地，我的思路抛洒在遥远的时光里，一个念头蹦了出来：莫非沙滩亦悲情？”(《铁板似的沙滩》)像这样如此美奂的文字，我已经多年没有见到了。自20世纪90年代以来，许多精英作家提出了“向内转”，好处是关注了人的自身，而问题是由于过度关注人的自身而失去了整个社会，更失去了自然。因此，读复达的作品，就有如沐春风的感觉。我相信，读者读完这部散文集会跟我有同样的感受。

当然，复达的散文特点不仅是上面所述，它是多方面的，譬如文字短小淳朴、语言讲究、构思巧妙、意蕴深长等。碍于序言文字不好冗长，在此就不一一展开去说。

最后，我要就官员写作说几句。中国自古以来，绝大多数的官员都有着很深厚的文字功夫，尤其是科举制度，使得官员必须精通文字。历史已经证明，大凡优秀的诗人、作家，几乎都是为官的，有的还高居帝王、宰相那样的高位。作为共产党人，也同样如此，毛泽东、周恩来、刘少奇、朱德、陈毅等老一辈无产阶级革命家，他们都是了不起的文人。当下，有相当多的官员非常热衷散文、诗歌创作，也有的擅长丹青笔墨，在我看来这肯定是一件大好事。现在，党中央提出建立学习型社会，鼓励支持文化的大发展大繁荣，领导干部能否以身作则，十分关键。从这个意义上，我非常赞赏复达这样的领导干部，在支持文化部门开展文艺创作的同时，自己利用闲暇时间也写写文章，这既能培养自己的文学修养，也是深入生活、了解群众疾苦冷暖的一个有效通道。至于能不能把文章写得更专业更艺术，那就要看自己的造化了，这与当官大小没什么关系。

我看好复达的海洋题材散文创作，衷心地祝愿中国海洋文学取得更大的收获！

名家何其多，名作何其少

——散文中的几个哲学关系问题

自20世纪90年代以来，散文创作继“五四”运动之后的二十年、建国后的十七年之后，呈现出第三次繁荣时期，其主要特征是写作的人群多，发表、出版的阵地多，各种评奖、笔会多，形成风格、影响的流派多。对于这种态势，我在十年前曾以《散文进入商业化写作时代》进行过详细阐述。然而，繁荣的背后，也存在着许多盲目与乱象。有道是存在就是合理的，话是这么说，我却不这么看。我以为，这些问题说白了还是个哲学关系问题。

一、大与小的问题。自90年代贾平凹先生提出大散文观以来，确实在散文界引起很大震动。有相当多的散文作者很自觉地在散文题材、写作技巧上做了不同程度的探索。应该说，这种探索对散文今日的繁荣与发展是有重要贡献的。但是，我们从大量的散文阅读中，也不难发现，有相当一批的作者他们对大散文的理解是机械的歪曲的，他们所认为的大散文就是宏大叙事，就是动辄洋洋万言。其实，小散文也不是因为文字的短小，题材的简单，就不足以彰显文学的大。历史已经证明，我们有相当多的千字文，因其思想的深刻，叙事的精巧，至今依然为读者青睐。反之，我们多年来看到的大散文，有几篇能留给读者铭记呢？

二、多与少的问题。我们说一种事物发展繁荣，首先突出一个多字。散文也是如此。二十余年来，散文的多主要体现在作者多，读者多，但这是不是意味着人多作品的质量就高呢？这就要具体分析了。就散文创作的总体而言，较之二三十年代、五六十年代，应该说提高了很多。尽管如此，我们应该看到，今天的读者的欣赏水平也在大大地提高。因此，当今的散文作家，不管你写了多少篇，出过几本书，获过多少奖，你在圈子里名气有多大，你要能在读者心中留下名篇的记忆恐怕还真很难。因此，我提倡散文评奖评单篇。我也提倡散文写精短篇。（有位西安的中学语文老师曾对我呼吁：请让作家们为孩子写千字文。）

三、虚与实的问题。散文能否虚构，这是个老生常谈的问题，也是散文写作者、研究者无法回避的问题。多少年来，散文一直以叙事、抒情为主。在上学时，老师总强调学生写真人真事，似乎不写真人真事，就不会有真情实感。包括教育学生要讲实话，讲真话。于是乎，多少年来我们的散文教育也一直提倡真实。其实，文学的真实跟生活的真实是截然不同的概念。既然文学属于艺术，就不能把生活的真实原封不动地放在作品里。我赞成影视编剧们关于历史题材创作的准则：大事不虚，小事不拘，即大致情节要有，细节可以充分艺术把握。

四、变与不变的问题。前几年，有一批年轻的作家发出了散文要革命（或称新散文）的呼声，为此还开过几次会议。等过了几年，人们发现，散文并没有被革了命，倒是提出革命的人内部发生了革命。譬如有人明确提出，他（她）写的不是新散文。这就涉及到散文变与不变的问题。我以为，变是正常的，不变是不正常的。变不等于不尊重艺术的基本规律。任何人都在寻求变化，风格很难形成，形成了就很难改变。杨朔散文是一种风格一种模式，你可以不学，但不可以否定它的存在。

五、深与浅的问题。近些年，抒情散文已经很少看到，主要原因是：生态环境的破坏，人际关系的淡漠，市场经济的残酷，使作者很难产生对生活的激情。人们似乎更愿意看文史类的杂文与随笔，认为这些作品更厚重。至于叙事，人们对生活中的家长里短，亲情怀旧，乡俗风物，已然审美疲劳。于是，有相当多的作家，像考古队员那样走入历史，寻找答案。我的理解是不管哪一类的散文，首先要考虑艺术性，离开了艺术性，再厚重的东西也值得怀疑。

请爱护我们的民族品牌

——关于莫言、茅台及其他

最近，文学评论家李建军关于莫言获诺贝尔文学奖的授奖辞深度解读，在文学圈引起格外关注。莫言获诺奖，已经过去几个月了，本来已经不是什么新闻了，媒体对莫言的热炒也大大降温了。这个时候，李建军专门把莫言授奖辞拿出来解读，确实有些意味。众所周知，莫言获奖后，关于瑞典文学院诺奖评委给他的授奖辞，权威媒体从来没有完整地发表过，只是从中拣出有代表性的话加以摘要报道，这就给读者留下一个悬念——即诺奖评委对莫言究竟说了些什么。其实，一般读者当时只是被莫言获奖给惊住了，哪里还会管它什么具体的内容和细节，在人们心目中莫言获奖就行了。但有心的文化人，特别是文学评论家，尤其是李建军则不行。熟悉当下文坛的人都知道，评论家李建军博士知识渊博，在文坛以文字犀利生猛而独树一帜，近些年其针对贾平凹、莫言的激烈批评多次成为文坛的关注对象。这次莫言获诺奖，我一直期待李建军要发出怎样的声音。因为，他不可能不发出声音。等了几个月，李建军始终没有任何动静，心想李博士这回学聪明了，知道沉默是金了。人家莫言毕竟获奖了，你再站出来说人家，一是不合当下的顶莫潮流，二是也显得太不厚道了。然而，李建军毕竟是李建军，经过几个多月的准备后，他还是理直气壮地以授奖辞为突破口对诺奖提出了质疑——

在2012年度的诺奖授奖辞里，我们看到的，却仍然是一百年前“西方中心主义”的傲慢话语，是对中国文化以及中国人生活的极为严重的“偏见”：“他比那些喜欢模仿拉伯雷、斯威夫特和马尔克斯的多数作家都要滑稽和令人震撼。他的语言属于辛辣的那种。在他对于中国过去一百年的描述中，我们找不到西方幻梦般跳舞的独角兽，也看不到在门前跳方格的天真小女孩。但是他笔下中国人的猪圈式生活，让我们觉得非常熟悉。意识形态和改革有来有去，但是人类的自我和贪婪却一直存在。莫言为那些不公正社会下生存的众多小人物而辩护——这种社会不公经历了日本占领、毛时代的犷戾和当今的物欲横流时期。”通过明显的意指与朦胧的暗示，诺奖评委们处处将“中国”与“西方”作比较，“西方”的高级文化和西方人“幻梦般”的生活，那么优雅高级，那么富有诗意，中国的文化与中国人的生活，却仍然停留在“猪圈式生活”的原始状态。中国的确仍然处于现代文明建构的滞后状态，但是，用如此傲慢的“东方学”态度来审视中国，用如此充满偏见的语言来“阐释”中国，却很难说是一种积极的对话态度和有效的言说策略。（原载3月7日《文学报》新批评专刊）

说实话，作为新闻媒体同行，我挺佩服上海《文学报》新批评专刊如此大胆。在这之前，他们针对贾平凹、迟子建等名家的新作也曾拿出大量的版面进行解读。我能理解，对于当下好好先生的文坛，《文学报》的同仁们能冒着胆子这么做，确实是需要胆略和勇气的。好在他们坚持了下来，上海市委宣传部还拨了专款，以此支持他们“加强文艺批评”的举措。作为《文学报》多年的老读者、老朋友，我在为新批评专刊鼓掌叫好的同时，也有一些担心和忧虑：如果是健康的合理的文艺批评，于哪方面都好接受。如果是刻意以攻击性和否定性评论以引起文坛的轰动，赢得一时的名声和卖点就是个问题了。前几年，有人提出要警惕文坛的“酷评”——即抓住作者或作品的致命一点，不是从建设性出发，而以挖苦人、打击人，将人置于死地的做法评论。这种酷评的结果，使酷评者一夜成名，而被酷评者却痛苦万状，以至于在相当长的时间不能恢复到常态。当然，被酷评者大都是有头有脸的人物，由于相当“著名”，往往被社会宠坏了，惯出了毛病，因此遭到别人的妒忌与痛恨就在所难免。所以，挨一板儿砖、受一闷棍，也并非无缘无故。在莫言之前，贾平凹、王蒙、浩然，甚至连鲁迅都遭受过酷评。遗憾的是，大多数读者往往不是从理性去思考，而是像鲁迅当年写小说《药》那样，围观的人只是看热闹，以抢到蘸血的馒头为快事，而根本不知道死难者恰恰是为了他们而死。无独有偶。发生在文坛上的事，近来在经济领域也时有发生。

以茅台酒为例。国人都知道，自1915年茅台酒在美国巴拿马一举夺得万国博览会金奖后，至今已有近百年的历史。这百年当中，特别是新中国成立后，在党和国家的重点扶持下，茅台酒已经成为代表国家形象的国酒，见证了共和国在政治、经济、军事、外交、文化等诸多方面所走过的曲折历程。关于茅台酒的故事，人们知道得很多，如1954年，周恩来总理率中国代表团参加日内瓦会议和万隆会议，用茅台酒成功地打破了帝国主义的外交封锁，建立了新中国与世界各国人民的友好关系。周总理曾激动地说：“在日内瓦助我成功的有‘两台’，一是贵州茅台，二是戏剧《梁山伯与祝英台》。”无疑，茅台和同仁堂一样，是铭刻在每一个中国人记忆中的重要的民族工业品牌，也是一张无须验证的国家名片。透过它，世界看到的是具有千年历史沉淀的中国文化表达；透过它，世界看到的是崛起的中国民族工业发展的自信；透过它，世界感受到的是中国名牌挺进国际化的强大磁场。

十几年前，我曾到过茅台镇。贵州茅台酒厂是1951年以茅台镇原有的三家私营酿酒作坊为基础逐步发展起来的。自1997年来，经过不断发展壮大，现已成为拥有全资、控股和参股公司近百家，涉足白酒、啤酒、葡萄酒、保险、银行、旅游、地产等多种行业经营的大型企业集团。三月底，趁随作家采风团赴贵州采风之际，我们一行到茅台酒厂进行参观。说实话，如果不是亲眼看到茅台酒厂的变化，我的印象一直认为茅台酒厂只生产国酒茅台，哪里会知道昔日的“酒厂”已经变成了今日的“集团”。我们这次之所以要去茅台酒厂参观，当然与2011年以来茅台受到媒体的高度关注有关，如“茅台酒与腐败”“国酒商标”“茅台酒价格”“茅台酒有机原料认证”“赤水河水质”等。我知道，以我有限的知识，要做到对茅台进行全面的了解根本是不可能的。不过，我懂得由表及里，透过现象看本质，或许这正是我认识茅台的一种有效的通道呢。在此，我只选择一个角度，来说明茅台是负责任的“国家队”。从2000年开始，茅台开始推动有机高粱基地建设，着力实施“公司+基地+农户”的三级管理模式，累计投资8600多万元支持基地建设，2012年其所在的仁怀市及毗邻地区有机高粱基地认证面积达到62万亩，产量达到十万余吨，使117567户农民成为直接受益者。2012年，种植高粱的农户户均增收6430元，形成了当地优势特色农业，促进了有机高粱基地的良性发展。

我这样写，似乎并不能对媒体关注的问题说明什么。但我总觉得，不论是对鲁迅、莫言、贾平凹，还是茅台、五粮液等在国内外产生重大影响的人物和产品，我们的媒体同仁、写作同行，包括社会公众，应该以理性的思维去友善地爱护他（它）、保护他（它），包括善意的批评和建议。当然，也不论什么样的大牌企业和个人，必须保持谦虚谨慎的品格和态度，不断提高自我产品质量，自觉接受社会的监督与批评，维护社会公平，也只有这样，才能有利于社会的健康有序发展，最终才能共同实现中华民族伟大复兴的梦想。一个没有了孔子、屈原、李白、鲁迅以及龙井（茶叶）、景德镇（瓷器）、茅台（白酒）、同仁堂（中药）等名人和品牌的民族，肯定是被世界遗忘看不起的民族。品牌就是名片，国品就是民品，每一个中国人，都应当自尊，自爱，自强！

小说改编成话剧的多种可能

——观话剧《好听的都是伤心的歌》

当今的文学是眼花缭乱的。跟20世纪80年代以前的作家相比，今天的作家很少不被商业化所浸染。几年前，我曾撰文《散文进入商业化写作时代》，有个别人对此持不同意见，跟我进行了多次辩论。人家的意思是小说进入商业化写作的可能性大，而散文和诗歌就相对弱些。我说文艺评论呢？对方不置可否。

毫无疑问，在市场经济面前，谁也不是圣人。在谈论文化产业已经很响亮的今天，最核心和最突出的问题，不仅是文化产品的产业化，关键是人的被产业化。过去，一个文化人或知识分子，是不屑于把自己的劳动价值用商品或货币来做衡量的。记得在80年代初，党落实知识分子政策时，最重要的一句话就是承认知识分子是工人阶级的一部分。然而，光有了理论上的认同，还不足以具体体现对知识分子的尊重。很快，就有了职称的评定。于是乎，很多单位出现了工程师比厂长工资高的现象，知识分子从而有了扬眉吐气的日子。然而，知识分子的这种优越性并没有坚持多久，随着一批批大学毕业生、研究生、博士生纷纷走入社会，原来知识分子的优越性已经不复存在，而更受青睐的是公务员的部级、局级、处级、科级，至于民营企业，才不管你是什么学历与职称，主要取决于你的业务能力。当然，就社会的整体而言，有了高学历与职称，在应聘上起码是取得准入的证明，至于实效如何，那就看个人的能力了。

多年来，我们一直惧怕讨论“劳动力是否成为商品”这个话题。认为，人一旦成为商品，人的尊严就要被损害。但问题是，不管你是否回避，生活是最真实的，劳动力在很大程度上已然成为商品，这是不争的事实。在 80 年代初，围绕私营企业到底可以雇用多少人为界，有的说三人以内，有的说八人以内，超过这个数就被视为剥削。而剥削这个词，在社会主义国家是不能出现的，只有资本主义国家才会有。对于这样的问题，在理论界和基层具体实践中，一直是被困扰的。90 年代初，邓小平发表南巡讲话，提出了“发展才是硬道理”，从根本上解决了中国未来发展的方向问题。

从以上的分析中，我们不难看出，文化要大发展大繁荣，必须解放文化生产力。文化生产力的核心主体是文化人，人的解放是最大的解放。所以，我对文化领域的改革，尤其是文化人的选择一直非常关注，譬如出版社、报社的改革，文艺院团的改革，演出市场的改革，哪怕是稿费的多少，我都非常关心。我向来不看领导在媒体上怎样激情表态，我只看身边从事文化工作的人群他们的脸上是否洋溢着幸福，我这也是从中央电视台上学来的，人家记者不是多次拦住观众问：你觉得你现在幸福吗？

6 月 18 日晚，应朋友之约，在北京东城区文化馆三楼剧场观看了女作家方方根据自己的小说《树树皆秋色》改编的话剧《好听的都是伤心的歌》。方方的小说我是熟悉和喜爱的，此前也看过根据她的小说改编的影视作品。作为话剧，我还是第一次看到。在剧场大厅，我取了一本这部戏的小说和剧本编在一起的书，在剧本的封面上赫然打着“雅皮剧”三个字，我看了感到很陌生，不知道是什么意思。当时联想到的是轻喜剧。回到家，在电脑上搜索，得出的答案是——“雅皮风格是典型的经典主义，在迷乱的都市中雅皮风格始终得到优雅人士的欢迎。没有浮夸的表现，没有庸俗的媚俗，没有俗套的装扮，‘高层次’的品位是最重要的，在繁杂的人们中，雅皮本身就是亮点。绝不与人雷同是雅皮们必不可少的要求，高雅的外表装着精致的生活。”这让我想起多年前方方在中国地质大学演讲时所说的一段话，这或许可以诠释这部话剧的创意者为什么选择方方的小说作为“雅皮风格”的“第一主打”了——“我认为我和池莉还是有所不同的，这好比两台电脑，我和她是个人有个人的模式，我的读者要比池莉的读者少许多，我的文学观和她有所不同，我认为她是现实主义的作家，而我则更倾向于理想主义，在写作的时候总是对现实有一些不满。”其实，在我看来，文学创作没有绝对的现实主义和理想主义，作家在写作时常常处于现实与理想的矛盾当中，离开现实谈理想是空洞的，没有理想谈现实是枯燥的。就以《好听的都是伤心的歌》为例。这部话剧显然是知识分子为知识分子的代言写作，不管是大学教授还是大学生，他们的生活表面是发生在校园里，尽管在爱情、家庭、升职、乔迁等问题上带有浓郁的校园特点——即知识分子生活，但放在整个社会的大舞台上去考量，你会发现这种校园特色并不是封闭的，它与整个社会还是一个整体。

我注意到，这部话剧采用小剧场形式，人物少，服装道具简单，吸引人靠的是演员大段的台词和旁白的叙述衔接，应该说，演员的功夫是没少下的。但问题是，整部话剧看下来，给人的感觉还是小说味儿十足，戏剧效果并不是很强烈。说白了，整出戏是用戏剧的形式在演绎小说。我不了解，方方在之前是否写过话剧剧本。想必电视剧剧本是写过的。这里就有一系列问题要讨论，即小说是否都可以改编话剧？话剧剧本是否要忠于小说原著？小说作者改编自己作品是否带有局限性？诚然，有人曾提出，郭沫若、曹禺、老舍作为文学大家，都以经典的戏剧而屹立于中国文坛。但是，我们也必须注意到，大师们所创作的话剧几乎都是直接创作的，而不是改编自己或他人的小说。历史已经证明，把小说改编成话剧成为经典的非常少，鲁迅、茅盾等人就是例证。当然，我不反对当代作家做这方面的尝试，萧红的《生死场》、陈忠实的《白鹿原》应该算是相对成功的，但离经典似乎还有一定的距离。

《好听的都是伤心的歌》的出品单位为光谷客·17 排剧院，联合制作单位为《长江文艺》杂志社和武汉市艺术学校，其在 2013 年上半年已经推出的改编剧目陆续有《好听的都是伤心的歌》《桃花灿烂》《有房子的女人》《男人游戏——斗地主》等七部戏。我因不在武汉，无缘看到这七部戏演出后在观众中的真实反映。就我个人而言，看到有这么一个团队，他们有着自己的思想定位和艺术追求，在艺术生产和产业运作上做着某种探索和尝试，无论如何都应该值得称道，被加以肯定。至于这些艺术产品能否在多年后成为观众心中的经典，那就是另外一件事了。因为，谁最初的创作都不是奔着经典去的。

小说是可以享受的

立秋之后，看江西卫视“红歌会”。红歌会有点像央视的青歌赛，只是在强调专业性的同时，还强调观赏性。某日，看十二进十的晋级赛，在一轮投票后，专家评委吴碧霞的一段讲评极大地吸引了我。吴碧霞我是认识的，她毕业于中国音乐学院，曾多次获得国内外声乐大奖。吴碧霞说，在2002年前后，她到处参加各种比赛，简直可以用比赛专业户来形容。在获过多次的奖项后，她开始反思：我得奖究竟是为了什么？是为了证明自己，还是为了证明比别人强？经过一段时间思考，她的结论是：我喜欢音乐既不是为了证明自己，也不是为了和别人争高低，而是真正地享受音乐，因为音乐可以给自己带来快乐。

那么，文学是不是也可以享受呢？我把这个想法说与著名作家、诗人石英先生。他听后说，我完全同意你的看法，如果在文学创作中，能够得到快乐的享受，那将是最高的境界。石英先生是多栖而且多产的作家，他在小说、散文、诗歌等多种文体上都有着很高的成就。在文坛，有很多成名的作家，作品很好，但不一定在人生的参悟方面有多么惊人的见地。有一次在青岛大学，王蒙先生邀请贾平凹前去讲学，在休息时，王蒙邀请贾平凹题字。贾某人提笔蘸墨，稍微思考一下，遂写出“贯通”二字，王蒙看后爽朗地哈哈大笑。自然，贾某人写到了王蒙的内心深处。后来王蒙先生对旁人说，平凹说我是

“贯通”之人，其实他自己又何尝不是呢！就我所认识的作家当中，除了上面两位能做到“贯通”，恐怕其他人就只有石英、周明和舒乙几人了。

石英先生的文史知识，在当代作家中首屈一指。每次与他聊天，都被他的满腹经纶所折服。去年秋天，在一次朋友聚会时，他无意中说他在整理过去的作品时，有感于二三十年前的某些作品没有达到自己心中的高度，便毫不吝惜地扔进纸篓，并表示要拿出一两年的时间，着意写上一批短篇小说。当时，有作家朋友认为可惜，以至提出人不应该否定历史，既然过去写出发表了那么多的作品，就应该认账，有效地保留。然而，石英先生坚决地说，自己都不愿看的东西，何必再留给别人看，否则，就是浪费生命。

果然，石英先生自此以后真正地写起短篇小说来。我知道，这不仅是他在兑现自己的诺言，同时也是在寻找他创作过程的快乐。我注意到，2012 年以来，他先后在《北京文学》《红豆》《清明》《阳光》《飞天》《雨花》等杂志发表了系列短篇小说，引起读者的关注，《小说月报》还将其发表在《天津文学》上的《偶然事件》做了转载。或许，有很多的读者还不知道，石英先生今年已经 78 岁高龄，在这个年纪能掀起一次文学创作的小高潮，在当下的老作家中实属罕见。

石英先生的这组短篇小说，不同于我们以往看惯的小说路数，题材不是很新颖，时间跨度大多是“文革”前后，创作手法也不是花样翻新，在很大的程度上，使你在开始阅读时并没有太大的吸引力。但是，当你进入中局，特别是看过结尾后，你又不得不佩服他的构思奇特，语言稳健，思想老辣。我在看过《福祸恩仇》后，曾打电话给石英先生，说这样的小说写法，只能是他这样的资历的人才可以写，如果换成二三十岁的年轻作家，是很难想象的。石英先生说，你看得很对，我就是要通过小说把我的人生经历告诉读者，这其中浸透着我大半生的生命思考和哲学思考。我一直把文学创作看作是我的一种表达，什么时候表达得越充分，越痛快淋漓，我才是越享受越快乐的。

或许很多年轻的读者对“仪生”同志的经历很陌生，其实，发生在仪生身上的事在今天并没有结束。市场经济的高速发展，使人和人的关系骤然紧张，到处充斥着竞争与打压，据有关医学统计，现在的中国人有将近上亿人处于各种精神分裂状态。有的人自以为自己是鲜花，但经过几次的斗争之后，逐渐地开始萎缩，最后终于成了杂物与垃圾。正如石英先生在小说中所写的那样：“在过去的三千多个日夜中，他在许许多多人的眼里，也是杂物。”

石英先生在当代作家中始终是以一身的浩然正气而独立于文坛的。仪生的经历，就是他自己的化身。在过去的岁月中，他多次遇到像吴痕那样的领导，假如他真的违背自己的人生信条，而去趋炎附势，说不定他就会免于被当作杂物的十余年，甚至可以捞到部级的高位。但捞到高位又怎样呢？那样的过着奴隶般的生活能使自己快乐吗？

在石英先生看来，人生的快乐莫在于拥有自己的理想，而且一生为这个理想而奋斗。作为一个党员作家，为着自己投身的事业去奋斗，这自然是他的人生目标。在这个目标之外，还有一个如何尊重艺术规律，实现自己最大限度的艺术美学和艺术哲学的高度统一的艺术追求过程。这种快乐无疑是属于自己的。真正的共产党人，从来不否定个人的艺术追求。从历史来看，大凡有成就的共产党人，如马克思、列宁、李大钊、毛泽东、瞿秋白、方志敏、陈毅等人，在文学艺术上都有着相当高的造诣。也就是说，他们都是先进文化的代表者。毫无疑问，石英先生从青年时期，就始终以文化的自觉，热爱生活，从生活中感悟人生，做到党性与文学性的二者结合，从而拥有了自己的文化自信与自强。

我所以产生以上的一些想法，主要源于我近一个时期对许多文艺现象的思考。石英先生的这种有意尝试与追求，确实应该引起我们的关注与思索。在最近的二十年的文学创作中，我们有相当多的作家总爱沉湎于自我，缺乏对生活的挖掘与理解，所以，写出的作品常常只是在小圈子里热闹，而没有被社会所共鸣。文学是社会的反映，只有不断地从我走向我们，我们的文学才会有希望，也才真正地会实现文学的大发展与大繁荣。

文学啥时成了圈里人的文学

当下的文学研讨会多如牛毛。粗略算来，我在北京每年都要参加二十几场，每场的内容各有不同，但形式都差不多。平心而论，在浮躁的社会背景下，好多会都流于形式，不论是对于主办者，还是被研讨者，都不过是个事而已，从中几乎得不到任何有益的帮助。以我的观察，出席会议的领导者——即主席台上坐着的人，大多数人是不看书的，讲的都是些冠冕堂皇的客气话、套话。而所谓的评论家、专家也大多不怎么认真，绝少有真知灼见的，常常是会议开到一半就中途退场了。至于是接着赶场，还是奔赴饭局，那只有当事人自己知道。要问这个中原因，主要是这种研讨会大都是圈里人的活动，一切都是那么顺理成章，井井有条，按规矩出牌。

对此，中央领导和各级文艺领导部门，甚至作家、评论家都不止一次地呼吁，要加强文艺批评的力度，不能搞人情评论、金钱评论。但几年过去了，问题还是那么个问题，事情还是这么个事情，丝毫没有明显改变。根本原因还是按过去的规矩出牌。

忽一日，作家周明给我打来电话，约我参加陕西乡党吴建斌的长篇小说座谈会。我说作者我不熟悉，也没看过他的小说，我就不去了。周明说，下午我就通过特快专递给你送去长篇小说《海之子》，你看看吧，很有意思。于是，我利用半个晚上大致翻阅了这部小说，确实如周明所说，非常值得看。吴建斌不是专业作家，现任香港某中资企业董事、财务总监。此前已经出版过长篇小说《海之魂》《海之龙》《老板迷离》和职业经验的《财务智慧》等书。

出席吴建斌长篇小说研讨会的名家很多，如邓友梅、梁衡、阎纲、柳萌、雷抒雁、王宗仁、雷达、梁鸿鹰、曾镇南等，甚至连一向很少参加研讨活动的著名作家梁晓声也来了。我注意到，中国作协副主席何建明和梁晓声在发言中，都提到了怎样看待圈外人的文学创作问题。他们的意思是说，在相当长的一段时间以来，文学逐渐成了圈内人的文学，也就是体制之内人的写作。对于网络文学和体制之外人的写作，一直比较轻视，或者说是鞭长莫及，爱莫能助。但通过阅读吴建斌的作品，你会感到他们生活在一线的作家作品内容非常生动，绝不像专业作家们在室内空想的作品，跟生活有较大的隔膜和距离。

中宣部文艺局的文艺评论家梁鸿鹰在发言中提出，文学被专业化、窄化，以至是名人化，这显然是文学的死门。我注意到，关于文学的专业化、学者化与业余化，最近常常成为文学讨论的话题。一方面，要提倡精品力作，让文学走出国门；另一方面，还要让文学回归社会，成为普通读者的精神食粮。我以为，这二者并不是对立关系，回溯中外文学史，大凡经典的作品，最终都是大众化的。如《安娜·卡列尼娜》《简·爱》《红楼梦》《三国演义》。如今，有相当多的一批专业和准专业作家，他们把写作的目标总是盯在评奖上，发表在某几家大刊上，而看不到读者的真实反映，甚至认识不到已然对文学规律的偏离，结果越走越远。名气对于一个人固然很重要，但聪明的读者是不看你在圈子里是否有名，他花钱购买的书刊要物有所值，一是要满足娱乐消遣的需要；二是要满足审美的需要。前些时同著名作家陈建功到天津为文化杯全国文化系统“梁斌小说奖”获奖作家颁奖，在讲话中陈建功说，他二十几岁在京西煤矿挖煤时曾想，什么时候不挖煤光看小说多好。如今几十年过去了，在他写过、看过无数的小说后，他突然又萌发了要是每天不看小说，能到井下挖煤该有多好的感慨。

这前后近四十年的变化，既表明当年人们对文学是多么的渴望，又折射出人们对当代文学多么的失望。

当然，我们对当代文学的失望，绝不能全都归咎于文学成了圈子。综观社会各界，哪个地方没有圈子。曾看过一个手机段子：“进了班子，没进圈子，如同没进班子；进了圈子，没进班子，如同进了班子。”细琢磨之，非常有道理。我也曾跟想进步的朋友说过这样的话：“官场好比北京的环城路，一把手在中南海，其他人分别在二环、三环、四环、五环、六环。有无数的人都想着从六环逐步到中南海，开始发现，五六环还比较轻松，一旦到了二三环就非常的拥挤。聪颖的人，有二环的机遇，在三环驰骋，而糊涂的人，本来是五环的本领，非要往二三环去争，结果交通事故屡屡发生，甚至是当场毙命。”朋友听后，如梦方醒，他反问我：“那你在几环？”我说：“我哪个环都不在，我在长安街沿线，也许在通州，也许在河北的燕郊、三河，有人需要中南海的阳光照耀，而我则需要田野的自由。”

想来，文学创作也是如此。人一旦进了圈子，即使你思想是自由的，但你也身不由己。因此，我们的文学要想真正地发展与繁荣，不论是什么样的作家，都不要整天活在圈子里。人在圈子，如同野畜变成了家畜，虽然模样好看了，体重增加了，但却丢失了物种的本性。没有了本性，也就没有了本质。

评奖何时不用打招呼

文章写得多了，就会写出点名声。人一出名，好事就会有。譬如当官，再譬如去各地采风、做报告，出席大大小小的研讨会、峰会、论坛。此外，还有一种好事，那就是充当各种奖项的评委。

不论什么组织、社团、单位，为了某一个目的，开展一些名目的评奖，以激发创造人的活力，让优秀的人才和作品脱颖而出，促进整个社会的繁荣，这肯定是很正常的事。像过去在文艺界叫得很响的“金鸡奖”“百花奖”以及20世纪80年代前后开展的全国优秀短篇小说奖、中篇小说奖、报告文学奖、诗歌奖及前几届的茅盾文学奖，每次评奖社会都给予了极大的关注，群众的参与热情极高。奖项揭晓之后，尽管难免会有遗珠之憾，但社会反响总体很好，专家和群众基本都能满意。原因很简单，当时的评奖很透明，很公正。一是坚持专家评奖与群众评奖相结合；二是评奖之时，评委只看作品不看人。据文学界资深人士周明、吴泰昌、崔道怡、刘锡诚、阎纲等人回忆，那时的评奖常常是根本不认识作者，也不知作者在哪里工作。有的作者在小说处女作发表后被评上了全国奖，其本人还在农村的生产队里劳动哩！还有个别作者作品获奖时，其右派帽子还没有摘掉；三是评委都是在各个艺术领域绝对权威的人士，不像现在有很多的评委由领导干部充当或对业务不熟悉的半瓶醋干部担任。有了以上三点，其评奖的质量能不让人心服口服吗？

进入 90 年代以来，随着市场经济的活跃，各种产业的发展，评奖活动也是不断与时俱进。仅就文艺界来讲，从中央到地方，从政府到社团、协会、杂志、报纸开展的各种评奖活动如雨后春笋，层出不穷，大有你方唱罢我登场的热闹景象。目前的状况是，谁也不是绝对权威，标准很难统一。其主要问题是：一、评委资格不公开，评委人员是圈子；二、评奖减少了群众参与这一重要环节。有人形象比喻之——如今的评奖简直就是评奖单位（评委）自己的自助餐。结果，奖项设得越来越多，奖评得越来越滥，群众对评奖的参与热情越来越减，有的干脆不跟着你玩了；三、现在的评奖大多是人情奖、招呼奖，很多奖在未评之前就已经内定了。为此，本人于 2008 年 1 月 8 日在上海《文学报》撰文《鲁迅没有得过鲁迅奖》，文章发表后，得到很多文学界同行的积极响应。想来，我不过是替正直之人说出了人们深埋很久的心里话而已。

4 月 26 日，在北京京西宾馆我参加了由中国散文学会、北京市写作学会主办的第八届“中华颂”诗文、书画大奖赛颁奖活动。我注意到，前来参加领奖的人员大都是五六十岁，甚至是七八十岁的老同志。看着他们身披红色绶带，一脸喜气洋洋的样子，我的心里油然而生一股敬意，仿佛看到我年迈的父母就置身于他们中间。这些老同志，无疑是退休人员，他们退下来之后“不抽烟，不嗜酒，不搓麻，不遛狗”，把绝大部分时间都投入到对文学艺术的创作上，以此颐养天年，重圆自己年轻时的艺术梦。作为颁奖嘉宾之一，我不能说他们的作品都取得了多么高的艺术成就，但我由衷地为他们的选择而高兴。我曾说过，我们热爱文学，因为文学能给我们第二次人生。颁奖大会快结束时，著名诗人、词作家、大赛评委石祥同志激动地说：“这次大赛主题好，谁不爱自己的祖国呢？每当想到祖国，我们就会有一种自豪感。想想汶川地震、玉树地震，我们的祖国多好，我们的人民多好，我们的党多好！另外，这次评奖非常公正，没有一个作者、领导跟评委打过招呼，是硬碰硬的靠作品说话的！”石祥的话，赢得台上台下所有人的热烈掌声，那是一种久违多时的掌声。

是啊，这是近年来少有的一次没有任何人打过招呼的评奖！也许，在很多人眼里这个奖很普通，可它却给了我们以深刻的思索。很长时间以来，我们太习惯在评奖中听招呼、被打招呼了。在这“听”与“被”的过程中，小的利益可能得到了，可大的道义呢？公平公正何在呢？我们应该面对，我们必须面对！我们应该回答，我们必须回答！

谁在城中守自城

今天是正月初七，人日。“人日”亦称“人胜节”“人庆节”“人口日”“人七日”等，传说女娲初创世，在造出了鸡狗猪牛马等动物后，于第七天造出了人，所以这一天是人类的生日。汉朝开始有人日节俗，魏晋后开始重视。古代人日有戴“人胜”的习俗，人胜是一种头饰，又叫彩胜，华胜，从晋朝开始有剪彩为花、剪彩为人，或镂金箔为人来贴屏风，也戴在头发上。此外还有登高赋诗的习俗。

每年这个时候，好友尽心女士都会张罗京城的一帮文友雅聚。今年定在国子监对过的叙香斋素食馆，正合我意。春节前，尽心告诉我，她春节准备到河北的寺院里过，我听后一点也不觉得惊讶。尽心是当代最有影响的女词人，其创作的数量之多、质量之高在国内首屈一指。她出名很早，加入中国作家协会时还不到二十岁。后来她到北京海关做公务员。再后来她辞去公务员靠自学考取了北京师范大学文学博士和南开大学博士后，分别师从著名学者赵仁圭和叶嘉莹先生。照此发展下去，尽心的前途当不可估量。

然而，两年多没见到的尽心，想不到竟以出家人的装束老早就恭候大家。寒暄过后，从她送给我的《慧心诗存》中得知，昨日的尽心已于前年阴历七月十五日在河北正定临济寺皈依佛门，法名慧心。次年再度皈依，得法名明性。就是说，今天站在我面前的尽心，我该改口称她慧心师父才是。再细看其于 2010 年创作的 81 首诗词，较之过去，明显多了通俗智慧，少了晦涩玄虚。有些句子，能让我铭记终生。如：“春来莫怕花开早，愿把春心持赠君。”“禅堂不觉秋风起，一叶铿然落有声。”

席间，年近八十岁的著名朗诵艺术家曹灿先生作为尽心多年的师友，见尽心如此抉择，不免有些可惜：“你这样一来，那么多年的书岂不白读了？”其实，有这种想法的人何止曹灿一人。见状，尽心并未马上回答，只是依然向大家微笑着。我则指着一首诗说：“我给各位念一首诗，或许能找到答案：枉然拣尽傲霜枝，老翅南飞力不支。落木秋风愁渺渺，残荷听雨浪差差。三千块垒填沧海，一瓣心香觅好辞。帘底灯前空度日，秋虫夜夜语如丝。谁在城中守自城？秋窗风雨耐心听。借来一管生花笔，抹去三生刻骨情。泥上偶然空惦念，树头零落不知名。也怜梦好留人睡，却抱诗书到五更。”我的朗读，博得人们的热烈掌声。

这就是尽心——不，应该说是慧心的追求。我相信，明理的读者一定能理解尽心的选择的。而且我还相信，以慧心的聪颖博学，她在未来的佛门里也一定会有大的作为的。

第二辑

谁在影响我们的生活

这是一次没有名签的会议

如今，参加任何一个会议，我们都会看到桌子上摆满了名签。这样做的好处，可以让与会者找到自己的位置。另一个好处是，可以分清参加会议者的级别、身份。在一切都讲究程序的今天，这似乎也无可厚非。但问题是，这样的严肃气氛，总让人有距离感，显得生分。我不知道国外是不是也这样，如果是，这就当属国际惯例了。

今年是纪念毛泽东同志《在延安文艺座谈会上的讲话》发表 70 周年，各级各地都在举行不同形式的纪念活动。延安我是到过几次的，《讲话》的会议所在地杨家岭中央大礼堂我也参观过。虽然今天里边的摆设不一定都是原来的物件，但大体是相似的。1942 年 5 月 2 日到 23 日，座谈会共开了 21 天，毛泽东、周恩来、朱德等许多中央领导同志都亲临大会，倾听文艺家发表对文艺工作的看法。毛泽东一共参加了三次，并于 5 月 23 日闭幕时代表党中央发表了讲话。不久，他又在此基础上讲了两次，最后，把三次讲话统一成一个讲话，以《在延安文艺座谈会上的讲话》为题，正式发表。从此，《讲话》一直作为党的文艺方针，延续到现在。

在中央大礼堂参观时，我注意到，当时开座谈会并没有主席台，更没有所谓的名签，人们很自由地坐在破旧的木椅板凳上，有的干脆坐在土坯砖头上。但这次会议开得很热烈，很民主，甚至很激烈。作家萧军曾一度因为气愤而向毛泽东请求提前离开会议。在毛主席及其家人的多次劝导下，才最终完整地参加了会议。关于这次会议，党中央准备了很长时间，在此之前的近一年时间，毛泽东曾多次找萧军、丁玲、罗峰、白朗等作家座谈，这从毛泽东与萧军的通信中就可以看到。关于《讲话》的内容，并不是毛泽东即兴所讲的，在之前他也曾多次同中央其他领导同志交换过意见，表述过他的主旨思想。因此，毛泽东的《在延安文艺座谈会上的讲话》是集中了全党和广大文艺家集体智慧的结晶，所以才真正成为毛泽东文艺思想的重要组成部分。

由于工作关系，我跟很多老作家、老艺术家有着很多的交往。他们回忆说，在1995年以前，文联、作协开会从来没有摆放名签的，也很少设主席台的，通常是圆桌会议。在座位顺序上，也不大讲究，完全是凭着感觉。发言时，互相插话是常有的事。不像现在的会议，森严壁垒，座谈会、研讨会成了吹捧会、红包会、传达文件会、论资排辈会。特别是颁奖会，主体不是获奖作家，而是领导，是赞助商。正因为如此，使文坛显得很浮躁，作品很空洞，很脱离群众。

我个人以为，在纪念《讲话》时，不要像举办什么节庆活动那样，只图三两天的热闹劲儿，而是要长期地坚定地贯彻执行下去。中央领导同志近年多次提出要“三贴近”“走转改”，实际是在提醒我们的文艺工作者，要始终如一地坚持与人民群众紧密结合的文化自觉，只有这样才能找到我们的文化自信，实现我们的文化自强。离开人民大众的水，一味地玩技巧，看西方人的脸色，终究是靠不住的。也必将被人民所抛弃所遗忘。

给大师们留点脸面

近来，关于大师们的批评之声多起来。人们所以关心大师，主要因为大师是公众人物。还有一个问题，是大师的名头遭人质疑。就是说，这个大师，那个大师，是谁封就的？前些年，有准官方机构，对百名民间工艺大师进行了认证。据说，评价还算基本公正，议论之声不多。与大师相近的名头还有大家、大腕。咱没生活在古代，不知当时的人们对有成就的知识分子怎么称呼？我知道，还没有人称呼孔子、孟子、庄子大师的，也没听说有谁称呼李白、杜甫、苏东坡大腕的。即使到近现代，也没有人称呼胡适、鲁迅、茅盾、齐白石大师、大腕的。这我就奇怪了，国学大师、文学大师、戏剧大师、音乐大师、美术大师、中医大师是从何时开始叫开的。过去偶尔从戏曲行里听到有人称呼梅兰芳梅大师的，但更多的则是梅先生。

记得去年同一位名家外出讲学，在路上谈到养生的学问。这位先生忽然玩笑般地说道，人追求健康长寿那只是一厢情愿。假如人真活一两千岁，不要说地球承受不了，光文艺界就得打起来，不好排座次啊，让孔子当北京大学校长，屈原当文化部长，王安石当文联主席，苏东坡当作协主席，李白当诗歌学会会长，李清照当诗词学会会长，欧阳修当散文学会会长，罗贯中当小说学会会长，蒲松龄当通俗小说学会会长，司马迁当报告文学学会会长，八大山人当美协主席，赵佶当书协主席，关汉卿当剧协主席——这些人的名头太大了，可问题是他们长期占着那位置，让我们这些后辈怎么熬啊！所以，为了更多人的快乐，人不能过于长寿。你的快乐不能建在别人的痛苦之上。这大概也算性本善之一种罢。

我们可以理解，欣逢盛世，人们渴望文艺的复兴。欧洲文艺复兴，不是空洞的口号，那是由很多杰出的艺术大师来支撑的。当下的中国，不缺乏在各个艺术领域出类拔萃的领军人物。他们的艺术成就可圈可点。但如果拿到世界上去横向比较，人家肯定觉得我们离大师还有距离；如果同历史的人物比较，我们的当代人恐怕连抬头都不敢。就说诗人、作家，我们当代的名家，有哪一个敢站出来说我就是李白、王安石在世？至于音乐、美术，恐怕就更不敢有人说你是谁谁了。一句话，你跟古人跟外国人都不能比，因为你不够格。你所能比的是大军区正副职待遇，部级副部级待遇，还有什么国务院特殊津贴等等福利。

当然，要说当代人的艺术成就真的那么差，这似乎也有失公平。有人会举例说，某某人如果生在当代中国，他也未必能创作出那么经典的作品。这种说法或许能成立，问题是我们当今的大师们即使不缺少艺术的顶尖水准，那在人品气节方面呢？恐怕少有鲁迅、梅兰芳、萧军那样的硬骨头。这些文化前辈，他们断然不会随便地改年龄，拍虚假广告，到处乱题字，也不会给别人打小报告，更不会给日本人当汉奸，做反动文人。记得 1999 年，因有记者采访我，问及浩然的一些情况。我无意说出在“文革”期间，曾有很多作家给江青写过效忠信，想通过浩然转给江青以求宽大，获得生活和创作的自由那样的话，结果引起关于浩然的强烈争议。很多人给我打电话，问真的会有此事吗？我回答千真万确，并告之这是浩然先生在 1985 年京郊的一次文学创作会议上说出的。接着，他们又问我你亲眼看过那些信吗？我说没有，那些信一直保留在浩然先生家里。他们继续追问，浩然将那些信交给江青了吗？我说没有，那些信如果交给江青，“文革”后一旦查出，这些所谓的名家、大腕、大师们还有脸面在文坛上人五人六、装腔作势吗？最后，他们问我的更直接，你知道到底有多少封信吗？你能具体说都有谁吗？我说，听浩然先生说有一百多封，具体都有谁，浩然先生一直不说。我想他是在有意保护那些人的尊严吧！如今，浩然先生已经作古，那些封存的信件究竟在哪里，真的谁也说不清。就个人而言，我真希望那些东西随着时间的流逝永远地消失在人们的记忆里。它的存在对于生者和逝者都将是一种磨难。

还是中央领导说得明白，对于当下的中国最好不折腾。只有做到不折腾，才可以集中时间、精力聚精会神搞好经济建设，战胜金融危机。如果总是揪住过去的是是非非不放，把一些似是而非的东拉西扯起没完，是不利于我们这个得来不易的大好局面的。在此，我们不妨借用过去的经验，团结一致向前看，把时间和精力都用在向古人学习，向外国人学习，向现实生活学习上，集中精力创作出好作品，少关心大师的头衔值多少钱，那样，我们离大师出世的日子就真正不远了。

理想的云朵有多高

大约在三十年前，不，或许在四十年前，在我还幼小，当我第一次知道理想这个词的时候，我像很多的孩子一样，首先想到的是共产主义。为什么要想共产主义呢？因为共产主义是按需分配，想要吃的就有吃的，想要穿的就有穿的，甚至可以不干活不上学。这样的理想谁不想呢？等我开始认识一些汉字，开始学写作文的时候，同学们写的大都是当科学家当解放军当作家当工程师当教授，面对我们这些农村娃稀奇古怪不着边际的想法，班主任老师说，你们不要胡思乱想，我告诉你们，你们的理想就是当个拖拉机手。于是，老师就开始抒情起来：在故乡的土地上，我是一名拖拉机手，眼前是黄灿灿的麦浪，在丰收和喜悦的田地间，我要大声地歌唱，美丽的家乡啊，我是你真正的主人。

是的，我们是大地的主人，就像歌中热爱西沙一样热爱我美丽的家乡。可是，少年贫穷饥饿委琐的我无论如何不能把理想与拖拉机手联系起来，我不稀罕用摇把把拖拉机摇得“突突突”响，也不稀罕发一套劳动布工作服一双白线手套两块力士肥皂，我的理想是走出土地告别炊烟告别麻雀告别旱厕告别劳动，到城里当工人当售货员当公共汽车司机当干部。多少年后，当我看到汪国真写的诗句“到远方去 / 到远方去 / 熟悉的地方没有景色”时，与我看到路遥的《人生》《平凡的世界》一样让我震撼，这些文字撞击着我的心灵我的理想。我就是高加林就是孙少安孙少平。

一个人的理想有多高，他的力量就有多大。凡成大事者必有远大的理想，你可以说他狂妄说他有野心说他是极端的个人主义者，可是他一旦成功你就会事后诸葛亮你就是预言家就会无话可说。正像我们读过王侯将相本无种乎读过少年中国说读过为中华之崛起，这些少年青年他们显然是那个时代的理想主义者。因为他们的理想，他们最终才成为改变那个时代推动历史进步也成就他们个人命运的弄潮儿。用今天的话说，他们就是崔健那样的摇滚青年，他们的声音让亿万人跟着沸腾跟着呐喊跟着革命。

每个人都来自于平凡，即使你的上几代是王孙贵族是达官显贵，可再往前推你仍然是普通人是平凡人是在黄土地上刨食的农民。翻开人类发展史，时代出英雄，人民大众创造了历史，历史也创造了英雄。尤其是改革的时代，商鞅变法、王安石变法、戊戌变法、辛亥革命、改革开放，每一次变革都是在激烈的争论甚至是血的代价中进行，不论成功与失败，我们都应该对那些先行者表示敬意。没有他们，就不会有时代的进步就不会有民族的复兴就不会使老百姓得到更多的实惠。要变法就要有一批理想主义者，就要有先进的思想，就要得到执政者的支持，就要得到大多数人的支持，其核心是根本利益是跟我有多大关系。

缘起于 20 世纪 80 年代的改革开放，解放了中国人的生产力，使农民成了工人老板，使土地不仅仅种粮食而且种鲜花种草坪种开发区种房地产种出了数以亿计的农民工。当年，知识青年到农村去，接受贫下中农的再教育。今天，亿万的农村青年进城去接受城市的再教育，二者之间所不同的只有两个字，那就是知识。知识可以认识世界可以改变命运可以让你有更多的理想成为现实。你可以说农民工有这样那样的问题，可如果没有了农民工，城市的问题比没有农民工出现的问题更是问题。

进入21世纪，改革开放已经三十多年，知识需要更新观念也需要更新人才也需要更新。教育的终极目标不是读本读研读博，而是把所学的知识同生产实践相结合，把产量提高把效益提高把国力军力国际影响力提高。人活着是要讲究点精神的，精神不是一块钱变成十块钱也不是一万元变成一百万元更不是一百万变成一个亿的量的变化，他要的是人的尊严是人的质量是人的公平与平等。

我喜欢苏俄文学，我喜欢穿着军装戴着大檐帽别着手枪在白桦林散步的丽达，她给我美的幻想给我青春插上革命的理想我愿意为那个理想去献身。我也喜欢中国的方志敏，在那么艰难的环境中，他即使那样清贫，在生命最后的一息，仍然完成了他的《可爱的中国》。我还喜欢一位叫丁祖诒的中国民办高校教育家，在西安的翠华山下，他用28年的时间，完成了他的教育梦——让那些高考落榜的没有考上名牌大学的孩子们，走进大学的课堂，实现他们的人生理想。有关丁祖诒的传奇故事很多，有关丁祖诒的教育箴言也有很多，诸如“风暴风暴也就是风一下暴一下，它还能坚持多久？风暴过后一定是晴天。”“我们要像保尔·柯察金那样，当回首往事的时候没有虚度年华；我们要像《列宁在十月》那样，在战场上永远向前不能后退，后退就什么都不是。”“领头羊不一定孤独，领头羊把自己置身于群羊之中，利害相关休戚与共，不但不孤独还沐浴着险峰的无限风光。”翻看历史，一个伟人一个成功的人，他们都或多或少地给后人留下名言警句，这些话看似普通，但在每一个践行者的历程中都要付出艰辛的汗水甚至是苦难。对于丁祖诒，社会给予他的荣誉相当多，像“中国十大杰出教育家”“中国民办教育的拓荒者”等，他既看重又不看重，他最看重的是学生们所说的：“我们或许上的不是世界上最好的大学，可我们拥有最好的校长。”因为，他离不开孩子们，即使在生命的最后一息，他被担架抬着也要出席一年一度的元旦晚会，他平常最爱说的也是最后说的话是——“孩子们，我爱你们！”

一个人活着，支撑他的一定是所必需的血液和营养。但光有了血液和营养，如果没有理想的精神支持，他即使活着也不会有多少价值。正如《平凡的世界》里孙少平所说，人不是为了活着而活着。正因为如此，我想问自己，你的理想的云朵到底有多高？我需要答案，我需要自己大声地说出来。

（本文系作者在2015年3月13日西安翻译学院原院长丁祖诒先生教育思想研讨会上的书面发言。）

艺术家只比人民高一点

最近刚从延安回来，感慨颇多。适逢5月，自然让我们想起5月23日毛主席发表的《在延安文艺座谈会上的讲话》。关于延安文艺座谈会，并不是在5月23日召开，而是闭幕。召开的时间是1942年5月2日，地点在杨家岭中共中央办公厅楼。

中共中央在各个历史时期，开过很多重要的会议，有很多已载入历史史册。毛主席在各个历史时期，也发表过很多重要的讲话，有相当多的成为重要的历史文献。由于毛主席的特殊地位，由于他的思想的高屋建瓴，由于他的文笔的神采飞扬，他的诗词、政论性的散文，已然成为中国文学在20世纪具有标志性的高度。

关于《在延安文艺座谈会上的讲话》，其历史意义无须我再赘言，文史、党史专家早有定论。我觉得，《讲话》从根本上解决了作家、艺术家的世界观问题，即我们为什么写作，为谁写作，怎样写作。不要小看这个问题，也不要以为今天的作家、艺术家已经解决了这个问题。而恰恰相反，自1990年以后，文学界提出了“向内转”——即以自我为中心，写人的情绪、感情，也就是所谓的私人化写作，其根本是回避现实，躲避崇高。最终的结果使文学脱离大众，以至在相当长的时间文学被冷漠。为此，很多老作家非常焦虑，寝食不安。记得多年前，著名军旅作家，被誉为“高原之子”的王宗仁就曾经说过：“一个冷淡了人民的作家，人民是没有理由不冷淡他的！”

近几年，党中央针对过去的文艺现状，提出了“三贴近”原则。我认为，三贴近就是对《讲话》的继续贯彻，这不是口号，这是实实在在地对过去的“纠偏”。诚然，作家、艺术家的创作都是从我出发的，但这还很不够，只有从我走向我们——即在大众当中引起共鸣，得到美的享受，那才是真正的好作品。

多年前，大戏剧家石挥说过：艺术家只比人民高一点。我理解，这多一点，不过是你把生活进行了归纳和总结，通过艺术表现，使人们得到了艺术的享受。如果你没有深入生活，只是一味地闭门造车，我不相信人民会买你的账！因此，我要提出，艺术性只有通过人民性才能得到最好的检验。这话适合作品的写作、发表，更适合各种评奖。

在七里海我想到了周思聪

这是六月中旬的一个清晨，天津七里海湿地保护区没有日出。按照头天晚上的约定，我们前来采风的朋友将赴岛上观鸟。

鸟岛当然不是七里海的专利。全国有鸟岛的地方多得很，十几年前我就曾到过青海湖的鸟岛，归来后写了散文《鸟岛听歌》。2005 年，我们一批致力于野生动物保护的作家，还专门到秦皇岛湿地公园去观鸟，真正地做了一次鸟人。

七里海位于天津市宁河县西南部，总面积约 95 平方公里，是 1992 年经国务院批准的古海岸与湿地国家级自然保护区。1997 年 5 月，我曾到过这里，采访一个叫郑永运的盲人。这个郑永运可不是凡人，他十八九岁突然失明，却承包了几百亩的鱼塘。七里海人还告诉我一个神奇的现象，这里有着大面积的贝壳堤，与美国圣路易斯安那州贝壳堤、南美苏里南贝壳堤并称为世界三大著名贝壳堤。去年 10 月，宁河籍北京散文家柳萌就曾邀请我到七里海。他说七里海有三宗宝，银鱼、紫蟹、芦苇草。尤其是紫蟹，比阳澄湖、盘锦的大闸蟹还好吃。如果你愿意，也可以亲自去垂钓。我虽然对朵颐螃蟹没有多大的兴趣，但经柳萌这么一说，还是动了要去的心思。哪成想，那天汽车刚出家门十几分钟，就被漫天的大雾给堵了回来。柳萌说，这次去不成了，再找机会。一个月后，七里海的乡亲给柳萌送来新鲜的螃蟹，他特意给我留了一些。我女儿吃后，连声说味道好极了。

从岸边到七里海岛上，坐汽船只需 20 分钟。由于天气有些阴霾，仲夏的七里海还有些凉意。几缕清风吹过，引得一些湖里的鱼儿高兴地跃出水面，一个没留神，一条三四斤重的鲤鱼竟然跳到一米高的船舱里。恰巧，这条鱼就擦着柳萌的腰身而过，落在船板上啪啪作响。一旁的杂文家王乾荣手疾眼快，岂肯轻易放过这鲤鱼跳龙门的吉祥美意，弯下腰几下就把鲤鱼抓住，他举在眼前兴奋地说："我们一会儿是拿它做鱼汤喝，还是马上放生呢？"我说："这该不是柳萌老师的托儿吧，说不定昨天晚上柳萌老师给鱼儿发了短信，让它来迎接我们呢。"船舱里立刻爆发出一阵哄笑，同行的作家韩小蕙、郑荣来、高林有等人则不失时机地竞相拍照。然后，在大家的祝福声中，王乾荣亲手将这条可爱的鱼儿送进碧绿的湖水里。因为有了一阵的惊喜，人们身上的凉意顿时消失了。

七里海的鸟岛是人工堆积而成的。我们的船儿围着 4 个小岛转了几圈，天上，岛上到处都是起落不停的鸟儿，真不知谁能准确地说出哪个是白鹳、黑鹳、大天鹅、小天鹅，哪个是野鸭、大雁、白鹭、海鸥。这鸟岛上的学问大着哩！七里海管委会文化顾问于增会说，鸟岛上的鸟儿很有意思，每个鸟窝下的蛋都是 3 个或者是 6 个，绝对没有其他数字。另外，鸟岛上也没有树，前些年有好心人曾经在岛上栽了几棵，结果到了夏季，一只鸟都不落在这里。后来请专家解释，小鸟热爱和平，如果你栽上几棵树，它就认为是天敌来了。"鸟的天敌不是鹰吗？"我脱口说道。于增会看出我的不解，说："那也不一定。都说鹰厉害，可是喜鹊一旦发起怒来，照样可以追得鹰到处飞。在我看来，其实鹰并不可怕，可怕的是人，是人的贪心。"我说："这个说法很好，能否具体点。"于增会说："过去由于政策的原因，七里海也曾一度围湖造田，结果粮食并不高产，还破坏了生态环境。如今，党和政府坚持科学发展观，因势利导，在七里海开展生态旅游，既保护了环境，又增加了当地老百姓的收入，真可谓一举两得。"

于增会的话深深地感染了我，使我不由得想到了七里海的女儿——著名女画家周思聪。1939 年 1 月 11 日，周思聪出生于宁河县芦台镇的一个大户人家，祖父是镇上一所小学老师，外祖父是一名中医，闲暇时喜欢舞文弄墨。幼年的周思聪常跟随外祖父去四乡里给乡邻看病，有时也看外祖父绘画。1943 年，因父亲在北京工作，四岁的周思聪来到北京，从此开始了她漫长的艺术之旅。在学生时代，一次周思聪去观看李可染先生画展，她在留言簿上看到一名观众写道：看了画家的山水画，使我更加热爱我的伟大祖国。这句留言极大地震撼了周思聪，使她暗下决心：要画自己有真情实感的人和事。

正因为如此，周思聪在日后果然画出了她充满人生情感的作品：《人民和总理》《矿工图》《清洁工人的怀念》《山区新路》《售票员》《收割》《病室》等震撼人心的不朽之作。对此，周思聪在总结自己绘画的体会时说：画画的事，通常只能意会不能言传，其中的"道理"我讲不清，理论家讲的道理我也不很相信。我相信自己感悟的一切，所以时常是走一步退两步，但是没有停止过。

"我相信自己感悟的一切。"现在，面对迷人的七里海，面对自由飞翔的鸟儿们，我也像当年的那个参观李可染先生画展后写留言的观众那样说：看了七里海，使我更加热爱我的伟大祖国。

“低三下四”与“人五人六”

闲暇没事，翻成语词典。忽然想到几个跟数字有关的成语。于是，按拼音索骥，找来读之。

其一：数一数二。意思是说，不算第一，也算得上第二。形容非常突出。举例：元·戴善夫在《风光好》三折中有：“此乃金陵数一数二的歌者，与学士递一杯。”又举例《二刻拍案惊奇》卷一二：“闻得有一个赵娟，色艺虽在严蕊之下，却也算得上是个上等的衏衏，台州数一数二的。”

其二：低三下四。意思是指社会地位低下。也形容卑躬屈膝讨好人的样子。举例：《红楼梦》一〇一回：“我们家的事，少不得我低三下四地求你了，省得带累别人受气，背地里骂我。”又《野叟曝言》七五回：“我女儿点点年纪，恁般相貌，怕没有王孙公子作配，去做那低三下四的人？”

其三：人五人六。现代汉语词典里没有收入。我理解的意思，本来是不起眼的小人物，因为某一方面的突出表现，一下进入主流的视野，或者是挤入主流队伍里，带有一定的贬义。譬如：某某人上学时还用袖子擦鼻涕，现在居然人五人六地当起乡长来了。

其四：七上八下。意思是指无所适从。后形容心神不定。举例：《红楼梦》九十七回：“这紫鹃因王奶奶有些年纪，可以仗个胆儿，谁知竟是个没主意的人，反倒把紫鹃弄得心里七上八下。”又鲁迅《故事新编·采薇》四："无奈这'归鸟于华山之阳'，竟踏坏了他们的梦境，使两个人的心里，从此都有些七上八下起来。"

其五：九九归一。归，珠算的一位除法。九除九，商数是一。比喻事情归根到底，回到了本源。举例：秦兆阳在《回答》中写道："我这个糟老头子捡点破烂，虽说有点霸道，九九归一，也是生活逼的。"

关于数字成语，在字典中很多，有的意思相同，有的没有任何关系。但如果有意地把这几个成语连接起来分析，倒也很值得玩味。

人来到这个世界，有个共同的规律，那就是走路都朝前走。其直接的原因，是眼睛长在前边。间接的原因是朝前走省力气。还有一个原因，就是长辈教育后来人，人一定要走在人的前面，要抢上风。自从教育体制改革后，很多家长关于子女教育上，更是坚定地奉行"绝不输在人生起跑线上"。如果你今天不上数一数二的幼儿园、重点中小学，明天你就不可能考到数一数二的"一本""二本"，将来就更不会找到好工作。

这当然是痴人说梦的逻辑。在现实生活中，并不是一加一必须等于二。我们发现，有很多人在学校时经常数一数二，一旦进入社会后，其业绩（譬如经商、做官）并不如意。原因很简单，过去走得太顺，抗打击能力比较弱，或者说智商高的往往情商比较低。相反，那些所谓的低三下四者，他们不断地在上级面前示弱，最终实现了负负得正，也就是从低三下四进入到了人五人六。尽管如此，由于自己的先天不足，那些即使已经"人五人六"的人，在未来的日子里也还会不断"七上八下"，担心自己一个不谨慎，又被打回低三下四的队伍里。

聪明的人早就明白九九归一的道理。记得有人总结过一段官场定论：正部副部，早晚一样散步；正局副局，一样的结局；正处副处，都是撮堆萝卜；正科副科，很难是个传说。写到此，我不由想到我过去的一位老领导，因为快六十还没有解决正局，便找我喝酒发牢骚。情急之下，我送了一副对联给他：生死寻常事，早晚一盆灰。这老兄听罢恍然大悟，把酒杯一推，对我说：明天早晨咱们一起钓鱼去。

在台湾寻找美丽的乡村

对于大陆四十岁以上的人来说，对台湾最初的记忆除了课本上所写的中国的宝岛台湾外，恐怕就是台湾歌曲了。而提到台湾歌曲，就不可能回避一个响亮的名字——邓丽君。我第一次听到邓丽君三个字，是在 1980 年，那时我上小学五年级。一天，音乐老师神秘地对我们说，我给你们唱一首台湾的歌曲，叫《何日君再来》，演唱者邓丽君，很好听的。于是，老师在无伴奏的情况下，给我们认真地唱了一遍。然后，他问我们：好听吗？当时，不知道是出于对台湾两个字的恐怖，还是对这首歌不懂得欣赏，我们只是愣愣地看着老师。见我们如此不可理喻，老师说，没关系，过几年你们就知道这首歌的意义了。

多年以后，当我成为一名记者，有幸采访到京剧大师张君秋先生时，没想到在交谈的最后，老人家说他最喜欢邓丽君的歌，而且每天都要听。据我所知，像张君秋先生这样喜爱邓丽君歌声的人，恐怕要数以亿记。有评论说，世界上只要有华人的地方，就会有邓丽君的歌声。

这次到台湾，预先并不知道《旺报》的朋友是否会安排我们到邓丽君的家乡去访问。在我的心里，一直有这个结。但碍于情面和礼数，我始终没有同《旺报》的朋友提这个要求。我多次想说，我们能否少见一个县长，也要安排到邓丽君的家乡看看。然而，直到我们离开台湾，也没能把这个诉求提出来。或许，今天的遗憾，正是下一次造访的动力呢。

不说邓丽君也罢。这一篇我要说的是台湾的环境。具体说是台湾的卫生环境。我们初到任何一个地方，给人的印象往往不是吃喝，不是高楼，而是卫生环境。到达台北的当天，我遇到的第一个问题是手机的全球通没有开通，结果没法跟大陆的人联系。如果这算第一个苦恼的话，第二个苦恼就是走在街上很少看到垃圾桶和公共厕所。这样，我这个爱擤鼻涕的人就只好把用过的餐巾纸放进口袋里，走路少还可以，要是走路多的话，就会有五六团纸塞在口袋里。曾听人说，有女孩谈恋爱，就不喜欢男孩口袋装东西太多，说那样显得窝囊。

我自信自己不是个窝囊的人，但口袋里放一些东西是无法回避的。

我没想到，跟我有同样经历的人不止一个。海峡两岸征文颁奖那天，获得第一个十万元台币大奖的是《福建日报》驻台湾的记者林娟。她参评的文章题目是——《亲爱的垃圾》，讲述的是她到台湾后所看到的地方政府如何处理垃圾的经历。其文中说，台北市自1996年起即推行“垃圾不落地”政策，取消了原先固定放置在小区门口的垃圾桶，改由垃圾车定时定点收垃圾。如果有耍小聪明者，把垃圾丢弃在路边，稽查大队就会从垃圾中的内容调查出肇事者，给予1200到6000元台币的处罚。同时，民众也可以检举揭发，可获得处罚金的50%作为奖励。这样的政策不可谓不严厉，联想到我所居住的北京西坝河中里小区，假如套用台湾的政策，我敢说，整个小区将会受到几十万元的罚款。诚然，罚款不是目的，但不通过罚款而让人们形成良好的生活习惯，那将是相当难的事情。

大陆当然也有让我们一夜之间感到旧貌换新颜的壮举。譬如，我们现在的城市绿化。记得1985年我刚参加工作时，曾在农场种植过一星期的草坪。当时的草坪一平米十五元，好像是从美国进口的品种。面对着那一块块如韭菜般的外国草，我们一帮小青年就思忖，我们一个月工资才五十多块钱，还买不下四平米的草，这劳动力的价值真是低啊！自然，我们也十分怀疑这草坪是否有销路。大约到了1990年，随着北京要开亚运会，北京城大街小巷突然都绿了起来，到处都是草坪，而且我还发现，很多机关、学校纷纷推倒院墙，从过去的大门口一直到办公楼尽是满眼的绿。看到这突变的情景，人们还一时有点不适应。等时间长了，人们才清晰地感觉到，这满眼的草坪，不光是为了改变城市的环境，也是为了提升整个社会的清明程度！

开篇我提到邓丽君，现在我又想到另一个歌手张明敏。张明敏是香港歌手，他在大陆最具影响力的歌曲是《我的中国心》。而他在1984年春节联欢晚会上还演唱了一首好听的台湾乡村歌曲《走在乡间的小路上》，这首歌的词曲是由台湾乡村歌曲之父叶佳修先生创作完成的。我不曾看到过三十年前的台湾乡村小路是什么样子，我想歌中所唱到的“牧归的老牛是我同伴”总该是有的。这次我所到过的台湾乡村——嘉义快意生活村、彰化鹿港龙山寺、日月潭、新竹县内湾镇，给我留下了深刻的印象，用一句话概括：台湾的每一寸土地都是会呼吸的。

我这么说，并不是说我们的乡村环境就都很恶劣。就北京郊区的大多数乡村而言，随着新农村建设的快速进行，农民的很多的生活方式和生活环境也在发生着日新月异的变化。有相当多的村庄，也几乎能做到“垃圾不落地”。不信，双休日你可以开上私家车，搞个寻找北京美丽的乡村自驾游，我保证你有不小的收获！

其实，不论城市还是乡村，都应该拒绝各种各样的垃圾。诚然，人的生命是可贵的，但土地也是有生命的，我们不能在关注人的生命质量的同时，而忽视土地的生命质量。在台湾著名的诚品书店，我买到一本刊名为《乡村小路》的杂志，看封面的童趣设计还以为是一本文学刊物，打开一看内容竟全部是关于土壤、植物、绿化、饮食的文章。如《土壤是生命之母》《感恩时节的餐桌甜心》《漫长的地瓜之路》，让你看后对大地之母不得不产生敬畏之心！

本来我这篇文章的标题最初为《我所热爱的台湾歌曲》，但写着写着我就转移到生态环保上了。在我看来，台湾不仅是一个巨大的海岛，它更是一个实实在在的美丽乡村。这个乡村是永远长在我的心间的，它让我时常想起，终生不会忘记。

他还没有成名作

——从李治邦中短篇小说研讨会说开去

一个人从事文学创作几十年，能开一个作品研讨会是梦寐以求的事。特别是当一个人在退休之后，变得无职无权时，能有一些组织主动张罗为其开作品研讨会，更显得十分难得。12 月 5 日下午，由天津作家协会、天津市群众艺术馆和天津人民广播电台小说广播频道联合主办的李治邦中短篇小说研讨会在天津召开。作为李治邦多年的朋友，特别是他还是《中国文化报》文学副刊多年的老作者，我没有理由不去参加，不去祝贺，不说一些肺腑之言。

李治邦，是杂家，小说、散文、小品、电视剧、广播剧、电影、曲艺、话剧，他样样都能写，有的还会表演，譬如京韵大鼓、天津时调、相声、笛子、京胡、葫芦丝等。或许因为这些，70 年代末期，他从北京某部队转业回到天津，自然而然地就来到了群众艺术馆。李治邦从 2002 年起当馆长，一当就是 12 年。圈里人都习惯喊他李馆，写作同行则亲切地称呼他为治邦。因为同在文化部系统工作，对天津群众艺术馆的名气我还是知道一些的。可以说，天津群众艺术馆与北京朝阳区文化馆、深圳市福天区文化馆、上海市松江区文化馆等一直在全国具有标志性的地位。这些馆所以在群众文化系统内的名气大，各种因素很多，其中最关键的是都有一个对群文事业热心、业务能力强的馆长。

有人说，做群众文化工作的一定是万金油，吹拉弹唱、琴棋书画、能说会道、摸爬滚打十八般武艺都得有几把刷子，不然很难开展工作。在我的眼里，像李治邦这样的人都是一个能人，而且是大能人。别的不说，就说由天津群艺馆发起主办的“东丽杯”全国群众文学评奖活动，风风雨雨举办了二十三届，成为公共文化示范项目，这在全国是绝无仅有。而这个活动的总策划就是李治邦！难怪那天在研讨会上，天津作家协会主席赵玫说，本来像“东丽杯”这样的活动，由津门文学名家孙犁、梁斌、鲁藜命名的文学奖本该由作协来办，结果让群艺馆办了，推出大批优秀人才和作品。一坚持就是二十多年，足见李治邦对文学的挚爱。

在诸多的文艺样式中，李治邦最钟爱的是小说。三十多年来，他在长篇中篇短篇上都有所尝试，总计发表出版的有八九百万字。对此，中国作家协会名誉主席，李治邦的老朋友著名作家蒋子龙在发言中说，李治邦在天津作家中是个奇迹，作品题材开阔，大气磅礴，显得瓷实，有力道，接地气，并且保持了相当的文学水准。特别是他作品数量惊人，每月在报刊目录上都可以看到有他的小说，且多次被《新华文摘》《小说选刊》《小说月报》《中篇小说选刊》等重要文学选刊转载。唯一不足的是，他至今还没有真正的成名作。为什么会这样呢？蒋子龙半带揶揄地说，正像认识治邦二十多年，他没有一次完整地开过会或者吃过饭，不知道他是忙还是什么原因。对此，参加会议的很多同行都深有同感。

我虽然没有领教过李治邦的“不完整”，但同他多次电话中却能感觉到他语速很快，宛如相声中的“贯口”，似乎他说完后还要干很多的事，弄得你想跟他逗几句闷子都很难。或许李治邦的小说出手太快了，让人目不暇接，以至于人们觉得李治邦的活儿干得有些糙，缺少精工细磨。不然，他的作品还可以在全国上升一个大的台阶。

蒋子龙冬季本来是住在珠海的，因为李治邦这个小哥们儿，他必须回来。为了向李治邦学习，他在发言最后调侃道：“我必须用李治邦的做法报复李治邦，我在听两个发言后我就走。”我知道，一向讲义气的蒋子龙，他一定会听完我的发言才会提前离席的，因为我们是忘年交。

我说，我来天津参加李治邦的作品研讨会，首先是一个态度，因为我们都是文化系统的同行，特别是他于今年 2 月从群艺馆馆长的岗位退休。在退休之后，他还在不遗余力地为二十三届“东丽杯”全国梁斌小说评奖而奔走。10 月 23 日颁奖那天，他忍着头天喉部手术的疼痛，偷偷从医院跑出来出席会议，跟全国各地的文友见面，这种精神不是任何人都能拥有的。我以为，今天的研讨会，一半研讨的是李治邦的作品，另一半研讨的是李治邦的人品。人品也是作品，作品也是人品。老实说，来之前我的思路还不是很清晰，我甚至说不清什么是小说。现在我清晰了，那就是一个优秀的作家，应该是一个很好的社会活动家，文学的积极组织者，他必须满腔热情地为同行为这个社会去贡献，去发出光和热。也只有这样，才能真正做到有尊严有生活有质量有文化有力量地写作。对于那些功成名就的作家，李治邦也许还有遗憾，正如蒋子龙老师所说的他还没有成名作。但通过李治邦这样的人，我们会发现有无数的成功艺术家、作家最初都是由群众文化这条路一步步走上专业的，既而走向国家舞台世界舞台。谁说李治邦们没有成名作，我看他们的成名作就是一辈子所献身为之奋斗最崇高的事业——群众文化。离开了群众文化这个基础，任何的明星都不会发光的。因此我要说，李治邦的意义要大于其个人创作的意义。

我承认我的发言是有些激动的。我相信所有的与会者都会与我共鸣的。李治邦说，他所以要写作，不是为了得茅奖、鲁奖，更不是为了稿费，他只是为了减轻当馆长的压力。过去由于工作压力，他曾经抑郁过。后来，他发现写作是一个很好的解压方式，通过不同题材、体裁的写作，可以换不同的活法儿。比如，咱没机会当局长、市长，可咱可以写局长、市长，咱不是小商小贩，咱可以写老百姓的底层生活，这难道不是人生的乐子吗？这时有人逗笑李治邦，说你没有小蜜可以写有几个小蜜。李治邦听罢，笑曰：我倒是想找小蜜，可谁愿意找我这个退休老头子呢？李治邦的答谢词没有什么豪言壮语，只是轻松地跟大家交流几句话，一如他以往的性格，嘎嘣脆。唯一不同的是，这三个多小时的会他一分钟也没有离席。

给付凤珍们一席之地

3 月 18 日，《小说选刊》杂志社在北京现代文学馆举行了第二届“茅台杯”年度大奖颁奖典礼。按惯常思维，这次奖项一定又是给几个活跃的名作家，由中国作协和赞助单位领导上台颁奖，然后由获奖者代表说几句获奖感言，接着与会的嘉宾一起推杯换盏热烈一番。然而，当主持人宣布获奖名单时，没想到，在六位分别获得优秀中短篇小说的作家中，除了尤凤伟、莫怀戚稍有些名气外，其他四位裴指海、界愚、肖勤、卫鸦的名字我几乎是第一次知道。就是说，这次大奖明显向草根作家作品倾斜了。据《小说选刊》主编杜卫东说，该刊从 2006 年改版以来，一直在致力于推动“底层文学”的纵深发展，从而使刊物在业界影响日益扩大。本次获奖的六篇小说，既有书写幽微深邃的历史题材，也有书写宽广丰富的现实题材，大都体现了情感的丰富、思想的张力、人性的细腻和对艺术上孜孜不倦的追索精神。这些作品的脱颖而出，一点也不比名家大腕的作品逊色。

由此，我想到最近参加的几次活动。

一次是 2 月 20 日，我到河北省三河市参加了著名作家浩然同志逝世三周年座谈会。三河是浩然晚年长期生活和开展文艺绿化工程的地方，自 1990 年他主动离开京城到三河市段甲岭镇挂职后，他一直热心于对业余作者的培养。浩然在三河期间，发现扶持了一百多位文学爱好者，创办了《苍生文学》杂志，出了好几套“泥土文学”丛书，其影响力遍及全国。出席座谈会的几乎没有名家，基本是来自河北、北京郊区的业余作者。大家回忆起被浩然老师关心扶持的往事，历历在目，有的人在发言中多次哽咽失声。《北京文学》副社长吴双明说，他在北京文联工作多年，浩然当作协主席时他还是机关的司机。他清楚地记得，当时有很多作家经常跟机关要车，往往去的地方是高档饭店，而浩然要车常常去郊区看望业余作者，与业余作者谈心唠嗑。自从浩然之后，这样跟业余作者打成一片的作家已经很难看到了。

另一次是 2 月 28 日到 3 月 2 日，我分别到天津津南区文化馆和汉沽区文化馆与业余作者见面，交流文学创作心得以及如何给《中国文化报》副刊写稿。这两个区不是城中区，都属郊区，但文学创作队伍却很庞大，出席座谈会的足有上百人。年龄最长者近 80 岁，年轻的也就十七八岁，其中还有十几个在校的高中生。这样的情景在 20 世纪 80 年代中期非常普遍，自 90 年代就开始日趋式微了。近几年随着国家对文化工作的重视，有更多的人又重新回到业余文学创作的队伍，其形势越来越火热。在这两个文化馆，有两个非常热心的文学辅导老师，一个是汉沽文化馆《蓟运河》杂志的主编付凤珍，另一个是津南区文化馆《海河柳》杂志的主编刘炳山。他们二人对业余文学创作非常热心，倾注了大量的精力和时间，出刊物，编稿件，搞讲座，去家访，办笔会，每天都工作在十几个小时以上。而他们自己，却很少写作品，许多作者感慨地说，付老师、刘老师的作品就是我们这批业余作者，看着我们发表作品，比他们自己发表还高兴呢！

再一次是 3 月 12 日，到北京顺义区参加京东地区小说座谈会。会议的主办方是《天天文学》杂志社。这个杂志是由一个叫张爽的业余作者自费创办的民刊，创刊三年多来，以特有的文学品质在全国产生了广泛影响。参加会议的除来自京城的几名报刊编辑，其他二十人都是土生土长的京郊业余作者。其中，顺义区老作家王克臣已经七十多岁，在望泉寺村党支部和村委会的支持下，在全国办起了第一个村级文学社，并出版了《绿港文学》双月刊，每期大量发表农村作者的作品。座谈中，业余作者普遍反映最苦恼的问题是发表阵地少，全国许多刊物都以发表名家作品为主，很难给业余作者，尤其是农民作者一席之地。有的大刊物发表的名家作品他们看不懂，而他们的作品老百姓喜欢，但老百姓在正式刊物上又见不到。一位作者曾经为此致函某位著名作家担任主编的刊物，这位作家答复说，这个刊物就发名家作品，没有培养业余作者的义务。消息传开，很多业余作者表示非常震惊和愤慨，因为在多年前这个著名作家同样是业余作者啊！正因为如此，京郊的业余作者在聚会时非常怀念浩然、刘绍棠活着的时代。

面对着一次次这样的会议，面对着一双双渴望的眼睛，我每一次都被感染着。记得在1983年，在我还是一名中学生时，陈祖芬就曾在《人民日报》上为业余作者呼吁过——“给老戴们一席之地！”她所说的老戴们，就像如今的付凤珍、刘炳山、王克臣、张爽们！由此，我还想到今年的春节联欢晚会，“西单女孩”的出现，不正是对草根艺术的一次美好展示吗？还有，央视的“星光大道”之所以得到老百姓的热烈欢迎，不也正是定位在“百姓舞台”的结果吗？所以，在此我要向全国的文艺报刊同人们再次呼吁：给付凤珍们一席之地！要相信，民间有好文！

把每一个元旦都当成序言

中国人向来不把元旦当成什么重要节日，因为那是阳历年。中国人喜欢过阴历年的春节，那是老祖宗留下来的节日，是属于中国人的非物质文化遗产。尽管如此，对于越来越多的年轻人来说，他们也开始过元旦，至于讲究什么不重要，重要的是可以休息几天。

人生好比就是一幅日子的长卷。而每一年则是这一长卷中的一个章节，你也可以把它理解成一个独立的单元，譬如可以视作一本书。我们看一本书，往往要看三个部分，首先要看序言，然后是正文，最后看后记。关于序言，后记，很多人都爱读，还有一些收藏爱好者，书虫，专门对各种序言、后记进行研究。我们发现，有相当多的名人轶事、历史掌故都是从序言、后记里得到的。前几日，我在报纸上看到一组关于萧红、萧军的研究文章。有两个研究者不约而同地都从鲁迅先生为二萧写的序言谈起，他们的主要观点是，如果没有当年鲁迅先生极力为他们二人写序言推介，想必他们今天不会有这么大的名声，赢得中国现代文学史上的重要地位的。

序言，也叫前言，写在前面的话。如何写序言，没有统一的模式，可以写长也可以写短，可以谈天说地，还可以东拉西扯，写序言的目的大都是向读者介绍这本书或者写作这本书的作者。我见过的序言，一般都是肯定者居多，即使有几句批评的话也都比较含蓄，对本书不具有杀伤性。当然，文坛上的事千奇百怪，也有的人喜欢嬉笑怒骂，更有的喜欢洋洋洒洒，动辄就写长篇序言，仿佛不这样就不快乐就没有大学问。我听说世界上最长的序言有写十几万字的，而书的内容还不足五六万字。可是，读者愿意看，谁也管不了。

多年写作，我也陆续出过几本小书。为我写序言者，都是我的老师，他们不是什么泰斗级人物，但他们是看着我长大的，对我很熟悉，因此，请他们写序也就是别无选择了。近些年来，随着自己的声名鹊起，每年也要为朋友们写几则序言。他们看中的不是我的名声，而是我对文学的认识。我曾经说过，文学就是我的经历，你有什么样的经历，你就会有什么样的世界观、人生观，包括文学的主张。比如，我就很推崇吴冠中先生所说的“笔墨等于零”。对于这个提法，很多人只是知道，并没有很好地理解。吴先生的意思是说，脱离了具体画面的孤立的笔墨，其价值等于零。他阐明的创作规律是，感情决定技巧，新感情催生艺术新形式，笔墨毕竟属于技巧，程式化的笔墨准则等于零。吴先生甚至疾呼，抄袭老的笔墨，抄袭人家的感情，虚假的感情，这就是笔墨等于零。我不知道别人的感受，每次读我都有醍醐灌顶的震撼。

2015 年，我在文学界提出了两个重要的观点，一个是文学的确定性与非确定性，另一个是散文（包括小说）是结尾的艺术，这两个观点提出后，已经逐渐被很多人所共鸣。而我在给朋友们写的序言、评论中，也在反复印证这两个观点。不要以为这两个观点是我的突发奇想，它是我三十年文学创作经验的一个提升。也许你不一定接受，那是你的事。

一个人在一年中，要干的事情很多。不论你干得好与不好，都会成为你自己的历史。当下，盲目的人盲从的人无所事事的人很多，他生活的每一天看似都很忙碌，可到年底却两手空空。一个企业家对我说，现在的人整天都为钱奔忙，越是赚不到钱的人越忙。事实也确实如此。仔细想想，这其中的原因有多种，诸如政策、时机、人脉、资金、个人努力程度等等，而在我看来，似乎与自己的取舍有直接关系。这个世界并不是让每个人都成为幸运儿，你想干什么就可以得到什么。有的人在某一方面成功，在另一方面就可能一无所得。所以，一个人能做什么不能做什么，的确有个取舍问题。冯骥才在一篇文章中曾说，在这个世界上，如果每个人什么都不想丢失，那将是可怕的。我还想到，一个人在一年中一生中做事情能否成功，与他最初的设想也有着直接的关系。我们过去常说，一年之计在于春，万事开头难，如果我们把第一天第一年的事准备好，或许我们做起事来就会游刃有余。

把每一个元旦都当成序言。这是我在 2016 年 1 月 1 日想到的话。也许，有人觉得我这话过于浪漫，过于理想，甚至过于幼稚，可我不这么看。我喜欢有序言的图书，它让你读着开心，有方向感，有热闹看，除非是那个序言写得太糊弄。这年头，不是什么人都好糊弄的，你糊弄了别人，最终就是糊弄了你自己。我期待着 2016 年每一天的美好！

还看球吗？这是个无法回避的问题

伦敦夏季奥运会刚结束一个多月，北京也刚刚迎来一缕秋风，忽然接到我的好朋友李龙吟的电话，说八月底在北京人艺实验剧场要上演由他编剧的话剧《还看球吗？》，而且还告诉我，这个戏是由他儿子李金从英国读书回来首次担任导演的作品。就是说，不论从哪个方面，这个戏我都要关注。

我同龙吟相识于20世纪80年代，那时他担任着北京朝阳区文化局副局长，后来担任朝阳区文委主任，如今担任北京某家大型文化企业的副总。龙吟当什么官于我不太重要，我喜欢他的文人情结、戏剧情结，以及对事物爱憎分明的性格。龙吟的父亲是我国著名电影、戏剧表演艺术家李默然先生，因为家庭的影响，龙吟必然对戏剧表演情有独钟。近些年，他编剧、演出的剧目主要有《马骏就义》《寻找春柳社》《飞翔》等。那么，这次他缘何要以让国人非常尴尬的足球为题整出一部戏呢？

原因肯定是多方面的。我想，最直接的原因还是一个艺术家的社会责任感使然。关于中国足球，中国球迷有太多的话要说。特别是当下，由于中国足球出现的一连串的黑哨、假球、行贿、受贿案件的纷纷曝光，使国人对足球伤心到极点。有相当多的人对足球已经默然，甚至已经放弃对中国足球的希望。记得多年前，《北京青年报》在对中国足球的讨论时，曾有人发狠话说：中国人就不配踢足球！我也为此写文章，说中国人擅于“手舞”，而不擅于“足蹈”，典型的就是中国戏曲表演中的水袖。三年前北京两会期间，在几个朋友雅聚时，正巧中国足协副主席谢亚龙与我邻座。当时我对谢亚龙说，咱们不聊足球你是不是更开心。他微微一笑，说愿意聊你就聊，反正让人骂已经习惯了。我当然没有当面指责中国足协什么，我只是说中国足球缺少过去中国女排的拼搏精神。我还出建议，能否找国家司法部门协商，让判了死刑的犯人来踢足球，只要中国足球亚洲能出现，进一个球就免死一个人。那样的话，中国足球准能打进世界杯。谢亚龙听后一笑，说你的想法不错。那次聚会，谢亚龙给我留下的印象很好，沉稳中还有点腼腆。谁料，去年他突然被抓了起来，我听说后觉得很惊愕。后来，被抓的人越来越多，我知道，中国足球真的完了。

《还看球吗？》围绕一个京城足球酒吧因为球市的兴衰而影响到人们精神的兴衰所展现的一连串的回味与思考，揭示了当下人心与人性的缺失。曾几何时，“生存还是死亡”是无数人对光明与黑暗的拷问，今天，“还看球吗？”这个看似简单的问题，同样是对世事人心的拷问。球迷可以不满，老板可以抱怨，运动员可以委屈，足协可以解释——总而言之一句话，中国足球冲不出亚洲，走不向世界，绝不是我一家的事。多年来，这种互相推诿的官僚作风，不负责任的生活态度，哪里还有一点社会主义国家公民的样子！难怪剧中的牛老板如此地叫骂：“这年头假烟、假酒、假发票到处都是，连他妈给人治病的药都是假的，踢个假球、吹个假哨算得了什么！我看只有假话是真的，其他都是他妈的假的！”我相信，老板的叫骂代表着相当多的球迷，或者说是老百姓的心声。正因为如此，这一通叫骂引起了现场观众的共鸣，人们自动地爆发出热烈的掌声。当然，这掌声是多么的令人心酸。

几天前，我在广西北海出席第五届冰心散文奖的颁奖仪式上见到冰心先生的女儿吴青教授，我问她：您认为您母亲一生所追求的是什么？吴青教授不假思索地回答：一个是真，一个是爱，更多的是真。现在的爱是简体的爱，繁体字中间是有“心”字的。别看这一个字，意义可大不相同。她还告诉我，最近她在好多场合都提到信字，何谓信，就是人说话，只有说的是真话，才能让人相信。否则，就是鬼话。一个正常的人怎么能说鬼话呢？

鬼话就是假话，就是踢假球吹黑哨卖假烟售假药。20 年前，我第一次到上海，在火车站排队买票时，曾亲眼目睹了上海老工人是如何铁面无私地把一个加塞儿的人从队伍中揪出来的场面，当时我就感慨：到底是上海的工人阶级啊！如今，你随便到哪个火车站，你还能看到昔日上海老工人的那种主人翁精神吗？时过境迁，我们今天不能要求每个人都去管别人的闲事，最起码我们该把我们自己的事情做好吧？譬如：我们不群发黄段子政治笑话，不买盗版光盘，不看假唱晚会，不阳奉阴违总可以吧？

《还看球吗？》的剧终，采取的是现场让观众参与讨论的形式。有的人认为不要看球了，因为看了让人伤心。也有的人认为坚持要看，不看中国足球就更没希望了。在一片争论当中，大幕徐徐落下。事实上，这中国足球看与不看，还真是个让人无法回避的问题。回家的路上，我问马上就上小学六年级的女儿，中国足球你今后会看吗？她说不知道。我相信，孩子说的是真话。

没有买卖，就没有杀戮？

——关于春节餐桌上的思考

2月2日上午，北京青蓝大厦。一年一度的中国野生动物保护协会资深会员座谈会照例举行。这次会议的主题是关于未成年人生态道德教育问题。出席会议的大多是京城文学界的知名人士，如邓友梅、赵大年、崔道怡、张守仁、王宗仁、石湾、徐刚、方敏等等，总有五六十人的样子。陈建功因有外事任务未到，特别委托秘书长高桦替他在“反对滥食野生动物、拒绝进入滥做野味饭店消费”和“不购买非法虎制品、不穿戴非法来源的虎皮服饰”两个倡议横幅上签字。新受聘的国务院参事、女作家张抗抗从西北郊外匆匆赶来，身上还带着丝丝凉意，由于她是十五种濒危野生动物之一老虎的形象代言人，其本人又属虎，主持人便希望她率先发言。张抗抗说，她为了真正地给老虎代言，曾数次到哈尔滨老虎驯养基地采访，至今她已经写了十几篇关于老虎的系列散文，其中两万多字的《呼啸》一文发表后，引起人们的广泛关注。接着，她就今年初北京连降几天的大雪给动物生存带来威胁，倡议市民都来给小鸟喂食。

在座谈会中间，野生动物保护志愿者于风琴女士以图文并茂的电子显示，为与会者讲解了她和几位同道一年多来奔赴全国各地进行野生动物——鸟类生存状况调查报告的结果，其情其景，让人触目惊心。于风琴说，去年在这里介绍情况时我用的题目是《保护鸟类任重而道远》，今年我还用，不过要再增加两个字——《保护鸟类依然任重而道远》。据于风琴介绍，当前各地滥捕滥杀滥吃野生鸟类的现象十分严重，如：天津大港区有沿街锅里煮大鸨的景象，江苏一些政府机关有炸野鸟招待客人以体现地方美食的习惯，国家著名风景区北戴河居然把炸灰椋鸟作为当地的一道名菜，更有甚者，江西因有人说吃珠颈斑鸠可以治头疼，于是出现大量捕杀珠颈斑鸠的热潮，这些种种现象十分令人痛心。尤其不能容忍的是，时下在一些地区还出现了捕杀、运输、交易、饮食的产业链。据电视报道，某僧人路经农贸市场，看到有很多鸟贩子在卖鸟、杀鸟，便拿出所有的钱将几百只麻雀买下准备放生，谁料僧人一出口，鸟贩子马上提高价格，一只麻雀由一元一只涨到十元一只，同时还招致很多鸟贩子往这边送鸟的热闹场面，以至僧人连连摇头，惊呼“不可教也”！

众所周知，我国有一部《野生动物保护法》，长时间以来，随着宣传力度的加大，在全国青少年中已经形成爱护保护野生动物的共识，很多三四十岁的人也都接受过这方面的教育，可是为什么还会出现滥捕滥杀滥食的现象呢？有人说，是利益驱动所致，即“没有买卖，就没有杀戮”，我觉得有一定道理，但根本的原因在于人的嘴和人的贪心。我们如果不吃，谁还会去捕去卖去杀？当然还有，我们不以玩弄野生动物为乐——动物园观赏的除外，也会切断其中的买卖交易的链条。我们不要忘记，2003 年，我国出现了大面积的非典型肺炎传染疾病，当时就一度认为是南方人滥吃果子狸造成的。后来有专家又澄清跟果子狸没关系。去年，世界性的也曾出现甲 A 病毒传染，于是人们又不约而同想到的是吃猪肉、鸡肉或其他什么肉所致。我不是医学专家，我不敢断言这其中的病因究竟是什么？可我要说，不滥捕滥杀滥吃野生动物，实在是我们每一个社会公民必须做到的，这是一个公民文明程度的基本表现。

再有几天又到春节了，在家家团聚、亲友聚会的当口，人们少不得吃吃喝喝。我想，在某些餐桌上说不定就会有炸野鸟、煮大鸨、烧熊掌呢？在此，我吁请天下诸君手下留情，嘴下留德，放过那些自由的生命吧！生命之重，我们必须去承担！当然，这不仅仅是春节期间对您的提醒。

比禽流感更可怕的是人的无知与冷漠

禽流感终于来了。可怕吗？当然可怕。但我不怕。因为，我多年前在农场工作时，学过一定的兽医知识。我以为，禽流感主要的原因是人，是人的免疫力在下降。

所谓的免疫力，不光是指人自身对病菌的抵抗能力，它还应该包括我们所处的周边环境和心理环境。五年前，我在第四军医大学参加军医文化研讨会时，就提出人生病的五种原因：一是遗传，即家族有遗传病史；二是生气，尤其是心理压力造成的闷气；三是环境污染，如北京的沙尘、雾霾，特别是家庭室内的低档装修；四是医生的乱开药和误诊；五是胡乱地吃东西，尤其是酗酒、抽烟和吃野生动物。最后，我说医院的技术高低，除了取决于医生的知识、经验和仪器的好坏外，医生的服务态度也有很大的关系。如很多的医院挂号难，让病人夜里 12 点排队，这本身就给焦虑的病人再一次地造成心理压力。本来是现场的即兴发言，不料却引起军内外很多专家的关注。后来，四军大校报还全文刊发了我的讲话。

熟悉禽畜饲养的人都知道，养鸡的环境要比养猪好得多。大中型的养鸡场大都采取笼养，四只一个笼子，小型则采取散养。大中型养鸡场我去过，消毒防疫措施很严格，有的甚至比我们的家庭还严格，包括温度、湿度、空气都有严格的要求。而散养的鸡场，则空气非常的流通，鸡们的运动量也大，因此，柴鸡蛋和柴鸡就格外的好吃。相比之下，我们的人类生活和居住的环境并不比鸡们强多少。譬如，我们的办公室能做到每天用来苏水消毒吗？我们的房间能做到温度、湿度、空气自动调节吗？再有，歌厅、舞厅、洗浴中心、按摩中心能按照公安、消防、文化、卫生等部门的管理要求去做吗？我很难相信！

以我居住的北京某小区为例。我们这里是1985年兴建的老社区，我所居住的二十二层塔楼过去曾居住着一大批歌星、影星，也不乏全国政协委员、人大代表。十几年前我到这里采访名人，看到的电梯、楼道和楼门外还是很干净的。等七八年后我搬到这里时，发现昔日的明星大腕们早因先富起来而住进了公寓和别墅。这时的楼道、电梯再也不是原来的面貌，即使是奥运会期间，也没见有多大的变化。我不止一次看到有人从高层往楼下倒水、扔垃圾，至于楼内的卫生几乎一周才打扫一次。我曾为此多次找居委会、物业公司交涉，往往只起到三五天的效果。从他们的眼光中，我能读出“我才挣多少钱，管得了那么多”的潜台词。无奈，我曾几次亲自动手打扫本楼层的垃圾，可你管得了初一管得了十五吗？几次之后，也就无奈随它去了。

由此，我想到南方往河道里抛死猪的事件，我还想到有很多工厂至今还在往河道里排放废水的现象，这些是不是都在为自己的一己之利而置社会公德于不顾呢？其实，这已经不是公德问题，而是关乎生命的问题，包括那些肇事者的生命。所以，我觉得禽流感并不可怕，据卫生部门说，控制禽流感的疫苗只需几个月就能研制出来。而真正可怕的是人类的无知与冷漠，要制造这样的疫苗恐怕要猴年马月了。问题是，谁会开出有效的良方呢？

教育的目的是热爱

作为一个人，我们来到这个世界上，除了衣食住行、喜怒哀乐、生老病死，要做的最重要的事恐怕就是不断地接受教育和教育别人了。

那么，我们为什么要接受教育？因为我们要认识这个世界，发现这个世界，改造这个世界。当然，人的一生是十分有限的，即使你活到老学到老，你对世界的认识也还是沧海一粟。在生活当中，人们最喜爱跟有知识的人交流。知识可以使一个人得到尊严。

人们获取知识有多种渠道，可以向书本学习，可以向家里人学习，可以向社会学习，最直接最系统的莫过于接受学校的教育。新中国成立六十年来，中国的教育改革经历过无数次变革，教育环境和教育条件不断得到改善，我国的大、中、小、幼四级教育已经形成了一套完整的教育管理体系，只要你是个健康的学生，认真地学习，你就可以完成从小学到大学的学习过程。在这里，我特别要说明的是，我们说的受教育至少包括两个方面：第一是接受各种知识；第二是接受品德教育。这就是我们过去所说的“又红又专”。

既然如此，我们怎样让一个学生得到很好的教育呢？我以为，主要体现在三个方面：首先是家庭教育。有道是父母是孩子的第一任老师。一个孩子出生在什么样的家庭，是无法选择的。一般说，一个孩子从小在家庭中受什么样的熏陶很可能影响到他的一生。家长拥有什么样的知识，什么品行，直接影响孩子的成长。其次，是学校。一个学校有什么样的校风，学生遇到什么样的老师，对学生至关重要。常常是老师一个眼神儿，一个微笑，或者是一句称呼的改变，都有可能影响学生对这门功课的是否喜欢。以我女儿陈沐春为例。这次期中考试后，一天碰到数学老师，由于数学老师这学期是新换的，刚开始熟悉。以前老师见面都称呼孩子陈沐春，这次却突然改叫沐春了。沐春回家后，悄悄对我和她妈妈说，今天数学老师叫我沐春了。我问她有什么感觉，她说看老师高兴的样子，数学有可能得了一百分。果然，第二天老师把卷子发下来，沐春数学考了一百分。从这个例子不难看出，老师的每一个细节都会直接影响到学生的情绪。第三，是社会。社会是个大舞台，也是各种知识的海洋。我历来提倡让孩子多参与社会生活，譬如逛商场，看话剧、电影、歌舞晚会，旅游，参观博物馆等等。尤其要鼓励孩子对新事物多提问，多发表意见。我很高兴的是，入学三年来，学校已经组织学生多次看过话剧、电影和旅游活动。

以上是从外部环境看学生如何接受教育。外部环境对一个人固然很重要，但外因往往要通过内因起作用。内因是什么？内因就是学生自己在主观上是否愿意学习，自觉学习，有没有一套好的学习方法。我很高兴的是，从开学之日起陈沐春对学习就有浓厚的兴趣，她所学的知识基本都能在课堂消化。一二年级，我感觉她的作业不是很多。到三年级，作业突然多了，各种课外辅导班也接踵而来。我觉得，这个阶段对学生的考验非常大。处理得好，学生的压力就会变成动力，否则就会消极对待。为此，我们给孩子订了几点措施：第一，对孩子多鼓励少批评。譬如写作文。上三年级后，老师对学生的作文要求比过去高了。我的理解是学生随着掌握词汇的增加，应该有意识地培养他们的观察能力，并能用自己的语言把一件事说清楚，如果能将语言写得生动活泼些那是老师和我们最希望的。我对孩子的作文评判有三点：一、事情叙述得是否清楚；二、有没有自己发现的细节；三、语言是否生动，有创造性的描绘。我想，我的标准跟老师是一致的。但孩子在有的作文写完后，我觉得还可以，但交给老师后，老师会按自己的标准让学生修改。遇到这种情况，我有时也有些尴尬。因为我毕竟是从事专业写作的。但后来我就想，老师为什么要提出修改？我考虑到老师有规定的教学模式，有这个年龄段的作文标准，而我则是成人的标准。几次磨合后，我就采取了以老师教学标准为主，我对孩子的个性辅导为辅。特别是对孩子的细节发现、语言生动的描写，我都进行大肆鼓励，如说她：你真是个天才！你已经是个优秀的小作家啦！等等。第二，参加课外辅导班，要尊重孩子的兴趣，以快乐为主。从一年级到现在，陈沐春先后参加过电子琴、外语、美术、作文班，经过摸索，我们现在只给她报了美术素描班。这样，就能保证她自己有充分的自由娱乐时间。第三，发现孩子的特殊爱好，不遗余力地支持。每个孩子对生活都有特别感兴趣的地方，及早发现，积极引导，是每个家长必须要知道做到的。陈沐春上小学以来，有两大爱好，一是爱画画，二是爱阅读。尤其是阅读，简直可以用书迷来形容。我知道，阅读是最好的自学形式，通过阅读，可以补充课堂教学的局限。几年下来，陈沐春的书比同龄的学生要多出几倍。现在，我们又通过当当网让她自己订购自己喜欢的书。

课外与课内教育相结合，也是内外因相互产生作用。光具备了这两个条件还不行，还要随时注意二者间的联系。在学校与家长和学生的三者联系上，黄胄小学一直做得非常好。三年级二班班主任孙老师几年来一直做得非常认真、细致，几乎可以做到天天有联系。我以为，这也是保证学生身心健康、好好学习的重要前提。总的来说，陈沐春在黄胄小学的三年，实现了“教育的目的是热爱”的目标。在此，我向学校领导、班主任孙老师及其他各位老师表示诚挚的谢意！您们辛苦了。（本文系作者在学生家长会上的发言）

狼毫的关键是狼毛

凡热爱书画者，必喜欢好的毛笔，这就如同战士喜欢好枪。我国制作毛笔工艺历史悠久，产地、种类也颇多。所谓毛笔，顾名思义，它主要是用动物的毛加工而成。毛笔根据材质大致分四种，即狼毫、紫毫、兼毫和羊毫。不过狼毫，用的可不是狼毛，而是用黄鼠狼的尾毛，尤以我国东北产的“关东辽毫”品质最佳。

本人不是书画家，素日也很少用毛笔写字。小时候在上书画课时，倒是用过毛笔的，那种笔大都是羊毫，不论是中楷、小楷，都很便宜，几毛钱一根。当然，说羊毫便宜，并不是说羊毫就不好。我想主要是因为羊毛多，好采集罢了。懂毛笔性能的人，他们知道初学用什么笔，也知道画山水和画花鸟各用什么笔。所以，每到书画笔会的场合，就会看到书画家们纷纷打开自己的笔袋，取出自己适合的毛笔，在宣纸上挥洒自如。那神情很是牛气，尤其当最后收笔的一瞬，常能得到围观者的一派叫好。

我在此写毛笔，并不是专门研究毛笔的制作、用途，而是缘于前不久我到江西进贤的一个生产毛笔的小村采风，亲眼目睹了农人们手工制作毛笔的过程，觉得新鲜而突发奇想。记得当时我问一个妇人，你们制作的狼毫能保证全部用的是黄鼠狼的尾毛吗？妇人一边修饰笔头一边回答：当然喽，你不信你可以拿出去鉴定嘛！这时，一位作家朋友对我说，你别那么冒失，瞅这些农人朴实的样子，不会造假的。

我说，那不一定，现在假的东西还少吗？据我所知，随着生态环境的保护，人们已经很难再抓到黄鼠狼了。我听说过专门养水獭、长毛兔的，还没听说专门养黄鼠狼的。而且我相信，即使有笼养的黄鼠狼，其尾毛肯定也不如野生的质地好。见我如此坚持，作家朋友便不好再言语。

回到北京，我向卖毛笔的文具店打听，并向几位书画家请教，他们都告诉我，现在市面上卖的狼毫有很多是假的。狼毫笔表面呈现嫩黄色或黄色略带红色，有光泽，仔细看每根毛都挺实直立，腰部粗壮、根部稍细。把笔尖润湿捏成扁平型即可见其毛锋透亮，呈淡黄色。狼尾毛最长的是 6 厘米（其中包含笔斗内 1 厘米）产地为东北地区，价格特别昂贵。一般常见的狼毫笔长度为 4~5 厘米。市场上常见的狼毫笔大都是以黄马毛或黄牛毛为披毛制成的，还有一些假狼毫笔是用羊毫加猪鬃或者尼龙染色而成，从外表看上去颜色不纯，把笔散开可以在中间找到略粗的猪鬃或者略带光泽的尼龙山羊毛染成黄色制成笔头，表面呈黄褐色或红褐色，根部的颜色稍淡或略灰。假狼毫的价格不足真狼毫的价格 10%，几乎无法使用。

既然如此，我们的书画爱好者可就吃大亏了。我以为，亏的不只是金钱，而更多的是对艺术的追求。这使我想到我们的室内装修，尽管社会一再呼吁，要选用环保涂料和家具，可往往在装修完入住时，还是被污浊的空气弄得眼泪汪汪甚至是窒息死亡。更深层的是，毛笔是我国的传统工艺，中国书法和中国画是传统文化的重要组成部分，也是名副其实的非物质文化遗产，如果因为狼毛造了假，岂不是毁了我们老祖宗留下的宝贝疙瘩吗？

几天前，我在电视上看到南方某中学在全校每天开展十分钟书法课，根据不同孩子的性格，选择不同的字体，在心理塑造孩子的性格上确实起到明显的作用。当时，看后我就想，孩子们在选择字体时，是不是也要选择毛笔呢？如果选择了狼毫，谁能保证几百个学生使用的狼毫有一支是真的呢？我感到眼前一片茫然。或许有人会说，既然时代在进步，科学在发展，狼毛不好找了，用其他毛（或人工制品）所替代，又有何不可呢？对此说法，我一万个不接受，我相信全国所有的书画爱好者也不能接受。假如真的那样，狼毫还叫狼毫吗？

为青歌赛回避制度叫好

5月9日晚，第十四届央视青歌赛团体决赛落幕。关闭电视，仍感到意犹未尽，似乎还想看到一些什么。这当中该包括想看到不同的歌手登台亮相吧，想看到不同风格的演唱形式吧，也该包括想看到第二现场的阎肃、晓光、徐沛东等嘉宾的精彩点评以及各位评委对每一位、每一组选手演唱结束后的最后亮分吧?

青歌赛已经成功举办十四届，应该说一届比一届有看点，一届比一届成熟。今年对于我的最大看点，并不是歌手们怎么演唱，怎么组合，最后冠军花落谁家，而是评选结果是怎么出来的。我相信，电视机前的观众肯定有相当多的人同我一样，并不真的懂音乐，去真的关注歌手演唱的技艺如何，即所谓的内行看门道，外行看热闹。可以说，在诸多的各种文艺评奖中，青歌赛是最被关注的，也是评奖机制越来越完善的。譬如其最早采取的实名制打分，让评委公开亮分，然后去掉一个最高分和一个最低分，取平均分的做法一直很深入人心，而且已经影响到其他领域的评奖方式。再譬如，在过去几届评奖中，还设有综合素质考评一项，也一直被观众津津乐道，有相当多的观众就是为了专看这一环节才看青歌赛的。当然，任何一项评奖，都会有不同的标准，每个人的标准也不尽相同，即使面对一个评委，不同的观众也会说三道四。前几届余秋雨做综合素质评委，名声虽然大了，可却成了别人的靶子。这怨得谁呢？因为你老余干什么事都会成为别人的靶子，你就得认这个账。

我之所以关心评奖是怎么出来的，主要原因是这些年你再关心歌手的名次，到头来一首好歌一个被人们都看好的歌手也出不来。于是，与其关心歌手还不如关心评奖的过程。人们在观看时，当歌手唱完，在评委打分之前，我们作为普通的观众也会在心里为歌手打分，然后等评委打过分，两厢进行比较。如果接近，就会觉得自己的审美水平跟评委的水平差不多，心里很得意。如果评委的分低了，就觉得评委不识货，有失公允。如果评委的分高了，就觉得评委跟歌手有关系，就会说某评委跟某歌手是亲属、师生、同乡或者是同一单位、系统关系，其公允性就更值得怀疑。颇有意味的是，在几届大赛评委中，有个别评委要么总是打高分，要么总是打低分，结果遭到观众质疑，不得不让监审组评委点名让其做出解释。我注意到，为了大赛的更加公平，今年的打分特别规定了硬性的回避制度：同一地区、单位的评委必须回避，属于师生关系的评委必须回避。这一制度的规定，让观众眼前一亮，仿佛舞台愈加地清澈透明了。在最后一天总决赛的三支代表队分别是空军政治部代表队、武警政治部代表队和新疆电视台代表队，每当空军代表队演唱完打分时，主持人都不忘说一句——“根据大赛规定评委与歌手同在一个单位回避的制度，请韩红评委回避”，见状，刚上任空政文工团副团长不久的韩红不由会心地一笑，既轻松又显得无奈。可以想见，作为新任的文工团掌门人，韩红是多么想为年轻的战友打分啊！在此，我们不必怀疑韩红评委的公正性。

也许，有的观众会说，即使建立回避制度，个别评委的感情分被有效地控制了，可并不排除评委之间的打招呼。我以为，招呼总会有人打的，这也不用怀疑。但我更相信，评委还是有其自身的公信力的。歌手大赛，评的是歌手的得失高低，也是对评委的艺术审美能力及人格的一次大检阅，你可以躲得过一两次的感情波动，可你躲不开群众的眼睛。如果你不公正，人们还相信你吗？到这时，评委比的不是艺术层次的高低，而是拼的人格的优劣！

不管怎么讲，评奖实行回避制度，实在是一种进步。由此，我联想到我们的文学评奖、电影评奖、电视剧评奖、书画评奖，什么时候也来个实名制，公开亮分，并采取回避制度？平心而论，我最不愿看到某些评奖在颁奖时，由主持人或评委对某获奖作品念的授奖词，那种概括性的溢美之词实在是欺人的鬼话。如果我们的艺术真的如那些授奖词所忽悠的取得那么高的成就，我们的文艺何必要不断地喊繁荣、振兴、复兴呢？所以，不要怪我们的读者、观众对文艺作品的冷淡，因为我们有相当多的艺术家和他们的作品已经和正在不断地冷淡着我们的人民。艺术来源于生活，艺术从来都是人民的艺术，离开了人民，艺术还有什么存在的价值！一个冷淡了人民的艺术家，人民没有理由不冷淡他！

都市里可以没有乡村，但要有乡村记忆

新年放假期间，我到北京郊区父母家小住三日。我们这里属北京近郊，随着新农村建设步伐的加快，许多村庄都进行拆迁，农民纷纷住进楼房林立的社区。原来农民祖辈赖以生存的土地，如今已多年不种粮食，有的成了政府的储备用地，有的建成城镇居民社区，更多的被种上了花草树木，名副其实地成为京城绿色走廊。

无疑，昔日脸朝黄土背朝天的农民，从平房大院搬进楼房社区是一件令人高兴的事。仅以冬季用煤取暖为例。过去，农民在冬季取暖家家以烧土暖气为主。烧土暖气不仅污染空气，而且保温效果不好，最重要的是煤价涨得非常迅猛，已经由几年前的每吨二三百元涨到今年的 1000 多元。按每家一个冬季烧 10 吨煤计算，共需花掉 10000 多元，这个数字对于一个年均收入 10000 元左右的农民来说，不亚于泰山压顶。特别是对于孤寡贫弱家庭，几乎是雪上加霜。如今，搬进楼房的农民，用电热膜取暖只需花费两三千元，既环保又节能。

但是，从我接触的村民来看，他们在享受楼房社区的诸多好处的同时，也心存许多忧虑。除被广为关注的生活费、医疗保险等社会保障问题外，更多的是对失去过去生活的感叹。以前，住在村里，乡亲街坊来往方便频繁，一家有事，全村出动。如今，人们被钢筋水泥般的“鸽子窝”给框住了，人与人交往无形中受到了很大的限制。由于信息不畅，谁家一旦有了婚丧嫁娶事宜，再也看不到满村空巷的热闹景象。村民们聚在一起，交流的更多的是对村里的建筑、景物、民俗、人情交往、家族变迁以及历史事件的回忆，谈到兴处，人人眉飞色舞，宛若说书一般。

因为过去以家乡题材写过一些文学作品，村民们便提议让我借家乡为背景，写一本融政治、经济、民俗、建筑、地理、历史、宗教、饮食、艺术于一体的“乡村那些事儿”，以激发当代，教育后人。我自认才疏学浅，恐很难完成此重任，便向在村镇工作的当职领导建议，可否发动群众，让老百姓都写回忆录，择其精要，编纂成书，图文并茂，一定深受农民的喜爱。

此外，在参观了几处乡村遗址后，面对绿树、草坪笼罩下的绿色走廊，我的眼前感到一片茫然。我知道，在我曾经生长生活的这片土地，再也找不到我过去的记忆了。就是说，在多年之后，面对自己的后人，我将无法告诉他们，我从哪里来！鉴于此，参考汶川建震后遗址公园，北京首钢、焦化厂搬迁建工厂遗址公园的做法，我建议有关部门，在新农村建设过程中，特别是在拆建乡村建筑时，应该适当保留一些标志性建筑，尽管它们可能达不到文物保护的级别，但对一个村的村民来说却极为重要。如我所在的村子，就有关帝庙、戏台、街心井（相传北平和平解放前夕，村里曾居住解放军一个团上千人，在加村上的几百号人，愣是井水不枯，而且越打越足）、知青点、张麻子豆腐店、杨家小铺、大队部和小学校等建筑，都是村民茶余饭后，津津乐道的地方。诚然，这些建筑总体上可能比较破乱，但用现代建筑材料仿建一下，或者仅仿建其中的一角，在旁边竖个牌子，再在四周种上花草树木，也不失为眼前一景！倘如此，不仅解决了村民的怀旧情绪，也为我们的都市增添了新的人文景观。2008 年北京奥运前后，北京曾提出绿色奥运、科技奥运、人文奥运的口号，我觉得非常响亮。但需要提醒的是，在后奥运时期，我们眼里的不该只是城市中的二环、三环、四环，也应该包括五环、六环，即使整个六环内全部变为钢筋水泥堆积的城市时，我们也千万不要忘记：这里曾经是乡村！

谁在影响我们的生活
——《轻松减压5分钟》序

我们热爱生活，生活给了我们无尽的快乐。我们热爱生活，生活给了我们斑斓的色彩。生活，生活，因为生才可以活。生命，生命，因为生才可以有命。所以，我们要珍惜生活的每一天，善待好我们的生命。人们都知道，我们来到这个世界并不是一个人孤立地存在，你要面对阳光空气，树木森林，风雨雷电，好人坏人，男人女人，亲人友人，老人小孩，不论是自然界还是人类自身，你都将无法回避，必须一一面对。于是，我们的存在，注定要影响这个世界。反之，这个世界也会影响我们自己。

既然我们无法回避，我们就应该积极面对。其实，这个世界不论多么复杂，它始终建立在人与自然、人与社会和人自身的是否和谐的关系上。谁违背了自身的规律，谁就会遭到惩罚。所以，中央提出了努力构建和谐社会的方针，这既总结借鉴了历史经验，又顺应时代的发展潮流，是真正的科学发展观。

想来中央提出科学发展观的思想不是空穴来风，既有它的战略意义，也有着强烈的现实意义。当前，不要说面对复杂多变的国际形势，也不要说面对经济全球化的挑战，就是面对国内发生的各种问题，也足以让我们冷静思考，认真面对。就个人而言，压力变得越来越大，越来越多，诸如住房、医改、教改、就业、失业以及腐败、信任、安全等大量问题，说不好哪一年哪一天就会光顾在你的家门。让你手足无措，心急如焚，欲哭无泪，孤独无助，悲观厌世，精神崩溃。于是，怎样学会面对生活的压力，怎样减轻生活的压力，怎样回避生活的压力，就成为时下最热门的话题之一。

我以为，在人、自然和社会的三者关系中，最重要的是人自身的和谐。而要实现人自身的和谐，就要求必须有足够的知识去认识世界、分析世界、解释世界。我们过去总在说破除封建迷信，结果破除了很多年，迷信的东西依然存在。迷信，迷信，先迷后信，如果我们没有迷的东西，谁还去信呢？这就如同看魔术，最初看的时候，越看越觉得神奇，一旦被道破玄机，就会觉得索然无味。有的人提出，要想人自身和谐，就要不断地修身。修身的方法很多，有人修禅，有人悟道，还有人禁欲，我觉得这都不是问题的实质。真正懂得和谐的人，他一定会给自己制定一个为人处世的标准，哪些可为，哪些不可为。哪些可以哪些不可以，这话好说，做起来却非常难。做一天几天容易，做一生一世就很难。因此，人们常佩服那些有毅力的人。

有毅力就是有定力。人一旦有了定力，谁拿你也没办法。这样，你不但不会被别的外界事物影响，相反，你还会影响他人。那种整天埋怨社会这也不好那也不是的人，到头来总是让自己很烦恼。每当遇到压力缠身的朋友找我倾诉，我就会告诉他（她），你如果真的有定力，你就坚持。你如果实在坚持不住，你就该早点放下。你如果什么也不放下，压力就会永远陪伴你。一个诗友说得更直接，他说，你如果改变不了别人，你就改变你自己。人只有先获得自由，才能实现自己的理想。

正由于这些思考，我们策划编选这本《轻松减压 5 分钟》一书，以献给那些正在被压力困扰的人们。书中的这些作品，题材很宽，作者面遍及各个阶层，绝大部分作品都是原创作品，读起来颇能给人以启发。特别需要说明的是，本书得到很多社会知名专家的支持，他们不仅自己亲自为本书撰稿，而且还积极推荐他人加盟，从而使本书能在短时间内完稿结集。在此，我们表示衷心的感谢！如果这本书真的能对读者有所启迪、帮助，我们也就心满意足了。祝朋友们远离压力，轻松地过好每一天！

春节抽奖，能否成为新民俗

新年将至，各地各单位都在以不同的形式迎接新年的到来。就机关、团体和企业而言，采用最多的形式就是团拜会搞联欢。参加工作二十余年，我到过的单位十几个，几乎年年都要参加几次这样的活动。我以为，这种带有中国特色的过节方式，真是了不起的一大创造。

团拜会传统的方式是：领导讲话、表彰先进、文艺联欢、游戏活动，最后是发奖金、发过节礼品、集体会餐。一天下来，虽然很疲惫，但每个人都春风荡漾，其乐融融，大有快乐嘉年华的味道。这种活动，最露脸的是经济富足的单位，可以变着样地不断升级。而那些经济拮据的单位可就惨了，非但不敢开大会，职工下班走在路上都是一脸旧社会，至于回到家里，更是无脸见婆娘。所以，过年开团拜会是一次很好的总结会，也是向来年进军的誓师会，更是一次激励先进带动后进的大会。

我非常喜欢参加各式各样的团拜会。最近几年，团拜会的形式仍然在推陈出新。最流行通用的方式就是抽奖。抽奖一般是主办单位买一些礼品，小到牙刷、香皂，大到高压锅、洗脚盆、彩色电视，奖项分为纪念奖，一、二、三等奖和特别奖。抽奖人大多请领导和资历比较深的人，每每念到中奖号时，在不同的角落里准会发出一阵惊叫与骚动。不用说，那里肯定有人中奖了。最近几年，我参加了十几次团拜会的抽奖活动，运气中等，得过高压锅、数码相机、洗脚盆，当然更多的是微波碗、生肖动物一类的纪念品。甭管怎么说，那礼品拿到手里，暖在心里，回到家里往老婆孩子面前一放，倒也增加几分豪气。

毋庸讳言，春节抽奖这样喜兴的过年形式已经被越来越多的人接受，我想，再过些年，这种形式说不定会当作民俗，像贴春联、放鞭炮等传统民俗一样被长久地保持下来呢！也说不定过若干年还可以申请为非物质文化遗产哩！诚然，与此接近的还有看春晚、发短信，尽管有些人觉得很形式，可我仍然坚定地支持。试想，假如没有了这些，我们还会有什么新鲜的形式呢？

然而，过年抽奖形式虽好，也要不断出新。作为中国作协不算年轻的会员，我就不赞成中国作家协会每年春节团拜会期间的几点做法，一是每年发的春节贺卡，永远是韩美林的字画图案；另一是团拜会抽奖的特等奖永远是韩美林的几幅画。再有，就是进门报到时人手一份永远是农夫牌的瓜子小吃。韩美林是我所尊重的画家，其散文写得也相当好，用他的作品给全体作协会员做纪念，也未尝不可，但一味地采用，就有点过了。咱不说作协给韩美林义务做广告的小人之言，但我总觉得百花齐放才好。据我所知，在作家中，不乏有很多的书画高手，比如冯骥才、贾平凹、鲁光、舒乙、王小鹰等，假如每年能有这些人的作品陆续献上，那多么丰富啊！至于农夫牌的农产品也是如此，我们何不换个台湾、海南的品种也尝尝？毕竟祖国各地一家亲啊！

另外，寄送新年贺卡这种形式我一直反对，一是浪费木材；二是浪费金钱（现在的贺卡越来越贵，少则三五块，多则三五十，有的高达二三百，里边还夹杂着百元现金）；三是浪费时间。最重要的是过于形式，尤其是邮局统一印制的那种卡片，更是形式。你想，那薄薄的巴掌大的一张纸片，飞来飞去，将廉价的文字“暴尸”街头，能说是对朋友亲人的尊重吗？新年到来之前，有学校规定禁止学生买贺卡互相寄送，我举双手欢迎。孩子有点不情愿，问我能有什么替代的办法？我开玩笑说，就把祝福的话写在手上，见到老师、同学招招手就算问候了。孩子说，您先做一次试试。我说好，明年春节开始实行。

文化创意拒绝文化克隆

当下，文化创意产业是个很时髦的经济增长方式。不论在北京还是在其他地方，大大小小地搞了很多场文化创意产业博览会，交易额屡攀新高。最让人惊喜的是，各地还纷纷成立了文化创意产业办公室。一时间，圈地运动蓬勃兴起，五花八门的文化创意产业园区比比皆是。前不久，我到某县采访，看到当地政府为赶文化创意产业这个时髦，把一块二百亩的土地用围墙圈住，里边盖了几栋别墅和几架钢筋结构的大棚，便在大门口挂出了“××县文化创意产业示范园”的牌子。我问当地的某文化官员：“你们建这个文化创意产业示范园有什么具体的内容吗？”答曰：“先把牌子挂上，现在正找一些画家入住，三年免费。”我又问：“这么大的场地，有统一规划吗？”官员说：“规划当然是有的，但要多方筹集资金，至于什么时候到位，那就要看政府的力度啦！反正我是无能为力！”本来我想再问，但一看文化官员的尴尬相儿，就知道这事八成没谱儿。

我可以肯定地说，全国像××县这种盲目搞文化创意产业的单位绝不是一处，而且类似这种跑马占地的事在之前也屡见不鲜。譬如，十几年前搞的高科技园区、工业园区，再譬如最近几年搞的新农村建设中的农村社区，虽然总的发展方向没错，但由于各地的重视程度、地理环境、资金状况不同，所呈现的结果就大不一样。有的地方搞得如火如荼，有的地方则一片狼藉，萧条冷落。我总以为，拉铁丝网跑马占地容易，而要真正地建立起充满创意、富有朝气的高科技园区、工业园区和文化创意产业园区绝非易事，它需要长远的规划、科学的论证和现实的可操作性，任何追风赶时髦都不可取，最终损失的是国家，具体说是老百姓。因为，大多数政府投资的钱都是老百姓的纳税钱。即使是个人投资的钱，那也不是大风刮来的。它肯定承载着一个人或一群人的奋斗与艰辛。

以北京为例。自北京潘家园旧货市场火爆以来，先后又出现了798艺术区和宋庄画家村，这三家艺术市场的出现，结束了北京琉璃厂昔日一枝独秀的风光，给北京的艺术市场带来巨大的活力。同时，我们也清醒地看到，在这几家艺术市场日益成熟的时节，也有很多步其后尘者举步维艰，以至于纷纷破产的窘相。一句话，市场无情，有些事可以乘势而上，而有些事则乘势而下。仅北京东郊，我所亲眼目睹的就有五六家艺术市场先后破产关门的。再说北京的曲艺市场。现如今，都说曲艺不景气，具体说相声不景气。可自从郭德纲和他的德云社在京城闪亮登场后，相声竟然一度成了北京市民的追捧娱乐方式。目前，北京东西南北城的周末相声俱乐部有将近二十家，似乎北京人真的离不开相声了。然而，事实并非如此，业内人士都知道，在这二十家相声社中真正火的，能演出不赔钱的，也就四五家。尽管如此，其他的相声社也都苦苦支撑着，还是一句话：玩！不图挣钱，就图个乐儿！

玩也好秀也罢，总之，这都需要成本投入的。有投入就应该有产出，否则就形不成产业。产业的直接目的就是实现工业化，获得最大的经济效益。文化产业同其他工业产业一样，需要不断地更新，提高产品的质量。文化产品不同于工业产品，它更多地强调文化的高附加值，即不可复制性。如果我们的艺术品交易市场、相声俱乐部缺乏个性创意，像工业产品那样可以大量地复制、克隆、批量生产，那肯定是死路一条。其实，即使是相同的工业产品，当市场出现饱和后，如果不转产，不更新新的品种，也会被退出市场的。我们过去总说市场竞争残酷，我以为最可怕的不是对手的强大，而是自己迷失了自己的前进方向。文化创意产业，是由有文化的创意加上工业化的管理模式组合而成，二者缺一不可。

提倡移风，也可适当还俗

春节将至，人们又要开始筹划长假的过法了。按常规，街道上免不了重新会贴上“树新风、移风易俗、破除封建迷信”等类似内容的标语，有些家庭还会贴上相关的春联。我们知道，标语这种宣传手段，不过是一种政府对民众的广为告之形式，通常表明的是一种公告人的态度，意在提示，一般不具有强制的法律性质。因此，很多人看过只是会心一笑，根本不当真。

然而，当我们真的对此当真时，却发现有许多可圈可点的内容，颇为值得一议。何谓“移风易俗”？要回答这个问题，首先要考证其语出何处。古《诗序》中说：“先王以是经夫妇，成孝敬，厚人伦，美教化，移风俗。”宋司马光在《效赵学士体成口号献开府太师》之四中言：“洛阳风俗重繁华，荷担樵夫亦戴花。”现代巴金在《灭亡》第八章中写道：“她们问我中国底（的）风俗，我也略略说了一点，又常常惹起她们发笑。”这其中涉及的主要是风俗，《诗序》中已经包含移风易俗的意思。但最早出现“移风易俗”这完整的四字，恐怕就当属荀子在其《乐论》中所言的“乐者，圣人之所乐也，而可以善民心，其感人深，其移风易俗，故先王导之以礼乐而民和睦”了。

多年以来，由于我们不断提倡移风易俗，使得人们一提风俗就陷入“封建迷信”“低级趣味”“不入高雅之堂”的定式思维。这其实是对风俗的误解和曲解。风俗本是中性词，是指在特定区域、特定人群沿革下来的风气、礼节、习惯等的总和。可以这样说，一个国家一个民族，一旦没有了风俗，就如同没有了自己的历史。历史从来不是与生俱来就在人们脑海里的，它是靠一代又一代人传承下来的。清人黄宗羲在《柳敬亭传》里撰文："说书虽小技，然必句性情，习风俗。"如若没有了风俗，我们的文学艺术就会成了无本之木，黯然失色。

当然，我们在建设新型和谐社会的进程中，必须大力提倡移风易俗，这也是落实科学发展观的具体体现。但是，我们在逐渐改变破除风俗中的糟粕时，也要大力发掘提升那些优秀的传统风俗。其出发点是以人为本，不劳民伤财，体现民族特点，振奋民族精神。譬如：在春节期间是否可以放鞭炮，一直是政府和老百姓议论的焦点话题。以北京市为例。北京市政府曾一度出台春节期间禁止燃放烟花爆竹的禁令，但屡次颁布屡次执行不了。为什么？一句话——老百姓不接受。道理也是一句话——没有了鞭炮声，过年还有年味儿吗？后来，经过多次听证，市政府对禁放令做了修改，将原来的一刀切改成在固定时间、指定地点可以燃放，这样就赢得了老百姓的欢迎。再如：新年前夕互赠贺年卡，也曾一度成为新兴的风俗之一，尤其让中小学生喜欢。中国邮政看到其中的商机，每年都发行贺年卡，数量当以亿计。后来有识之士从环保能源方面考虑，大声疾呼要限制甚至是杜绝贺年卡。但响应者并不多。道理很明白，假如不用贺年卡这种形式沟通人情，能够替代的是什么？后来BP机出现了，手机、网络普及了，于是贺年卡的销售量自然而然就下降了。就个人而言，我不完全反对贺年卡，我反对的是那种千篇一律的印刷品，我喜欢带有自己个性自己制作的贺年卡。记得冰心老人在世时，就喜欢亲自动手制作贺卡赠人，铁凝在她的散文中还提到过。多年来我对自己有个要求，凡是朋友赠来的自己设计的贺卡一律珍藏。

俗与雅历来被认为是矛盾的对立双方。其实不然，俗的未必真的那么俗，雅的也未必真那么雅。春节期间，买些礼品（不必太铺张），访亲看友，这是人之常情。也许在某些高雅之人看来这未免显得忒俗气，但反过来想呢？春节期间，远门不出，近门不走，自家关在屋里过自家的日子，亲戚邻里之间不相往来，只发个短信、打个电话就算礼过了，那样的年还有什么意思呢？过年，过的就是人气，没有了人气，吃得再好，穿得再好，也等于没过。因此，我提倡在节日期间移风的同时，也赞成适当地还俗。

朱自清先生教我写散文

仲夏，到南戴河度假，小住中华荷园，归来后创作出散文《女人的荷》。先是贴在自己的博客上，后又发给几个报刊编辑同行，大家看后大喜，皆认为这是我的名篇诞生。也有散文研究者认为，这篇散文不仅仅是我个人的收获，也将是新世纪十年来中国散文创作的收获。甚至有几位中学语文教师将《女人的荷》誉为当代的《荷塘月色》和《桨声灯影里的秦淮河》。我听后，先是感到欣欣然，然后是惶惶然。

作家写作，有多种追求。其中，能否写出名篇，该是最高的境界。我把这种追求看作是文学的奥运会。作为一个写作者，不论你会几把刷子，名声多大，如果没有得过奥运冠军，终究是遗憾。也许有的人提倡贵在参与，体验过程，而我决不，我的目标就是夺取金牌。当然，能得到金牌的毕竟是少数。得金牌者，不仅要付出汗水，还要有一定的天分和缘分。

有些事，你必须等，等待机会来临。就像婚姻。

我很羡慕那些拿金牌者，特别是拿多块金牌者。譬如鲁迅，譬如老舍，他们一南一北，交相辉映，为中国文坛，为世界文坛，分别贡献出十个以上典型人物。这十几个人物，就是十几块金牌。后来者，在阿 Q 面前，在孔乙己面前，在祥子面前，你只能肃然起敬。这就是小说的魅力。同样，散文和诗歌也是如此。

我过去曾说，在古代文学面前，我们只能趴着；而在现代文学面前，我们只好跪着。因为，前人太会侍弄文字了。古文自不必说，就说现代作家们。他们倡导白话文写作，用白话文写作，有的三五年，有的一二十年，就写出那么多的杰出作品。而我们当代作家，在白话文使用了七八十年、一百年后，反而不会驾驭文字了。

我对现代文学的认识始于鲁迅和朱自清先生。这大概与中小学语文课本有关。记得学得最早的文章是朱自清先生的《匆匆》。多年以后，我还能依稀记得开头的句子——“燕子去了，有再来的时候；杨柳枯了，有再青的时候；桃花谢了，有再开的时候。但是，聪明的，你告诉我，我们的日子为什么一去不复返呢？”后来，我又学到先生的《背影》和《荷塘月色》，以及《桨声灯影里的秦淮河》等名篇佳作。在这一时期，我也学到鲁迅先生的《一件小事》《藤野先生》《故乡》和《从百草园到三味书屋》。但两厢比较起来，对我影响更深的还是朱自清先生的《背影》和《荷塘月色》。想来其中的原因，是朱先生的这两篇很具有代表性，一个写人，一个写景，而且都写到极致。如果你要从事写作，从事散文写作，这两篇散文是最好的范本，是不可回避的两扇门。

应该承认，那时的我读《背影》，只是一味地感动，还不能从散文的真谛里得到提升。等我真正悟出先生散文的真谛，是在三十年之后，在自己从事散文创作二十多年后。2007 年 11 月 29 日，中国散文学会在西北大学现代学院举行了西安散文创作基地挂牌仪式。在仪式上，由我代表学会进行致辞。按以往的惯例，这样的会议，领导发言一般都说些祝贺外加一些政治色彩的规定话语。那样的东西，我过去没少讲过，也给一些领导写过。我总觉得没多大意思。咱不是领导，说一些不着边际的话让人讨厌。带着这样的一种想法，我在走上主席台的瞬间，改变了讲话稿的原意，我说出了我想说的话。

我说，今天是个好日子。在这一天，全国各地，或者说就在西安，恐怕会有许多的仪式，如公司开张，新婚大喜，孩子满月，这都需要一定的仪式。那么，是什么让我们齐聚在这里，当然是文学，是我们挚爱的散文。是的，散文确实是我们的挚爱，是我们永远的新郎和新娘。我过去说过，散文同小说比较，小说是我说的世界，散文是说我的世界。尽管文学创作是个体劳动，是作家自己的事，但作家创作的作品毕竟要呈现给这个社会。我以为作家写作的过程，就是一个不断我说和说我的过程。我们挚爱散文，是由于它能够给我们更多的表达自己内心情感世界的机会。我说与说我，都是要表达一个我的过程。但仅仅如此，是远远不够的。想想那些优秀的散文，无一不是通过由我到达我们的过程，这就如同我们读朱自清先生《背影》中的父亲，使我们想起天下的父亲。其实，纵观天下的事情，完美如意并不总是钟情于我们，我们拥有的更多的恰恰是生活的艰辛与苦难。同天上的星星比起来，我们不过是星星中的小星星。我们应该感谢散文，它总是在提醒和鼓励我们，散文的创作过程就是从我走向我们的过程，也就是从心灵走向心灵的过程。

我没想到，我的这个简短的发言，竟会引起与会者的极大兴趣。在接下来的两天会议里，很多人总在有意无意地谈论着我和我们的关系。贾平凹先生在吃饭的间隙，对我的发言很中肯，他说你说得很准确，一下把散文给说清楚了，我们过去总结了多年，一直没有说明白。从贾先生平和的眼神里，我知道他是真诚的表达，绝不是顺情说好话。其他几个作家朋友说，听了你的发言，我们的眼前豁然开朗了，好像终于明白散文是怎么回事了。12 月 1 日晚，我到现代学院进行散文讲座，我又谈到散文中的我和我们，想不到五六百学生居然能跟我共鸣。有了这样的几方面认可，我知道，我的这个观点可以立住了。

再说《女人的荷》。创作这篇散文我的着力点并不在于写景，而是通过写景去写人，写人心灵深处的东西。当下的散文，大多是议论与叙事居多，缺乏写景与抒情，所以读起来便缺少意韵。没有了意韵，还会有美质的东西吗？记得我把这个作品首先给了两家在圈内有影响的大报，哪知竟遭到退稿。编辑同人说我写得太浪漫了，他们更喜欢发表写文史题材的东西。我听到感到很悲哀，不是为自己，而是为散文。因为，我们的文坛有时就是个屠宰场，机械化程度虽然很高，但所生产的东西并不是我们心中的艺术品。真正的艺术不可复制，更不可以批量生产。

还是回到事物的原点吧。有时创新到一定程度反而离本质更远，而回到原点恰恰是最好的创新。换句话，坚守有时比创新更重要。这是我最近重读《朱自清散文选》所悟到的。不知您以为如何?

第三辑

文与人的命运

当“鲁郭茅”遭遇“赵小宇”

大凡热爱文学的人，几乎都知道“鲁郭茅巴老曹”具体指的是哪六位作家。在这里，我们不必分析他们在文学史上的成就顺序是否准确，但有一点是毋庸置疑的：即鲁迅、郭沫若、茅盾、巴金、老舍、曹禺等文学大师作为中国现代文学的精英，甚至作为世界文学的精英应该是不成问题的。当然，在现代文学的大师中，还有冰心、夏衍、沈从文、郁达夫、艾青、朱自清等诸公，他们的名字像“鲁郭茅”们一样，连接在一起，构成20世纪中国文学的灿烂星空。

曾几何时，我们在小学语文课本里，在中学语文课本里，在大学语文课本里，在图书馆里，在广播电台里，我们一遍又一遍地看到听到《故乡》《白杨礼赞》《匆匆》《背影》《小桔灯》《大堰河，我的保姆》《天上的街市》，因为有这些美丽的篇章，使得我们前行的道路有了灯盏，给了我们无穷的信念与理想。我可以肯定地说，20年前上学的人们，他们所受的文学启蒙无论如何要比20年后的年轻一代要影响大得多。因为，在物质相对贫乏、信息相对闭锁的时代，文学更容易给人带来精神的向往与寄托。

即使如此，当时的人们吃的是窝头咸菜，可看的却是《战争与和平》《钢铁是怎样炼成的》《安娜·卡列妮娜》，听的是《红岩》《暴风骤雨》《李自成》。我们不能说当时的人们追求得有多么崇高，但看名著听经典确实能够提升人的精神。如今的四五十岁的人们，每当谈到文学，都会怀念20世纪80年代前后文学最热闹的日子。可以说，80年代的文学就是我们国家思想解放的晴雨表。诚然，让文学担当政治的功能是残酷的，可在特殊的年代就不可避免地承担了历史的重任。虽然三十余年过去了，可我仍为那一批作家、艺术家感到光荣。正是因为他们敢于铁肩担道义，把自己的命运同党的命运、民族的命运、人民的命运联系在一起，才会不断创作出文学上的一个又一个春雷。

进入90年代以后，随着文学整体的向内转，消解政治，躲避崇高，渐渐成为一种时尚，现实主义作品几乎很难再成为报刊及出版社关注的对象。只要稍微注意当下的报刊，你就会发现：反映现实生活的作品根本不到1/3，有的刊物甚至不到1/5。这其中的原因有很多，很重要的一条是现在的编者，尤其是报刊的主要负责人缺乏农工经历，不了解中国的国情——他们大都是出学校门进机关门的白衣秀士，脑子里装的文学主义、名词远远多于丰富多彩的现实生活。经他们发表的作品，所谓关注人生，反映人性，其实恰恰是对人的不尊重。试想，一个连当下人的生活都漠不关心、熟视无睹的人，他能关心谁呢?

于是，有人开始关心当下的生活了。赵本山、郭德纲、周立波、小沈阳、李宇春纷纷登场了。毫无疑问，这帮明星的出现，确实活跃了文艺舞台，满足了观众娱乐的需要。有些作品（如赵本山主演或导演的《刘老根》《乡村爱情》《男妇女主任》）堪称这一时期的经典。但问题是，如果电视屏幕上老是滚动播出《不差钱》或是老郭的光头相声和老周的脱口秀，是不是我们的欣赏水平也忒俗了。或许，有人反对我，认为俗没什么不好，认为老百姓过得就是俗人的日子。对此，我实在不敢苟同。我总以为，一个国家，一个民族光靠几段相声，几个小品就能打发日子的时代肯定是可怕的，是万万不可取的。我们不是没有历史的教训，八个样板戏的年代离我们并不久远!

前些天，参加一个少儿文学的颁奖活动。当一个老作家动情地大讲“鲁郭茅”“巴老曹”时，我听到一个中学生小声问另一个学生：谁是“鲁郭茅”“巴老曹”？我听后不觉哑然失笑。于是，我问：“你们知道谁是‘赵小宇’吗？”他们看了我一眼，快速地抢答道：“知道知道，赵本山、小沈阳、李宇春！怎么，你们大人也知道？”哇噻！这帮可爱的宝贝，他们把我当成出土文物了。回家的路上，我思考了许多：在一个信息飞速而多元的时代，人们的眼睛关注某些品牌或人物是新闻的本能。然而，人的眼睛不仅仅是用来看到表面的东西，它也应该看到更深层的东西。不然，人的眼里就不应该储存泪水。

“故宫跑”，跑出了什么

晚饭前看电视，见画面上有一窝蜂的人拼命朝一个方向跑，原以为是马拉松或者重阳节举行的老年人长跑运动会，正要更换频道，不料播音员随即说出——“刚才大家看到的一幕是最近几天清晨发生在故宫门口的景象，不过各位观众不要以为这是在抢购门票，而是人们想在第一时间看到镇宫之宝——《清明上河图》。”紧接着，播音员又讲，这幅北宋时期张择端所画的“国宝”曾经几易其主，虽然世人都知道这幅画，但真正看到真迹的并没有几人。

时下，收藏热已是不争的事实。我周围的朋友，甭管有钱没钱，也不管懂不懂，几乎都有收藏的爱好。有的收藏字画，有的收藏古董，还有的收藏家具，更有收藏鼻烟壶、自行车、手表的。我见到的还有一位达人，专门收藏毛主席纪念章，他家里估计能有上万枚，让人看得目瞪口呆。前几年，我喜欢收藏火柴盒，只要到外地出差，宾馆里提供的免费火柴我是一定要带回家的。十几年下来，总有一百多种，没事拿出来看看，倒也觉得蛮有乐趣。想来这是为什么呢？大概是由于少年时家境贫寒，人口极少流动，买不到更多的火柴，在跟小孩们玩摔火柴皮时苦于没有“大牌”相压有关。所谓大牌，就是图案新颖的，只要别人没见过，你就可以无限说你的火柴皮的数字有多大，从五万八万可以夸张地说到五十亿一百亿。

像到故宫排长队奔跑看《清明上河图》的人，在收藏热的时代不是个别现象，我挺佩服电视台的播音员，他们把这样的观众统称为“故宫跑”，听起来既形象又生动。20世纪80年代初，在中国美术馆曾举办过一次人体油画展，当时可以说万人空巷，我记得铁凝在一篇散文里就曾记录过当时的场面。我比铁凝小10岁，虽然没有亲眼看到美术馆的“美术馆跑”，但亲眼看到过更多的“白菜跑”“食盐跑”“酱油跑”“出国跑”“少林寺跑”“邮票跑”“练摊儿跑”“拆迁跑”。想来人们为什么跑，一个是物质的贫乏，一个是思想的贫乏，还有是精神长期地被压抑。但这些只是正常的解释，通过多次的“奔跑”，如同我们过去所经历过的各种“运动”后，我发现在这个特殊的人群里，有更多的是盲从者，是起哄型，是有便宜不占白不占者。就说这到故宫看画的人群，有多少人懂得这《清明上河图》的艺术呢？如果我用百分之十来估算，肯定会被那百分之九十骂死的。

对于收藏的目的与乐趣，我相信每个人都有自己的心得。据报载某人在高位任上时就喜欢“收藏”，为了使藏得的宝物是真的，他还专门雇人请专家进行鉴定。为什么要是真的呢？因为真的能有价值，能有升值的空间。毫无疑问，真是收藏的第一要素，离开了真，任何的藏品都会黯然失色。这是所有人的共识。我几乎在很长时间也是接受这个共识的。但最近一段时间，我改变了我的态度。

我以为，收藏的物品求真是必要的，但不是唯一的。譬如这幅《清明上河图》，国人基本都知道它是北宋时期的画品，它在中国美术史上具有特殊的地位。我们在许多的书籍中都见过这幅图的样子，至于能否见到真迹，不一定心情多么澎湃多么激动多么胡思乱想。我有时想，你若喜欢这幅画，不妨买一幅高仿作品，放在室内，没事就抬眼端详欣赏，不是很好的选择吗？由此，我还想到文学创作，当下有许多作家很是热衷文史类散文写作，他们往往就一段历史、某个人物，查找大量的资料，以求真实地回到过去。对于这类散文，作为对文史方面有兴趣的读者而言，显然是能够增加知识性和趣味性的。然而，就散文本身而言，我觉得就费力不讨好了。道理很简单，文学不承担历史的真实，它的意义在于通过不确定到确定，最终还要回到不确定。就是说，散文最终给读者留下的不是事物的真，而是事物的意，是思考，是想象。如果这个作品最终是个确定的结尾，那这个作品的文学意蕴就会大打折扣。同样，当我们面对《清明上河图》时，如果过分强调这幅画的真与假，我觉得这画的意义也会大打折扣。

我写完这篇文章，就准备到北京的琉璃厂，到那里的画店、书店去购买《清明上河图》的高仿制品。我相信，当我把这高仿作品，送给美术老师给学生讲课、送美术爱好者欣赏使用，他们一定会喜欢的。我绝不相信，有人会将这高仿作品从窗户扔到垃圾桶里的。在此，我也想建议某些国家收藏机构，在安全和科技保护完备的情况下，不妨将一些国宝常态化呈现给观众，免得男女老少大清早五点就去故宫排队玩“故宫跑”。说白了，“故宫跑”，对身体也许有益，对提高自己的美术欣赏水平不一定有多少帮助。充其量，也就是在他年某个日子对人吹吹牛说，某年某月我在故宫看过《清明上河图》。问题是，你看过了又能怎样，难道看过你就高人一等啦？故宫里的皇上比谁不高，最终不也是像常人一样永远地睡去吗？还是听我一句，让生活慢半拍，拿点时间读点书更好。

林则徐传牌究竟传了什么？

——观话剧《林则徐传牌良乡》

用历史演绎现实，是戏剧家们的拿手好戏。如何利用好历史，把握历史，并不是件简单的事。我们所知道的历史，有两种，一种是有文字记载的，另一种是民间传说。人们习惯把有文字记载的称为正史，而把民间传说称为野史。一般来讲，有文字记载的，相对于接近真实，但也不一定都是真正的历史。即使是司马迁的《史记》，也有着他个人强烈的主观色彩。因此，对新编历史剧，我向来是持有戒心的。或者说，我是迷惑惶恐的。

其实也不必这样。新编历史剧，作为艺术的一种形式，充其量还是个形式，只是你接受不接受。接受了，它就是个艺术，不接受就什么也不是。对于重大历史题材，业界在把握上有个约定俗成的准则，就是“大事不虚，小事不拘”。我的解释是，在重大事件、人物和时间上，必须要有确定性，在其他方面——诸如故事演绎、情感表达等不确定性方面，艺术家可以自由发挥，去想象去创造。

6 月 5 日，在北京燕山影剧院我应邀观看了新编历史剧《林则徐传牌良乡》。这部话剧由北京市房山区委、纪检委等单位联合全力打造，取材于清朝道光年间，林则徐奉旨到广东禁烟，途经京畿良乡县（今房山区）发出了第一道公文《奉旨前往广东查办海口事件传牌稿》后所经历的事件，刻画了林则徐轻车简从、严于律己、清正廉明，特别是亲民爱民、不畏权势、刚正不阿的清官形象。关于清官戏，像以往的《海瑞罢官》《秦香莲》《七品芝麻官》等，人们都非常熟悉。关于正剧中的英雄人物，如廉颇、诸葛亮、秦琼、寇准、文天祥、林则徐、邓世昌等，人们也都耳熟能详。在此，我不想更多地加以阐释，因为以往人们把该说的都说了。

我看一部戏，看的不是故事，看的是其中有多少新鲜玩意儿。这就如同战争军事装备的比较，你有我也有，这叫对称。你有我还有你没有的，这叫非对称。我们知道，在很多的城市设计中，对称是一种美。反之，在很多的艺术创作中，非对称同样是一种美。我观察过一些有成就的艺术家，他们的作品或许是对称的，可他们的内心往往是非对称的。譬如，在《林则徐传牌良乡》一戏中，有一点始终吸引着我，即林则徐传牌内容究竟写了什么？这是戏核儿，也是观众非常想知道的。所谓传牌，就是上级对下级发布的下行文，相当于今天的通知。林则徐下发的这个传牌，文字不长，现摘录如下：

道光十八年十一月二十三日，为传知事：照得本堂部奉旨驰驿前往广东查办海口事件，并无随带官员供事书史，惟顶马一弁、跟丁六名、厨丁小夫共三名，俱系随身行走，并无前站、后站之人。如有借名影射，立即拿究。所坐大轿一乘，自雇轿夫十二名；所带行李，自雇大车二辆、轿车一辆。其夫价、轿价均已自行发给，足以敷其食用，不许在各驿站索取丝毫。该州县亦不必另雇轿夫迎接。至不通车路及应行水路之处，亦皆随地自雇夫船。本部堂系由外任出差，与部院大员稍异，且州县驿站之累，皆已备知。尤宜加以体恤。所有尖宿公馆，只用家常饭菜，不必备办整桌酒席，尤不得用燕窝烧烤，以节靡费。此非客气，切勿故违。至随身丁弁人夫，不许暗受分毫站规门包等项。需索者即须扭禀，私送者定行特参。言出法随，各宜懔毋违。切切。须至传牌者。右牌仰沿途经过各州县驿站官吏准此。此牌由良乡传至广东省城，仍缴。

看罢这段文字，稍懂点古汉语的人都能读懂其中的意思。这个通知，林则徐所要表明的态度很清楚，也很具体。在演出中，为了节约时间，也为了让观众听得明白些，编剧和导演对通知进行了删节和白话处理，大致维持了原貌。可在我看来，这段仅有 368 个字的通知最好还是以确定的方式由演员声情并茂地朗诵出来为好，对于林则徐这个人物，只有真实的内容才更能增添他在人们心中的英雄形象。在这里，观众能否听得清看得明已经不是十分重要，重要的是这个庄重的形式。

我很佩服编剧的聪明，他能从“此牌由良乡传至广东省城”生发出去，编织出林则徐除了禁烟还能以身反腐的现代版故事，确实让人眼前一亮。也许有人认为编剧这是在配合当下的政治需要，我以为这仅仅是创作的外在原因，其更真实的目的是如何看待具体的生活中的林则徐。当然，这部戏的现实性是超强的，否则，一个区委及纪检、组织、宣传部门不会联手打造这样的一出戏。尽管如此，我还是愿意以艺术的标准来解读这部戏。

演出结束后，有观众提出，林则徐禁烟天下皆知，为什么还要写在良乡禁烟？我觉得此言差矣。我们知道当时的历史背景，如果朝廷再不禁烟，国家就将亡种亡国了。在电影《林则徐》中，我们看到的是虎门销烟，其实在当时抽大烟已经不仅在南方，即使在京城也是随处可见了。抽大烟是表面的，深层问题是清政府面对世界的列强崛起仍然无动于衷，或者说还在以老大自居。林则徐也绝非一切排外之人，有文字记载，在虎门禁烟期间，他非常注意了解外国情况，组织翻译了多种西文书报，供制定对策、办理交涉参考。所译资料，先后辑有《四洲志》《华事夷言》《滑达尔各国律例》《澳门新闻纸》等，成为中国近代最早介绍外国的文献。看这部戏时我就想，要是编剧能够把林则徐苦心研读外国书籍的情节加进去，这部戏的分量或许就会大不一样。还是那句话，对称固然是一种美，非对称同样创造美。

我渴望看到科学小品

4 月 27 日，出席北京市第八次文代会，在作家代表团的自由发言中，我向诸多的文友提出“作家需要知识更新”的话题，引起人们的共鸣。我举例说，由于多年做副刊编辑，我收到的很多来稿，大多是对过去的记忆，尤其是对乡村的贫穷记忆。毫无疑问，文学是承载历史的最好方式。但我们千万不能忽视，文学它本身是艺术形式，既然如此，就有一个语言表达和技巧运用的问题。自 20 世纪 80 年代以来，随着西方文艺思潮的进入，很多作家都不同程度地开始模仿“意识流”“魔幻现实主义”等创作方法。最成功者莫过于早期的王蒙和今日的莫言。必须承认，人有聪明与愚钝之分。我想，我说王蒙和莫言属于聪明之人，大概是无人反对的。反之，如果我说有相当多的普通作者在文学感觉上略显愚钝，恐怕就要招骂了。

作家写作，最大的快乐就是作品发表，得到读者的欣赏。现实生活中，尽管各种诱惑很多，但痴迷于文学创作的人群仍然很庞大。近些年，各地的乡镇、街道以及村庄、社区纷纷成立了文联、作家协会、诗词学会，还办起了不同形式的报纸与刊物。我觉得，这是文化繁荣的一种具体体现。从另一个侧面，也足可以看出中国老百姓的日子较过去有了很大的提升。同样是在 4 月，我到某市参加文学创作年会，又一次看到有相当多的老年文学爱好者坐在领奖席上。这些老人我是相当熟悉的，每次见面，他们都像见到自己的儿子一样向我嘘寒问暖，而且还会将自己新近出版的书籍送给我。当然，也有相当多的作者把最近创作的散文、诗歌稿塞给我，希望我给看看、说说。平心而论，这些老人写的作品几乎没有什么艺术性，更多的是对生活的回忆，内容也多有雷同。只是，我不好当面说破。我知道，如果说破，那对于七老八十的人将是多么的残酷！其实，也不必这样想，这些老同志虽然心揣文学梦想，到了这把年纪，也不一定非要成名成家，只要活着充实有乐趣就行了。

我要说的要提醒的是中青年作家，也包括我自己，你要成为有作为的作家，你一定要问自己，你准备好了吗？通常，作家写作要有四个方面的积累，即生活的积累、感情的积累、技巧的积累和知识的积累。这四个积累缺少哪个都不行，特别是知识的积累。有道是学无止境，活到老学到老，任何人都不敢说他是知识的万花筒。20 世纪 80 年代，一大批青年人提出“把失去的时间夺回来”，他们发奋努力，挑灯夜读，不管是电大、夜大、函大，没有一个不是爆棚的。90 年代，面对新经济、高科技的信息时代，很多中年人又提出了“充电”之声。道理很简单，人和时间赛跑，你不努力，你就会落伍。在这样的背景下，我们的文学创作，有的人有了警醒，开始各种形式的“充电”，甚至到国外去学习，而更多的人则还是靠过去的简单知识加上生活的积累进行重复的写作。可以想见，这样重复的劳动，读者能满意吗？如果谁把读者当傻子，到头来他就是最大的傻子。

我们过去读经典名篇，你会发现，那些作家在当时创作时，他们是认真做过四个方面的积累的。尤其是知识积累。在本次文代会的自由发言中，我说，请问在座的各位，在最近的十几年中，谁看过我们的散文、小说中有大段的对草原、山川、河流和昆虫的景物描写？没有，一个也没有。当下，国家为了拉动内需，启动了“五一”“十一”黄金周、小长假，虽然人们交通便利了，去的地方多了，但又有谁能真正地去观察去体味大自然了呢？我甚至说，谁要是能写出一千字的对大自然的纯粹描写，我愿意出一万元作为稿费。因此，我对文学作品的欣赏，不管他是什么人写的，只看他作品中有多少文学的知识元素。譬如，我们面前有一簇花，我希望有人能把其中的每一种花一一罗列出来。假如能，我就无比地佩服他，承认他有学问。

熟悉现当代散文的读者，一定会读过秦牧先生于20世纪60年代出版的散文札记《艺海拾贝》，这部书至今已发行逾百万册，影响了整整几代人，是秦牧先生的代表作之一。作品文笔优美活泼，形象生动鲜明，融自然科学、社会科学、哲学和艺术各方面的理论和知识，是难得的艺术理论著作中的“科学小品”。科学小品，不同于散文，但又具备散文的某些文学特征，因其文中洋溢的知识性为读者所喜爱。在20世纪80年代的中小学课本当中，一般都会收入几篇科学小品供学生欣赏，如竺可桢的《向沙漠进军》、茅以升的《中国石拱桥》等。只可惜，现在的科学家已经很少有人写这样的文章了。秦牧散文之所以在20世纪五六十年代盛行，与杨朔、刘白羽并列为散文三大家，主要的原因就是他的散文体现了知识性与文学性的统一。可以说，秦牧是新中国文化散文的开拓者。

《艺海拾贝》自然不是秦牧纯粹的散文集，但其通过对物事的观察与分析，以散文的叙述方式去阐释文艺的理法，倒也别具一格。这本书我读过不止一遍，每次读后都会有新的收获。我非常佩服秦牧先生的博学，他对知识的涉猎是那样的广泛，诸如美术、音乐、戏曲、宗教、剪纸、动物、植物、饮食、服饰等，只要经过他的双眼，他就会心领神会，发现其跟艺术的关系。譬如，在《并蒂莲的美感》一文中，作者发现——“古往今来，不少赞颂男女纯洁坚贞爱情的艺术作品感动了人们，那些被人用来形容男女爱情的动物和植物，就多少给人一种美感了。如比翼鸟、连理枝、并蒂莲、双飞蝶之类。”然而，作者还发现——“如果以为如影随形、双双不离的东西就一定能引起人们关于纯洁坚贞爱情的联想，就一定能够引起一些美感，那就大错特错了。如雄虫一生都抱着雌虫过活的血吸虫。”至此，作者得出结论：“美感任何时候都是以一定的思想内容为基础的。”看到此，你不得不佩服作者的以理服人了。

面对当下文坛读者不满的现状，我们的作家是不是该真的认真思考了。在寻找诸多的理由和答案时，我首选的是作家不是缺少精神的钙质而是缺少知识的积淀。所以，我宁可呼唤全国每年生产几十篇科学小品，也不希望生产泡沫般的上千部的小说和电视剧！

文化是否需要低保

——兼谈梁思成、林徽因故居被拆

逢年过节，政府有关部门都要对低保、困难家庭进行慰问。所谓困难家庭，就是生活水平刚刚维持在吃饭穿衣上，即温饱线上。从经济指标上，是要有数字依据的。譬如北京市 2011 年的职工最低工资是 1460 元。就是说，每月低于这个工资标准的，就属于困难家庭。低保家庭，是指家庭的人均月收入——譬如天津市城镇居民月最低平均收入为 450 元，高于 450 元而低于 585 元的，就可根据政策享受低保家庭补助。

我所以要提及低保困难家庭，是我有一个命题假设：文化是否需要低保？如果这个命题成立，那么，就有很多的话要说。诸如：何谓文化低保？文化低保的标准是什么？怎样摆脱文化低保？等等。

我以为，文化低保是多义的。它既可以上升到国家、民族，也可以具体到每一个家庭每一个人。人类历史上，爆发过无数的战争，一个国家（民族）占领另一个国家（民族）是常有的事，但一个国家（民族）要改变另一个国家（民族）的文化几乎是不可能的。以中国为例，在元朝和清朝，是少数民族当家作主一统天下，虽然江山易主，但文化不但没有被侵略，反而被汉族同化。就是说，文化是流淌在一个国家（民族）血液里根深蒂固的精神河流。你可以摧毁它，但你永远征服不了它。我想到东北女作家萧红，她在 1941 年的《给流亡异地的东北同胞书》中写道:“记得抗战以后，第一个可欢笑的‘九一八’是怎样纪念的呢？中国飞行员在这天做了突击的工作。他们对于出云舰的袭击作了出色的成绩。那夜里，江面上的日本神经质的高射炮手，浪费地惊恐地射着炮弹，用红色的绿色的淡蓝色的炮弹把天空染红了。但是我们的飞行员，仍然以精确的技巧和沉毅的态度（他们有好多是东北的飞行员）来攻击这摧毁文化摧残和平的法西斯魔手。几百万的市民都仰起头来寻觅——其实他们什么也看不见的，但他们一定要看，在黑越越的天空里，他们看见了我们民族的自信和人类应有的光辉。”读者朋友，请记住，萧红在这里把侵略者对文化的摧毁比和平的摧残看得还要重要。我不知道，在萧红之前，还有哪个作家甚至哪个王侯将相对文化看得如此之重！这当然不能看作低保。这是用生命和鲜血的誓死捍卫。很难想象，一个没有了汉字没有了故宫、长城的中国还是中国吗？

文化的低保绝不是用经济数字可以做唯一标准的，它延续着一个民族的生存史和发展史，是任何一个人都不能动摇的。

一个民族的历史，通常就是一个民族的文化史。承载民族文化记忆的一个是物质的，一个是非物质的。近些年，我们国家在非物质文化遗产抢救保护方面取得了巨大成就，世人瞩目。然而，在文化文物保护方面，违法违规的事件屡有发生。最近，位于北京东城的梁思成、林徽因故居被拆（也有说法是在修缮）事件，就是笼罩在龙年之初国民身上的一个阴影。对于梁林伉俪的爱情佳话，读者大都已知晓；对于他们在中国现代建筑史上的地位，特别是对文物保护，包括对北京的城市保护，他们所起到的作用读者也都了解一二。北京的名人故居很多，比起某些大人物，梁林或许地位还不够大，但在文学和建筑文物保护方面，在 20 世纪的中国，他们绝对有不可替代的位置。前几年，关于北京名人故居保护问题，媒体一度十分关注，引起政府的高度重视。我注意到，北京的李大钊、宋庆龄、鲁迅、郭沫若、梅兰芳、徐悲鸿、老舍、茅盾等名人故居已经形成“联盟”，可以集团购买通票，还可以统一印制宣传纪念品。具体还有什么更深入的合作，我还不知晓。但作为一种集团式的“联盟”，无论如何对其保护开发具有深远的意义。梁思成、林徽因故居被拆的消息被公布后，我就想，假如梁林故居也加入了李大钊、鲁迅们的“故居联盟”，其命运还会如此吗？

中国的事就是这样，什么人做什么事，往往不看是否合法合理，而是看干这个事的人上头是否有人罩着。北京的“天上人间”开了多少年，去消费的有多少达官显贵，难道他们不知道这地方涉黄涉毒吗？显然是不言自明的。但是，这样一个场所，为什么就能繁荣一时呢？一句话，还是有势力的依靠。对于这种背后的势力，如果仅让区级文化执法部门去干预去取缔，无异于拿鸡蛋碰石头。因此，我要说，文化要低保，不只是口头问题，更多的是执法力度问题。过去，我们总要“一票否决权”，说起来容易，在实际操作中，这一票否决你有时还就真的行不通。既然如此，我们的文化低保何以能得到保证！

关于梁思成、林徽因故居被拆一事，拆的是几所房子，实质是对文化的践踏，对文物法规的无视，是经济利益这个庞然大物的凶猛蔓延，是某些官员的缺乏原则。北京在最近推出的“文化规划报告”中，提出在天桥天坛地区兴建文化聚集区，据说要建四五十个剧院剧场，其目的是要恢复成解放前的繁荣景象。在一次征求党派意见座谈上，我就提出不同意见：既然想恢复成解放前的文化繁荣景象，那北京不解放岂不更好？与其拿出巨资集中打造文化航母，不如拿出一部分资金投入到郊区县造驱逐舰。也许，我们文化人站着说话不腰疼，不在其位不谋其政，但我们总有表达的权利吧。我不禁想到，被誉为环保斗士的梁思成的儿子梁从诫先生，他的存在，一直被人们视为中国人的良心。他去世以后，人们不禁要问，今后还有谁会像他那样执着地为中国的环保事业奔走与呼号？

从梁启超到梁思成，从梁思成到梁从诫，一家三代，都义不容辞地担当起中华民族的脊梁的重任。从这个意义上讲，保留保护好梁思成、林徽因故居便具有了非同寻常的意义。我们不愿看到，也不应该看到，一个为保护北京古城作出过重大贡献的伟大人物，最终他的故居却被莫名其妙地拆掉了。遗憾吗？遗憾。这不仅是北京的遗憾，中国的遗憾，也是世界的遗憾。如果传到国外，我们势必要成为洋大人的笑谈呢？呜呼，悲哉！

秋天里的诗意交响

——观中华诗词交响演唱会《心灵律动》

当下的首都舞台，可谓异彩纷呈，不管哪家剧场、戏院，只要没有装修、停电，都会有一场精彩的文化大宴献给不同的观众。去年，北京市政府曾提出在天坛、前门一带建50个剧院、影院，我曾一度表示怀疑，现在看来我似乎有点多虑了。9月14日晚，在北京世纪剧院上演了一场颇具创意的名曰《心灵律动》的中华诗词交响音乐会。由于总导演李元华是我多年的朋友，她特意叫人给我送来贵宾票，说看后不一定要写文章，谈谈感受就可以。

本来，演出前我可以到贵宾室休息，借机去认识、拜访一些文化界的领导、名家，但当走到剧院大门口时，我还是选择了直接去观众席，我想看看这场高雅的诗词演唱会到底能否吸引观众。此时，离演唱会开演时间还有30分钟。

或许时间尚早，或许人们的目光最近很难集中在舞台上——由于日本政府上演购买钓鱼岛闹剧，激起中国人的愤怒，有很多的市民围在世纪剧院附近的日本大使馆门前表示抗议。因此，剧场里的观众也就二三十人。听着乐池里的试练音乐，我真为这场演出能否成功感到忧虑。这时，有一对年轻夫妇带着上小学的孩子过来，他们极认真地举着票一排一排地寻找座位，当他们走近我时，我不由得说了句：不用找了，看这情形，今天不会有多少观众，看哪好就坐哪算了。年轻夫妇看了我一眼，笑笑说，还是坐自己的座位吧，免得人多时麻烦。怎么会人多呢？我自己目测着整个剧场，心说能有三成的观众就不错了。

我努力地低头看起节目单并回忆着多年来与李元华的交往。李元华是我国有着重要影响的歌剧表演艺术家，最早从事京剧表演，曾任文化部“文华奖”和“群星奖”评委。1970年她在电影京剧《龙江颂》中成功塑造团支部书记阿莲，并在舞台上塑造江水英形象而被观众所熟知。进入中国歌剧舞剧院后，先后主演了《白毛女》《小二黑结婚》《窦娥冤》《深宫欲海》《鸣凤》等几十部歌剧、京剧和昆曲。近些年，她在中华诗词演唱方面做了很多的尝试，演唱过上百首诗词，并策划、导演了中国文联庆香港回归“中华诗词演唱会”。同时，她在文化产业的许多领域，都在不断地探索、开拓。与李元华相识的十几年，她给我的印象是始终在路上，不停地出创意，不停地开展活动。尽管有的干到一半就干不下去了，但并不因此就挫伤了她的锐气。我常想，一个年过半百的女人，哪来的那么大的精神头？

这台《心灵律动》中华诗词交响音乐会由文化部主办，参加2012年全国优秀剧目展演，演员汇集了当前颇具实力的中青年歌唱家，如王庆爽、刘珊、金永哲、程桂兰等人，演出的诗词主要有《诗经·郑风·子衿》《大风歌》《胡笳十八拍》《钗头凤》等。正当我详细看演员介绍时，忽然背后有人叫我，一看是中国散文学会周明会长唤我，他也是应李元华的邀请前来观看的。这时，我再看观众已经陆续来了很多。我对周明会长说，我真担心在这个时候演出，观众会来得很少，想不到已经有五成了。周明会长说他也很担心，因为怕堵车，他老早就来了。说话间，从贵宾室的方向我看到国务委员、国务院秘书长马凯，文化部老领导高占祥、郑欣淼等领导同志走向我们身后的贵宾席，我和周明会长跟他们相互问候打着招呼，并简单地交流起文学界的一些话题。我注意到，对摄影艺术颇为喜爱的占祥同志是有备而来，稍坐好，他就把三脚架支好，看来一会儿他要大显身手了。我回过头对他说：高部长，我不会影响您的拍照，如果挡了镜头，我就往低点坐。占祥同志微微一笑，冲我摆摆手，开始调相机的焦距。以前，我在中国文联工作时，就听说过占祥同志热爱摄影的趣闻，也曾欣赏过他的艺术摄影集《荷颂》。这回，这样的零距离，真的让我领教了什么叫对艺术的痴迷。

演唱会晚十分钟开演，上座率已然达到了八成。随着一首首诗词被歌唱家们精彩的演唱，我注意到这台剧目的灯光、舞美以及四川交响乐团的音乐伴奏，把整个诗词演唱带入了全方位的演绎。同时，我看到马凯同志始终正襟危坐，一丝不苟地观看演出，不停地为演员们的精彩演出鼓掌。在我们的眼里，此刻他不仅是中央领导，而更多的是我们作家、诗人中的一员。占祥同志更是干劲十足，照相机不停地按动快门，以至我几次回头观望，生怕影响到他今天的雅兴。或许是受到占祥同志的鼓舞，我看到一旁的郑欣淼同志也举起了微型相机，不失时机地拍下了精彩的瞬间。看着他们的忙乎劲，我真的有一股暖流涌上心头，仿佛这偌大的演出大厅已经变成了两个舞台。我感慨着，毕竟是秋天，收获的季节到了。

“爆竹声中一岁除，春风送暖入屠苏。千门万户曈曈日，总把新桃换旧符。”演唱会在王安石的《元旦》一诗中推向高潮。我注意到，有相当多的观众拿着节目单，明明知道这是最后一曲，但仍然在原地为演员热烈鼓掌。这难道只是单纯地为演员鼓掌吗？走出剧院，我思考了良久。此刻，路边的咖啡厅正在灯光闪烁着，几家日式料理店的门口贴上宣传告示：钓鱼岛是中国的，本店老板是中国人。

苹果花开的时候

——在北京黄胄小学第三届读书节上的讲话

各位老师，同学们，下午好！很高兴在这个春暖花开的日子走进我们黄胄小学，参加第三届读书节活动。今天是 2008 年 4 月 23 日，13 年前，也就是 1995 年，联合国教科文组织正式将这一天确定为世界图书和版权日，也就是世界读书日，或世界阅读日。联合国教科文组织为什么要把这一天定为图书和版权日呢？这是由于，在 1616 年——距今 392 年的 4 月 23 日，世界上有几位杰出的作家——英国的莎士比亚、西班牙的塞万提斯以及秘鲁的加尔西拉索都是在这一天去世的。同时，这一天也是世界上其他一些著名作家的生辰或忌日，如小说《洛丽塔》的作者纳博科夫等。所以，在这一天的联合国教科文组织的全体大会上，人们发出倡议，为表示向这些伟大的作家和他们不朽的作品致敬，鼓励人类尤其是青少年去发现读书的乐趣，唤起后来的人们不断为我们的社会文明和文化进步作出贡献，应该建立以读书为主题的读书日。这个节日的确立，很快得到各国的响应。人们纷纷以不同的形式参与进来。今天，我们黄胄小学此时此刻举办第三届读书节活动，无疑将是整个世界活动的一部分，我们有理由为自己自豪，为自己祝福。

读书的确是一件好事情。人类自从创造了语言，就意味着一个新的文明时代的开始。人们创造了造纸术、印刷术，就意味着文字将要被大面积地普及与传播。那些被普及与传播的东西是什么呢？除了体现统治者的权力意志，规定人们可以做什么不可以做什么外，更多的是传播知识。知识是什么？知识是人们对客观世界的认识，它将告诉你这个事物的是还是不是，以及这个事物的来龙去脉和与其他事物的相互关系。如果不是这样，人就如同草木牛羊。在现实生活中，人们都羡慕和佩服那些有知识的人，人们把有一定知识的人称其为知识分子，过去把有知识的年轻人叫知识青年。一个人拥有知识的多少，与他学习的方式有关。通常，人们获取知识的渠道有两种，一种从社会实践中来，比如对天气冷暖阴晴的认识，另一种则主要是从书本中来。我们不好说人们是从书本中获取的知识多还是从社会实践中获得的知识多，我们只有不断从这两方面获取知识，才有可能正确地认识我们这个已知的和未知的世界。

人获取社会知识，没有预定的时间，也没有预定的计划，更不会有预定的场所，一切都是在自然状态，完全凭你自己的悟性与经验。但从书本中获取知识就不这样，大部分时间都是在校园里，从幼儿园到小学到中学以至到大学，我们都是在教室里，从老师那里获得。至于在家里的学习，虽然也很有效，但远不如在学校里学得系统，学得扎实，学得全面。这也是人类为什么创办学校，我们为什么要到学校学习的原因。因此，我们在座的同学们，要十分珍惜在学校学习的机会，尤其在小学期间，要养成良好的学习习惯，掌握好学习的方法，这样你才能够从老师那里获取足够的知识。人没有财富不可怕，可怕的是没有知识，没有了知识，你就缺少进一步认识世界的本领。人的一生比起太阳、高山、大海是很短暂的，甚至不如一棵树，如果我们在短暂的一生，不能认识那么美好的世界，那是一件多么可悲的事情。所以，我们应该向我们的前人致敬，是他们创造了那么多的物质和精神财富，同时将他们对世界的认识以文字的形式给我们留下来，让我们以此为阶梯，继续认识未来的世界。我们也应该向我们的老师致敬，是他们将自己所得到的丰富知识，无私地传授给我们每一个学生，使我们很快地认识和发现世界原来是如此的美妙、绚丽多彩。我们还应该感谢那些不断创造新的知识、写出新的作品、编辑出那么多好看好读的书籍的人们。

关于读书，不同的人有不同的认识、不同的方法。拥有一本好书，就如同拥有一个好朋友。前人曾说，“书山有路勤为径，学海无涯苦做舟”，我以为这是不错的。但读书光勤奋不行，还要讲究学习的方法。同时，不仅能自己闭门苦读，还要不断地与人交流，知识只有不断地交流才能不断地相互提高。这使我不禁想到在西班牙的加泰罗尼亚，在那里，每年的 4 月 23 日（当地的圣乔治日），都有卖一本书送一枝玫瑰花的传统。在西班牙，塞万提斯的《唐吉·诃德》被认为是西班牙语中最出色的一部小说。为纪念塞万提斯这位杰出的作家，几百名作家聚集一堂，每人两分钟接力朗诵古典名著《唐吉·诃德》。今天，我们黄胄小学的读书节要开展很多活动，比如开展互相赠书和学生购书活动，我以为这非常好，长期坚持下去，必然能够丰富我们的阅读视野，提高我们的读书水平和写作水平。

老师们，同学们，关于读书，我确实有太多太多的话要说，每当从学校门口经过，看到你们进进出出的身影，听到你们朗朗的读书声，我都有重回校园的感觉。刚才走进校园，进入大门口时，我看到了黄胄先生的塑像。黄胄先生是我国当代杰出的画家，黄胄先生原名梁淦堂，字映斋，黄胄是他的笔名，寓意为炎黄之胄，就是炎黄子孙的意思。黄胄先生系河北人，后迁居西安，他早年当过中学美术老师，1949 年 5 月参加中国人民解放军，后来成为专业画家。黄胄先生作为我国当代著名的画家，他不仅身体力行，创作了许多重要的作品，而且还培养了大批的学生，有些已经成为当代画家中的佼佼者，如中国美术家协会副主席刘大为、中国文联副主席冯远等人。特别是在晚年，他拿出自己的全部积蓄创办了炎黄艺术馆，为推动艺术教育公益事业做了很多有益的工作。我们这所小学以黄胄先生的名字来命名，想必是要在弘扬先生遗愿，不断开展艺术教育活动，为国家培养有用人才上有所作为。说来很巧，明天是 4 月 24 日，1997 年的这一天，是黄胄先生离开我们的日子。那一年的 5 月，我在我所工作的报纸副刊，有幸编辑发表了一篇怀念黄胄先生的文章，今天我把当时所刊登的照片原件也带来了，无非是想和在座的广大师生一起缅怀这位人民的艺术家。我相信，在学校领导的科学决策下，在全体老师的共同努力下，经过不断地拼搏、进取，我们的黄胄小学一定会出现像黄胄先生那样的大画家、大作家、大科学家。我今天的发言题目用的是黄胄先生早期作品的名字——“苹果花开的时候”，因为我们的读书节使我想到在我小学的时候，每到这个季节，我就拿着一本书走进苹果园，在盛开的朵朵白色的苹果花中间，在蜜蜂嗡嗡的纷飞中大声地朗诵，那是一段多么美好的岁月啊！所以，在此我衷心地祝愿在这“苹果花开的时候”，我们的读书节活动取得圆满成功！

文与人的命运

——关于王洪江新著《文人那点子事儿》

时下，关于历史重新读解的书籍很多。譬如畅销的《明朝那些事儿》，以及早些时易中天的《品三国》等等。想来，人们为什么热衷于品读历史，答案可以得出很多，其中重要的一条是人们对当下的世界瞬息万变已经找不到判断的标准，于是回到历史去梳理，以便去寻找到解惑的钥匙。

其实，历史已经证明，任何人笔下的历史都是当代史，都是为当代人服务的。

就是说，任何历史，都是一个人的历史。历史无法复原。

解读历史，方法、角度有很多，既可以从政治、军事、经济、文化、科技分类，也可以像司马迁按本纪、世家、列传等进行。就文章体例而言，传记、随笔、小说、戏剧都可以。只要自己觉得顺手，能够充分表达自己的思想、情感，怎么写都行。毕竟，解读历史，也是在创造自己的历史。

刚拿到《文人那点子事儿》(群言出版社/2009年9月版)这本书，光看书名就让我不由会心一笑。这倒不是为作者有意克隆《明朝那些事儿》的书名，而是感叹作者所写的这个群体。对于历史而言，除了皇帝、政客，还有比文人更让人们津津乐道的吗？在中国古代，文人与政客往往是密不可分的，按今天的话说，统统是官员写作。

既然是文人与官人的统一体，我们在看《文人那点子事儿》时，就必然会从官运与文运来审视它。本书的作者王洪江，不仅将这两种命运进行画龙点睛般的解读，而且将论主放在其所处的那个时代的命运来加以分析，从而给人以一种立体的感觉。最终从文的命运上升到人的命运和国家的命运。

本书不是一部独立的长篇传记，但通过每个独立短篇的解读，却大体构成了一幅中国古代文人的历史画廊。应该说，透过中国古代文人的解读，也不失为一种很好的解读历史的方式。作者在文体上采用随笔漫谈式，夹叙夹议，语言轻松流畅，思想见解独特而富有情趣。比如对屈原的评述：当屈原写出《离骚》《九歌》《九章》《天问》等壮丽诗篇时，他还只能说是一个死心塌地的忠臣；只有当他得知楚国已亡并奋身投入汨罗江时，他才完成了由忠臣向爱国诗人的升华——由哀怨的离骚化作壮烈的殉国！自绝之路，并不值得歌颂；可殉国之路，往往令人肃然起敬。伟大的屈原正是以他伟大的诗篇和伟大的“行为艺术”震撼了后人的灵魂。再比如对“三曹”的评价：曹操的诗是伟人诗，须有大境界大抱负大手笔；曹丕的诗是政客诗，须有文学的修养、政治的野心、过人的见解；曹植的诗是才子诗，须有善良的心地、渊博的知识、敏锐的感悟。当然，作者的有些观点也未必能完全服人，仍可以商榷。如将《三国志》和《三国演义》进行对比。作者认为前者客观，而后者就显得很“偏心”。就个人观点，我以为，此二者比较有些勉为其难，史志和小说本来就是两码事。如果硬要说《三国志》比较客观，我觉得也不妥，我前面已经说过，任何一部历史都是个人史，是个人史就不是正史。而《三国演义》是一部小说，是演义性的小说，他强调的是对小说人物的塑造，而不是对历史真实人物的塑造。再如对曹植“七步诗”解读。作者认为曹植原诗略显啰唆：“煮豆持作羹，漉豉以为汁。其在釜下燃，豆在釜中泣。本自同根生，相煎何太急。”作者认为经过罗贯中的艺术处理，变为日后流行的四句，朗朗上口，我以为可以成立。但有写诗经验的人也一定会提出，这诗真的是七步之内原创的吗？不管别人怎样看，我表示怀疑。我坚信，这首诗一定是曹植早就考虑成熟写好的，即使没有写在纸上，也一定成竹在胸了。

这就涉及到话语权的问题了。何谓话语权？说白了就是谁在说话，说什么样的话。作家不同于其他写作者，最大的区别是尽可能不说别人说过的话。这里的话不仅指语言不要重复，更重要的是思想不能雷同。尤其是涉及历史的文章，一定要使用自己的话语，不用公共话语，否则说的话就没有意义。我说《文人那点子事儿》这本书写得好，好就好在在相对已成定论的历史文人面前，作者找到了自己的表达方式，并以自己的见地给人以一种新鲜的空气扑面而来。这不仅靠勇气、胆识，更需要的是扎实的知识储备。本书从司马迁到高鹗，共涉及 40 位中国古代重量级大腕人物。就研究而言，当中的任何一个人都可以写一部大书。但作者并没这样，而是以提其精要用五六千字进行评说，文字虽短，内容却非常厚实，有细节在身的感觉。由此，不难看出作者具有丰富的历史知识和高度凝练的笔触。

最后，我要说的是文与人。通观本书涉及的文人和未涉及的中国文人，我们会发现有这样一个规律，即文与人并不是成正比的。有的人官运亨通，但文运却不佳；而有的人文运极佳，但官运却屡试不爽。在此，我并不否认有个别人官运文运都亨通广大的，那毕竟是个例。究其原因，主要是中国文人的铁肩担的道义太沉重了。我以为，这是中国文人的光荣与骄傲。也正是由于这个原因，使我更加愿意推介这本书，让更多的人认识中国的真正文人。

从家狗变野狗需要多长时间

在人类的生存繁衍中，结伴而行的有很多种动物。最直接也是最亲密的，莫过于六畜兴旺中的马、牛、羊、猪、狗、鸡了。本来，这六畜最初都是野生的，随着时间的推移，经过人类的圈养与驯化，逐渐成为家畜。虽然同为家畜，但用途却大不相同。马、牛主要承担脚力运输；羊猪主要承担食用，鸡除了供人们食肉还提供食蛋。最特殊的是狗，它的作用主要是看家护院，是名副其实的保安。尽管有人喜欢吃狗肉，贵州甚至还有著名的名吃“花江狗肉”，但大多数人还是把狗当作朋友，不忍伤害之，更不忍食用之。

我少年时在农村，家里先后养过几条狗。有道是狗通人性，人与狗相处的时间长了，就渐渐成了朋友，甚至成为家庭里的一员。我清楚地记得，每当放学回来，我刚到家的胡同口，那条叫虎子的黄狗就会一溜烟地跑过来，鼻子在你的衣服上嗅来嗅去，有时撒起欢儿来双爪还会立起来，搭在你的肩膀上，那感觉真是亲昵得很！在乡下，夜晚街门是不用插上门栓的，因为有虎子在，什么样的坏人也不能靠近半步。可以说，在缺少衣食温暖的时代，是狗们给了我们许多的快乐。

狗是人类的朋友。前年冬天，一个好友要出国学习一年。临行前，她特别找到我，希望我能担负起养护她家京巴狗的义务。她一再告诉我，这条雪白的京巴狗非常通人性，也很爱干净。我开始有点迟疑，由于我家城里的房子太小，白天家里也没人，恐怕很麻烦。但朋友非常不留余地，说别的我不管，我就交给你。没办法，我只得硬着头皮答应下来。多年前，农村为了防止狂犬病，开始打狗行动。我妈家养的一条叫贝贝的板凳狗，不知是因为受到惊吓，还是什么原因，在一天早晨突然死了，把我的外甥女心疼得哭了两天，连饭都不吃。说来我对贝贝是有些怨气的。在五年前春节的初一早晨，我女儿一不留神手指被贝贝舔了一下，结果给孩子吓哭了。这下可急坏了她奶奶，非让我带着孩子到附近医院打狂犬疫苗。我说没事的，小时候被狗咬了，往伤口处抹一把灶灰就算完事。媳妇一听，说这可不行，不怕一万就怕万一，出了事后悔都来不及。无奈，我们只好带着孩子到医院打针。想来，真是自寻烦恼。贝贝死后，我们家里人一起商量，为了减少以后不必要的麻烦，我们家从此再也不养狗了。

朋友送我的京巴狗是她双手抱着打着出租车来的。当她把京巴狗往我怀里一塞，扭身含泪离去时，我怀里的京巴狗拼命地蹬腿，誓要回到主人的怀里。我紧紧地抱着它，不断地用右手在它的背部抚摸，并且一句一句地说着宝贝乖乖。等朋友远去后，我连忙截住一辆出租车，告诉司机直接到郊区我妈家。路上非常堵车，又逢阴天，使我们的心情很不爽。渐渐地，汽车挡风玻璃上罩上了一层水汽。我问司机，外面下雾了？司机说，没有啊。我说没下雾哪里来的水汽？司机把玻璃摇下来一些，让我看个究竟。然后他侧眼看了我一眼，说，您看看您的狗，它的眼泪都喷到玻璃窗上了。我一看，果然是京巴狗流的眼泪，在汽车的颠簸下一滴滴全都甩在玻璃窗上。见状，我的眼泪噙满眼眶，感叹道：多么通人性重感情的狗啊——不，应该是我的新朋友。

当晚，回到母亲家，我把京巴狗抱到她眼前。母亲说，咱们不是说好再也不养狗的吗？你最好从哪抱来的再抱回哪去，免得以后又弄得孩子哭大人嚷的。见母亲老大的不情愿，我只得实话实说，这京巴狗是朋友的，人家要出国一年，特地委托我来代养。您说我能不管吗？再者，这狗太通人性啦，来的路上哭了一路呢！母亲说，既然这样，我就更怕弄这事，你爸爸在村上当干部，一打狗咱家就得带头，到时候你让我往哪去藏？我说，妈您就行行好，先让这京巴狗在您这儿住一段，如果有风吹草动您就打电话给我，我会想办法安排到安全的地方。母亲毕竟是母亲，终于执拗不过我，最终答应先养一个月，如果有更合适的人家，就送给别人。

京巴狗在我家实际生活了一年多，后来我母亲家房屋拆迁，她把京巴狗转送到一个远房亲戚家。据说那亲戚家的生活水平很高。后来，我的朋友从国外回来因工作忙碌，一时也想不起提京巴狗的事，久而久之，就像忘了似的。不过，我时常还会想起京巴狗那晚跟我回郊区一脸泪光的样子。那是多么感人的一幕啊！

其实，关于狗的话题还有很多。譬如，我身边的好多朋友，尤其是女性朋友，她们总会问我：你怎样看待男人红杏出墙？我说，男人是狗，出墙的是野狗，在家的是家狗。你如果能宽容大度，当野狗回来的时候，你就把门打开，告诉他下不为例；如果你彻底想让野狗不再成为家狗，你就牢牢地把门插死，不留一点希望。朋友们说你比喻得很好。

时下，生活在城市的人们越来越离不开狗了。他们把狗当成伙伴，当成宠物，不论是在早上还是在晚上，你都会在社区公园、操场上见到狗们的身影。有的还给狗穿上了迷彩服、花衣裳，也有的把狗视为儿子、女儿，暖暖地抱着，亲亲地叫着。由此，我想到了公园里人工饲养的东北虎。由于长时间的圈养，现在的很多老虎不要说捕食较大的动物，恐怕连只鸡也抓不住。真若如此，我们是不是在多年以后，在藏羚羊、东北虎等15种濒危野生动物后面，还要加上野生狗呢？

我不知道从野狗到家狗的进化人类用了多长时间，但我想知道，从家狗变成野狗用多长时间。这绝不是一次文字游戏。我相信，在文字的背后，一定会有我们人类应该值得思索的东西。关于狗，或其他。

历史，从沉寂中醒来

——观大型实景历史舞剧《长恨歌》

“汉皇重色思倾国，御宇多年求不得。杨家有女初长成，养在深闺人未识；在天愿作比翼鸟，在地愿为连理枝。天长地久有时尽，此恨绵绵无绝期。”白居易一首荡气回肠的《长恨歌》，穿破千年的时空岁月，至今让我们回想起来扼腕叹息，既为盛唐由此衰落不在，也为李杨一对生死恋人长歌当哭。2008 年 6 月 29 日，应陕西华清池旅游有限公司之邀，我随著名作家王蒙先生观看了该公司推出的大型实景历史舞剧《长恨歌》。30 日上午，在毗邻华清池的爱琴海木屋，就舞剧《长恨歌》的得失，本人特别邀请陕西旅游集团公司总经理、舞剧《长恨歌》的总策划张小可与王蒙先生进行了一场别开生面的座谈。

红孩：6 月 28 日，华清池旅游公司围绕大型实景历史舞剧《长恨歌》上演两年来的探索与创新，邀请国内二十余名专家举行了一次高端论坛，想必收获很大。昨晚，我和王蒙先生观看了这场实景的历史舞剧，确实有耳目一新的感觉。据我所知，早在几个月前，公司就向王蒙先生发出邀请，希望能前来观摩指导。昨晚看完演出，公司的朋友说希望我来主持今天的座谈，最好能实现一个当代旅游行业的知名企业家与一个文学大家的对话。吃饭时，我把这个想法告诉了王蒙先生，王蒙先生觉得这个想法不错，但期望值也不要太高。我想咱们还是轻松座谈一下吧。是不是先请张小可总经理介绍有关《长恨歌》的创作过程？

张小可：我们这个舞剧从2005年开始构思。华清池旅游公司是1998年隶属于陕西旅游集团的。作为一个国内外知名的景区，用企业化的方式进行管理，华清池是一个成功的典型。所谓的企业化管理，主要是把景区景点的经营开发建设的管理权划过来，即把传统旅游业中的吃、住、行、游、购、娱六个要素整合在一起形成一个旗舰，能够推动、引领陕西旅游产业在关中这里的发展。有人会提出，作为文物保护单位，怎么能搞企业经营呢？我们是这样考虑的：华清池虽然是国家重点文物保护单位，但是整体园区是解放后新建的。只有两块属于历史文物，一块李御汤遗址是90年代末发掘发现的，另一块是“西安事变”时蒋介石居住的地方。基于这样一些特点，我们首先确定先将这两块文物按照国家和省文物局的要求把它保护起来。整个园区可以试着用企业化的方式进行经营，到今年已经做了10年，总体上讲，无论从哪个角度，华清池的面貌都有了很大的改变，入园人数显著提高，最多的时候每年可以接待170多万人。过去，我们在华清池整体经营的过程中，感觉有两个明显的不适应：一是游客——也就是旅游者的欣赏水平、欣赏能力以及人们对所要去参观游览景区景点的要求越来越高；另一是从帝王园陵的角度，虽说华清池是国家级重点文物保护单位，但其可观赏性不强。华清池有着六千年的温泉利用史，三千年之前从西周开始褒姒一笑失天下，就是在这个山上，特别是在盛唐时期，皇帝一年有半年在这儿不回长安，可以做到从此君王不早朝。可以说，整个过去的三千年，在这个园区里面确实发生了很多的故事，而且有很多故事是惊天动地的故事。以当时的管理水平，是很难扭转这两个不适应的。所以，在1998年接管后，我们就在思考，华清池今天尽管昔日风光不在，可它并不缺少背后历史的精彩和生动，我们有责任站在保护非物质文化遗产的角度去发掘利用它。于是我们想到两个亮点，一是唐代宫廷沐浴文化，另一个就是大诗人白居易留下的《长恨歌》。

红孩：像华清池这样的情况全国其他地方也有，尤其像陕西这样的旅游大省。我过去多次来过西安，有好几次汽车绕过华清池直接就到十几公里外的兵马俑了，因为这里没有更多的吸引人的地方。以前，导游的嘴里说骊山脚下有个华清池，教科书里也有华清池的介绍，甚至包括日本的中学生的教科书里面都有，但人们为什么不来呢？因为这里太平静。我以为，旅游经济就是眼球经济，你如果没有吸引人的东西，你肯定要被市场遗弃，时髦点说叫边缘化。要想让静态的地下的历史站起来、动起来、鲜活起来，用一种什么样的方式，特别是针对那些大的有文化资源背景的景区，用舞台艺术的方式去演绎，已经成为现在中国的一个潮流。

张小可：你说得不错。在这个潮流中，更多的或者更集中的是张艺谋导演做的“印象系列”。从“印象刘三姐”开始，基本上是大色块、大印象、大场面、原生态这样一种特色。但这种特色它无法去描述、演绎《长恨歌》这样一个故事，我们必须进行新的探索。《长恨歌》是一个缠绵悱恻、委婉动人甚至荡气回肠的故事，它有完整的故事、人物，有思想，有矛盾冲突，符合舞剧所要求的所有规律，因此我们决定用舞剧的形式去演绎它。舞剧是室内的舞台艺术，在很大程度上属于贵族艺术，是小众化的东西。我们要做到从阳春白雪到下里巴人都接受，就必须选择创新之路。结合华清池的地理特点，我们决定把室内的舞剧拿到室外去，放在实景里面，这种做法我们过去没搞过，其他地方也很少见，这个剧虽然已经演出两年多了，可我们的心里还是挺忐忑不安的。因此，这几天我们请来了很多专家，特别是很荣幸地请到王蒙先生亲自来观摩指导，我们就是想听听您的意见。

王蒙：谢谢各位，昨天晚上我看得很高兴，很享受，也很兴奋。作为一个普通观众，我感到很吸引眼球。《长恨歌》讲的是唐明皇和杨贵妃的爱情，讲得挺感动，这不完全是看热闹，有的地方看得心里面还稍微有点辛酸。当然，作为一段历史，这背后的问题有很多，杨贵妃实际上是政治斗争的牺牲品。我是第一次在国内看这种实景演出，我觉得形容它最妥当的一个词就是“秀”。“秀”我看得多了，基本上都是靠朗诵、立体声，有的特别远的立体声，相差一公里，那个大喇叭在这儿，那个大喇叭在那儿，聚光、激光，也动人心魄，这些在国外我看过。像半人半电子的我在拉斯维加斯看过，他们的演出就是这样，具有非常高的水平，但和剧场演出完全是两回事。这种演出的特点是充分利用实景，洋人在这方面走在我们前面。我稍微扯得远一点，咱们交流一下信息，外国人特别重视这种实景演出。记得我当文化部长不久，美国驻华大使的夫人当时就给我提建议，她的一个梦想就是在北京故宫太和殿演《图兰朵》，这是最早的文化创意。后来这个事没有弄成。最后是张艺谋在工人文化宫太庙导演了一个。我再说个笑话，最重视借用实景的人是谁呢？是麦当娜。咱们第一次申报奥运的时候，麦当娜找到大使馆那儿，她也非常懂政治，她说她要支持中国申奥，她要求在天安门广场举行她的音乐会，我们就笑了。我们说你这是在开玩笑，在天安门广场能开吗？她说不，我举行音乐会的时间是夜里一点到三点，这时候没有车辆，有车辆可以绕一下，全部内容由你们审查，服装你们需要我穿多少件就穿多少件。另外，她还想着在长城演出，这是许多外国艺术家的梦想。这也是开玩笑的。后来大使诙谐地说，她开始穿上八件衣服演，演着演着就刹不住往下脱，那谁拦得住啊！咱也不能让警察拦啊！这个事当然也没搞成。这说明外国人特别会利用中国很独特的地形地物、建筑、文化来做秀，这个“秀”当然是好意的。我想把舞剧《长恨歌》定义成“秀”，你们怎么叫没关系。既然是舞剧，里边又是杂技，又是焰火，什么都有，这就是“秀”。我觉得这个剧在技术上表现得相当成功，骊山上满山都是星星，就连周围的建筑，包括那些白天看并不好看的建筑，全都用上了，水也用上了，水用得真好，水吹在身上一百次都值，你不沾华清池的水就没有那个味儿。你们一定不要怕别人说这是在招揽游客，你想，不招揽游客那算是旅游吗？我写作还希望招揽读者呢！但是，在招揽游客的努力当中，一定要注意挖掘它的文化内涵，发挥它的文化潜力，增加它的文化含量，我觉得你们的做法是值得赞扬的。在全国未必所有的旅游景点都有这个意识，我也见过这种旅游，挺好的一节长城，你一上去看到的不是砸玻璃球的，就是放枪的，全部弄成那种最低俗的游乐场了，所以我赞成你们。

张小可：非常感谢您对我们的肯定。从两年多的实践来看，我们探索的这条路子总体是成功的，市场接受的程度和时间比我们想象得要快、要短。我们原来预想的是三年，一点一点地走，一方面要不遗余力开拓它，另一方面要耐得住寂寞。结果很好，去年一年演了300场，观众达30多万人，在很大程度上提升了华清池的知名度。从另一个角度看，可能客观上迎合了当下的国学热。长期以来，我们这一两代人，如果说在教育上有缺失的话，其中一条缺失就是今天的人或者新的一代对自己民族的历史已经不关注了，或者说关注越来越少了。这个世界要接受的各种信息东西太多了，五光十色、眼花缭乱，对自己的根，尤其对自己文化的根已经模糊了，我觉得整个教育和文化导引上也没有让人们回过头来去认识自己的历史，其实这一点我觉得有很多问题。其中有一个非常现实的问题，就是面对今天这一代如何用一种他们可以接受的方式，让他们了解自己的祖先和历史，这也是我们需要研究的。我们在这一点上去探讨，换一个方式，这个方式是他们可以接受的，而且这种方式是带着时代痕迹的，是有科技含量的，它的节奏和这个时代的节奏有相当一部分是吻合的，然后再去告诉他们你的祖先一千多年前，在这个地方发生过什么故事，同时这个故事会给你非常多的遐想，可以给你非常多的思考。整个舞剧《长恨歌》，虽然我们只讲了一个小时，实际上是把前三千年和后一千多年的历史做了一个分解，见证了这个故事，就是见证了中国大唐王朝是如何从繁荣鼎盛开始走向衰落的一个缩影。其实现在讲民族文化的复兴，就是要回到当年的繁荣，我们觉得很有幸在这个改革的年代里，管理和经营了华清池，充分利用了这么一个历史赐给我们的良机，让我们在创作一台旅游文化产品的同时，能够多一点探索，多一点思考，能够多一点更积极的想法。但是我们也知道，因为做企业，更多的是跟收入、跟成本、跟效益、跟市场、跟客源打交道比较多，一般比较关注的都是这些数字，考虑企业的发展主要还是围绕着效益，但是我们也在讲，我也是一直在想，一个企业最后的成功，大概除了这几个冰冷的数字之外，更多的是对社会责任的承担。所谓承担社会责任，不仅仅热身于社会的公益事业，不仅仅是国家有大灾大难的时候，组织我们的员工能够积极地募捐，积极地做善事，我认为社会责任非常重要的一部分就是怎么保护、发掘、弘扬我们的民族传统文化，尤其是旅游业这样一个平台，它是跟人打交道的，只要跟人打交道，就有宣传的市场和机会，把我们的历史、文化得以传承，在这一方面，我们思考得越多，我们可以做的事情也就越多。旅游是一个特殊的行业，其最本质的东西就是追求文化的差异，大概没有任何一个产业能够跟这个产业比在传承文化上更有优势。所以我觉得一个企业、一个企业家社会责任的承担，就是要承载文化、传承文化，在这一点上我们从上到下的认识是越来越清楚。所以在经营一个景点和企业的过程中，怎么把我们的文化保护住？怎么把我们的文化宣传出去，已经渐渐成为我们管理者、领导者的自觉性了。从目前看，这个舞剧还很不完善，我们是真的没有经验，没有经验的好处是胆子大敢突破。如果我们是一个舞剧方面的专家，就会循规蹈矩，不敢动了。反过头来，因为不懂，虽然敢突破，但是怎么样能够把它做成精品，还需要非常长的时间，还需要认真虚心地听取方方面面的，包括文化文学分析的态度，能够给予指点和点拨，整体对我们这个产品，以至于整个文化景点的经营不断地走向成熟，肯定是有好处的。

王蒙：你们做到这个程度已经很好了。今天早晨我和我老伴打电话说你这次没来，看来亏大了。过去，张艺谋他们搞的那几个印象，几次请我去我都因事没去成，这次到华清池，没想到这个剧这么好，很多地方都非常震撼。关于好话，别人肯定已经说了很多，时间有限，因为我对旅游不内行，对演出也不内行，对“秀”也不内行，下面我就把胡思乱想的东西提出来仅供参考：第一，表现爱情的问题。最强烈的是战争，《安史之乱》那个战争表现得太强烈了，又是火光又是剑影，人头攒动，奔跑如飞，后面背景上的投影，用的各种灯光屏幕显示等等，非常刺激，但不管用什么，李杨这个爱情还是要表现得更强烈。爱情现在看的都是远景，没有近景，强度不够，民族性也差，如果只是说通过类似舞蹈的几个芭蕾动作，我觉得没有发挥出来。我们中国人表现男女之情，甚至于把做爱艺术化、高雅化，中国有自己的特点，第一是称之为云雨之情，我们能不能在这个“秀”里面运用？具体我就不说了，因为这方面你们比我内行得多了。再有表示像洛神一样地表示神女，这是中国式的爱情象征，神女鱼水之欢，表现鱼水，两条鱼也行，反正是不能三条鱼，一条鱼也行，鱼和水比较难表现，两条鱼比较好表现。还有一个就是要充分地运用纺织品，叫作颠鸾倒凤。中国人描写比较雅的不描写一男一女的具体动作，它可以描写帐子，可以描写床单，可以描写锦缎，就是这一类的东西，充分显示出中国的风味来。中国并不是不敢表现男女之情，也没有那么封建，如果我们是很雅的一种表现的话，实际比外国人那个表现要高雅得多。如果说表现爱情也能够跟表现战争一样强烈，那这个剧就了不得了，我们也可以赋予一些其他辅助的手段，比如说我们这里面有贵妃出浴，可是这个太远了，背影我们弄一幅大画，搞个特写行不行？《贵妃出浴图》很美，也很雅，也很性感，这些具体人赶不上，人就一米七，我觉得把这个弄起来，这是我的一个想法。第二，我觉得这里面的白居易的词用得还是不够劲，还可以再加一番，凡是用白居易的词能说明的地方，不用现代语言解说。我个人觉得白居易写的诗比较普及，不太深奥，也没有多少考证上的麻烦，歧义比较少，用得越多越好。我在想，以后凡是来看这个节目的，一人发一份英汉对照的《长恨歌》的全文，能用书法写更好。弄得漂亮一点，有点纪念意义，起码能值 20 块钱，那咱们的档次又不一样了。因为这个是有放射性的，从这里面就知道了唐朝，知道了盛唐气象，知道了唐朝的兴衰历史。另外，白居易还可以再突出，能否出个人影，吟咏《长恨歌》的。这仅供你们参考。第三，音乐能不能再民族化一点，现在的音乐比较一般，运用一点民族乐器，比如说影视的伴奏、背景音乐，我想是不是能够民族化？因为一个古代的故事，必要的时候也可以上，因为咱们没有贝司，咱们的打击乐也不多，有些时候也可以用，太抒情的时候也可以用小提琴、管乐器，但是更多的应该是民族的乐器，那个味儿是不一样的，尤其是宫廷的味儿不一样。我觉得这方面还可以再改进。最后，在情节上再提一下，我估计有半分钟就可以了。就是在大唐歌舞升平、李杨沉醉在自己爱情的时候，适当加一些具体的场景表现危险即将来临，如在一些边远的地区，有对我们不安好心的异族已经磨刀霍霍，也有社会的各种矛盾，还有乱象，这比较有说服力。要不安禄山一出场，非常正面，而且画外音介绍是他把胡人、胡语文化都带来了，然后突然一下子就变成了乱魔之源了，显得非常突兀。我就是这些想法，反正这个舞剧我是爱看，有机会我会动员我的朋友、亲属都来看。

红孩：是的，有机会我也愿意继续来看。通过短暂的座谈，我们确实感到中央关于加快文化产业发展战略的决策具有很强的现实意义。大型实景历史舞剧《长恨歌》的推出，不仅是陕西旅游产业与文化产业相结合的成功，也是文化创意产业一个成功的范例，这对于其他有志于从事文化产业的有识之士来说，无疑也具有很强的借鉴价值。非常感谢二位的精彩发言，祝舞剧《长恨歌》早日成为大众喜闻乐见的艺术精品。

生活的每一天都可以修禅

——读《倪萍画日子》

北京电视台有个七日七频道，曾经火得一塌糊涂。其特色之一，就是有个叫元元的女主持人，操一口地道的京腔儿，对老百姓的大事小情进行实话实说。后来，元元到北师大读博士去了，这个栏目就逊色多了。我喜欢这个栏目经常说的一句话——生活是由一个七日又一个七日组成的。说得更具体点，我们的每一天就是一份日子。老百姓把每一天的生活，就叫过日子。

多年前，倪萍写了本书叫《日子》，读者很青睐。后来，宋丹丹跟赵本山演小品，说她演的白云也写了本书，叫《月子》。结果，根本没那么回事。什么叫日子，日子就是吃喝拉撒睡，柴米油盐酱醋茶。在这些琐碎的生活中，起主导作用的是人，是人的情感，是人与人之间的亲情和友情。

作为一名曾经的著名央视主持人、如今的影视演员，毫无疑问，倪萍是受人非常关注的公众人物。猎奇，是人的本能，尤其是对公众人物的猎奇，更是媒体和公众的一大喜好。有人把娱记称为狗仔队，也有人把娱记写的新闻称为八卦，对此，身为文化记者的我，感到很伤自尊。我以为，娱记写名家大腕未尝不可，名人可以出效益嘛！但问题是，如果那些老记同行们整天关心的都是明星们是否有三角恋，穿的衣服是否露肚脐眼儿，那就显得有点庸俗不堪了。

这几年关于倪萍的新闻不少。作为旁观者和同她有着一定交往的人，我可以负责任地说，倪萍的正面是真实的，她的负面很多都是我的记者同行的片面之言，有的近乎是八卦。以我前年组织的第三届“漂母杯”全球母爱散文大赛为例。大赛主办单位是中国散文学会、江苏省作家协会和淮阴区人民政府，征稿时间是春节过后，颁奖时间是5月20日前后。在四月的评奖时，我把刚看过的倪萍写的《姥姥语录》推荐给评委，此前我已经为这本书写了评论。我在发言中说，写姥姥当然是母爱的重要组成部分，倪萍写的虽然是自己的姥姥，但它所折射出的却是中国母亲的德行与智慧，其文字是纯粹的叙事抒情散文，功力非一般散文作家可以比。其他评委听过我的评价后，纷纷拿过《姥姥语录》通读，读过后一致说好。在最后决定是给倪萍一等奖还是荣誉奖时，出现了两种争执。于是，我给倪萍打了电话，问她得哪个奖好。倪萍说，她从小就有过作家梦，上高中时她的散文还在青岛电视台播出过，这次参加评奖，她希望评委评的是作品的文学质量，而不是因为她是名人。我把倪萍的话原文转给评委，大家最后一致同意《姥姥语录》获一等奖。五月底颁奖消息一公布，就有个别人在网上对倪萍说三道四，我的回答只有一句话：这本书我读了，不知道你读没读，如果你没读，最好不要说话。很快，有关《姥姥语录》的质询就全部消失了。等到去年八月，《姥姥语录》获得第五届全国冰心散文奖时，几乎听不到任何的反对声。

还有一则倪萍的新闻。在某次慈善活动中，倪萍的一幅画被商家以一百多万收购。一时间，在书画界成了热点，也成了某些人攻击的靶子，说倪萍在搞商业炒作。对此，倪萍有她自己的认识，“因为工作的便利，我有幸采访过许多大画家，见过许多名作，心里的这支笔就更不敢动了，眼高手低把我捆住了。‘上不了大山上小山，上不了远山上近山’，又是姥姥语录替我松了绑，我开始以‘无知者无畏’的姿态涂抹了。”2012年2月，倪萍在荣宝斋成功举办第二次个人画展后，当朋友们举杯为她祝贺时，她却“躲进洗手间稀里哗啦地好哭了一顿。为什么画画？赚一大堆钱应该高兴啊！可画画是为了画钱吗？心里也知道画一堆废纸没人理会挺难受的，可如今孩子都被卖了，那滋味也相当难受，没有一个当娘的会拿着卖孩子的钱喝酒吃肉——想起第一幅画被高价买走的那份欢喜，如今我像孩子一样，不知是该哭还是该笑。”

倪萍的感受我相信是发自她内心的，而且我相信，在过于物质化的今天，只要稍微还心存理想的人都会有这样的感受。倪萍是对生活充满感性与感激的，她把自己的画画看作是“跟着日子去写意”。既然是写意，就要有所发现，有所感悟，有所冲动，否则你将如何挥动你手中的笔？与其说倪萍每天在画日子，倒不如说她在每天感悟日子。因为，画日子，老师、父母是可以告诉你的，而感悟日子，必须要由你自己去完成。

我注意到，倪萍画日子这本图文并茂的散文集，每一辑的名称都有着自己对生活的切身感受，如：“日子，是熬一碗腊八粥”“日子，是爱与被爱”“日子，是那些人那些事儿”“日子，是棉袄，有里儿也有面儿。”这些，当然只是形式，重要的是，在其中的每一篇文字里，作者都会从自己的经历中，发现一些让人心生感动的细节故事。然而，作者又不是在这里编织什么故事会，她把这些故事写得很节制，很有章法，读得多了，你会发现，作者会把生活中一些不经意的事情在不知不觉中演变成一种人生哲学。

我曾经说过，文学的最高境界，不只是美学，还包括哲学。在哲学中，有个性与共性的关系问题。作家写作，就是要通过个性的我去达到共性的我们。如果你写的是共性的知识与发现，那读者才懒得理你呢！真正的文学作品，是从我走向我们。我想，倪萍是非常熟谙这个道理的。不然，她写出的文章不会篇篇都会引起读者共鸣的。譬如：在《野草莓》一文中，作者由于好奇，去陡峭的山崖去看黑草莓，结果不知道什么原因，她从姨姥家带回的一篮子好吃的都不见了，这对于一个幼小的小姑娘来说，简直是天塌了一般。本以为回家会遭到姥姥的批评，谁知姥姥竟以一句“好哇，鬼也馋啊，她吃了饺子就不吃你了。拿一碗饺子换个小外甥，上算”给遮蔽过去了。这是一位多么善解人意而又充满智慧的姥姥啊！作者也从中悟出了普通人应该怎样地活着的辩证法。再如：在《达人秀》一文中，作者因为客串了一次主持人，而结识了一对卖鸭脖子的夫妻，因为老婆爱唱歌，每天卖完鸭脖子，她都要到郊区的一个立交桥下唱几首歌才回家。男人一直有一个愿望，就是希望有一天看到自己的老婆能在全国人民面前唱一首歌。这个愿望应该说是浪漫的，也可以说是很不现实的。因为他们“两口子只住在一个六平米的临时小屋里，床是用长条板子搭的，很窄，睡觉的时候俩人得互相紧紧地搂着才不会掉到地上。”但他们的爱情是甜蜜的，他们的愿望也最终实现了。所以，当他们二人委托倪萍给他们在北京郊区的女儿捎去零碎的压岁钱时，倪萍哭了，她不但捎去了，还主动给增加了两千元。作者在结尾处写道：“这不是给予，这是接受，接受给我们做点人事儿的机会。”

本来，看完这本书我想就美术和文学的关系写点什么的，但一动笔，我的思绪就改变了初衷。我十分赞赏倪萍在自序中所说的“画的技术没有，画的灵魂显现”。由此，我不禁想到一个老和尚在告诫他到四方云游的弟子时所说过的话：生活的每一天都可以修禅，在运动中修生活禅，处处是道场，就看各人的功夫实践了。

大学中的文化

——在第四军医大学2008精品战略研讨会上的发言

刚来到四医大两天，就参加军校文化论坛，这让我多少有些紧张。选择这个题目，就意味着我选择了一个大的难题。主要的原因在于，我从来没有很正规地在大学读过书，甚至没有在大学里有过短时间的居住、生活。就是说，一个没有过大学经历的人要谈大学中的文化，特别是面对的还是一所赫赫有名的军医大学。好在我这个人“无知者无畏”惯了，就试着从第三只眼来看四医大吧。

这第一只眼当然与我的职业有关，毕竟是做记者出身嘛。第二只眼嘛，大家一看便知，今天在座的军人居多，你们是军我是民。第三只眼，很具体也很现实，这三四年中我因为一直在生病，不断地在北京到处跑医院，大医院去小医院也去，接触了很多的专家教授。就像到四医大亲眼目睹了我们神采飞扬的樊校长，稳重敦厚的孙政委。昨天我们到学校下属的几个医院参观，很受鼓舞，长知识也长见识。说句心里话，其实我第一个想去的不是科研院所，而是候诊大厅。因为我到任何一家医院去，首先要去的就是候诊大厅，因为这个候诊大厅要决定我的命运，就是让我决定要不要在这个医院看病。即我要见哪一个医生，会遇到哪一个医生，要经过什么样的设备来检查我的肉体，医生做出的诊断是不是准确的，他用的药是否对症，是不是好药，是不是真的药物，能够发挥作用大概要经过多长时间，我遇到的服务是不是优质的服务、人性的服务？到一个医院，这是一条龙，是任何人都不能回避的问题。但就是这样一个所谓的简单的问题，让我真正地认识到却还是从昨天的考察中。如果不这样说，我随便到街上找一个普通人，我想，他是不会把这个事情弄清楚的。前天晚上，我听了学校11位同志关于医院精品设备的演讲，包括看那些设备的图片展示，很是激动人心啊。但非常遗憾，这样的机会绝大部分病人不会有，病人到这个医院，他们只知道，我要挂个专家号，究竟这个专家能不能看这个病，看到什么程度，他只是道听途说，不是很清楚。他只是从号贩子手里搞到一个号，或者排队，从凌晨两三点，带着小板凳坐在门口，为了拿这一个号，要见这个专家。确实，一个医院，一个大学，他有一个什么样的精良设备，这是很重要的。那么有了这些设备，谁来掌握设备？掌握设备的是什么样的人，什么样的科学家，什么样的研究者？他们怎样掌握，做出的判断是不是最准确的判断？一次，我到北京一家很著名的大医院看病，医生给我做完了穿刺检查以后，他告诉我得的是什么样的病，我问他有什么好的治疗方法吗？他说我没有这个能力，你只能看中医去。我听后很恼火，说，你是一个国内所谓的权威专家，你现在所做的只能说是通过精细设备给我诊断了，但你不能治疗，那你算什么专家？既然如此，你这个权威在我这里就要打折扣，我就不承认你是大师。昨天下午，北京出版社一位编辑给我发了条短信，他们送给我一本刚出版的书，想让我在报纸读书版上做宣传。宣传什么呢？这个书的名字我一说大家就笑了——“别让误诊害了你”，就是这样一本书，里面介绍几十个病例是怎么样被误诊的。同时，大家还会发现，现在满街都在卖有关医学保健的书，这些书大都不是我们医院编的书，恰恰是所谓的异人、高人、大师。这都是些什么书呢——《求医不如求己》。现在人都不信医院，而信民间大师。当然，我并不是否定这本书，只是这种现象。不怕你们笑话，我兜里每天都带个刮痧板，没事的时候就拿出来刮一刮。我相信中医的保健功能。我当然愿意经常到医院去向医生咨询，有针对性地解决一些问题，但是医院的门难进，脸难看。你跟专家请教，哪里有那么多的时间，后面还有几十个上百个人在等着，他跟你能谈上三五分钟就不错了。这样的专家，他怎么能够正确地来判断你的疾病，给你开一个科学的负责任的处方？这是一个很麻烦的问题。

我们现在来谈大学文化。我在想，大学中的文化，不是孤立地存在的，它是与科技相结合的。温家宝总理在看望老科学家钱学森时，钱老说的最多的就是艺术与科学的结合。最近一段时间，我一直在谈文学中的共性与个性的关系问题，说白了，我们的作家写作，无论你写的是小说、散文、诗歌还是报告文学，人们称你为著名作家，是大师，我以为这有点悬。能否称为大师，你的背后得有一个符号跟着。就说我们的小说家，从白话文学发展的百年来看，最有名的是谁，我们推崇的是谁，我认为南派为代表就是鲁迅，北派为代表就是老舍，中西部为代表的就是赵树理。这三位作家，他们有两个共同的特征：一是他们给中国文学画廊，平均每个人都增加了十几个重要的经典人物，比如祥林嫂、骆驼祥子、小二黑；另外一个是，他们的作品都具有强烈的地域性，他们分别写出了代表他们那个地域的风俗性的语言，无论是鲁迅笔下的江浙，还是老舍笔下的老北京，赵树理笔下的山西，至今无人能替代。这样的作家，我们称其为大师。那么现在呢，所谓的茅盾文学奖也好、鲁迅文学奖也罢，以我们国家的人口，一部小说，炒得那么热，发行量连一百万册都不到，怎么能称得上是代表国家文学最高水平的奖项呢？我觉得远远不够。得鲁迅奖的，出的书发行量连十万册都不够，发表的刊物发行就几千本，顶多两三万本，评委中的几个所谓的评论家，大都没有什么独特的文学思想，几个人一商量，一个国家奖就诞生了。而且，这种惯例一直可持续发展着。你说可笑不可笑。自 90 年代以来，没有一个作家给我们留下一个经典人物。80 年代初，高晓声写了《陈焕生进城》，陈焕生这个人物形象留下来了，成为经典，这是一件很了不起的事情。刚才开会之前，主持人介绍我们是名作家，其实我很心虚，我没有底气呀。如果我笔下有个人物，别人一说这是我红孩写的，那么我肯定是一个很好的作家。我现在没有好作品，就不敢称之为好作家，甚至不能称为作家，只能说是从事文字工作的人。

即便从事文字工作的人也很可怕。我们这些人，从早晨起来就在写，写什么呢？其实一个大学，一个社会，很像一份报纸，一本杂志，校长是报社社长，政委是总编辑。院系主任就是各个版块的主编，各个专家教授就是责任编辑。自然，一个媒体提倡什么反对什么，一定要有鲜明的立场。从去年开始，你们四医大开始实施精品战略，这就是这个时期的主题。但究竟哪些是精品，就像版面的文章，好不好看，耐不耐看，具体说，病人愿不愿意走进你这个医院，孩子上学愿不愿意考到你这个第四军医大学来，这不是一句话就能回答的。因为，这里有个文化的问题。文化是什么，它不仅仅是我们已经形成的固有的东西，即那些物质的东西，比如大楼、设备，包括我们设置的学科。它还包括一些非物质的东西，那是你一生不可以去忘记的东西，也包含让你去向往的东西。这样，我们才能称之为文化。我们来想一想，四医大有名，有名都是谁呀，是二大队，是张华，还是我们的教授们。从事文化工作多年，我最不能把握和认识的恰恰是文化。我总觉得，文化是一种核心向心的东西。大学的核心就是拥有自己的文化。刚才同学们在发言的时候，我看到樊校长和孙政委的脸上洋溢着灿烂的笑容。我觉得你们是非常幸福的人。我想到今天早上，我的女儿给我打来电话，她七岁，昨天老师说让他们阅读《安徒生童话》，读完写读后感。我问我爱人女儿表现怎么样，她说校长听课时嘴巴都笑弯了。看来孩子露脸了。今天的学员发言，有些话说得很好，比方说："大学文化是一种核心价值观。"这话总结得非常好，我们在座的未必比同学们总结得更好。谈到文化，涉及的问题比较多，比如先进与落后的问题，精英文化与大众文化的问题，高雅文化与通俗文化的问题，新文化与旧文化的问题，等等。这些问题既是摆在我们眼前的问题，也是我们每个人要考虑和回答的问题。我看咱们学校发给我们的参考材料非常欣喜，读着很舒服，主要是非常口语化。大学呢，应该是一个充满书卷气息的地方，但书卷气并不是不食人间烟火。几年前我在主编一本杂志，叫作《艺术教育》，接手时亏损很大，一年亏损几十万。我离开三年以后，这个杂志每年盈利一百多万。这个杂志是靠什么盈利的呢？就是靠收取论文费。我不回避这个问题。我要求我们的编辑，我们发表的文章一定要通俗易懂，要说人话，不说人话的东西你这个编辑就不要给我送，标题更是如此。我现在已经离开这个杂志几年了，依然有不少高校的老师托我来给他登论文。每次看到那些不说人话的文章，我就想，如果是我的孩子我会让他们去那样的学校吗？如果他是我孩子的老师，我该怎么办？天啊，你去搞音乐教育，你去搞美术教育，你去搞舞蹈教育，你本身就是半瓶子醋，你怎么能给孩子教得满肚子学问呢？可怕，非常可怕。但这就是我们的现实。这种情况具有普遍性，当前教育腐败很严重，研究生为教授写文章问题很突出，作为文科顶尖的院校北大也存在这样的问题。搞市场经济，把有些行业产业化可能是发展方向，但问题也很突出，比方说我们的教育产业化问题，卫生产业化问题，文化产业化问题。就说每年的艺术招生，一下就是几百万学生报名，光一个大学的报名费就收入五六百万。这就难怪有那么多的大学要扩招，连南方的一所海洋学院都开设音乐教育。一个学生一年学费一万多，再加上其他，两万多。四年大学就是十万啊，学生能拿得出吗？我来开会前单位招聘八个编辑，各位想不到，仅五天时间，就有1600多人报名，大部分是博士硕士。这是很可怕的事情，人多岗少，意味着有相当多的人还没上岗就先下岗。我不知道四医大毕业的学生是否都能在部队找到工作。还有一个问题，现在的学生到单位找工作，不问干什么都是先问多少工资。我说一个单位月薪工资一万的也有，八千的也有，五千的也有，那就要看你的本事。我觉得一个本科院校还是应该重视职业教育，重视培养学生的就业技能，不能两眼只盯着高学历。搞科研毕竟是少部分精英才能干的事。当然，一个学校倡导积极向上的学风是必须的。向下不是向落后，而是向基层，向一线，向社会需要的一切地方。

这两天来四医大，从开展的精品战略来看，已经收到很好的效果。“精品战略”这个词正在深入人心。以前我学过劳动经济，搞过企业管理。前些年，在企业中推广过“全面质量管理认证体系”，为好多企业的再次腾飞注入新鲜的活力。现在，四医大搞精品战略，我觉得就是搞全面质量管理认证体系。什么是精品，精品就是人无我有，人有我精，精品的核心是人。但仅仅是人的精品还不行，还要不断地把精品转化成民品，也就是要把大师的精神转化为物质产品，让它成为一种产业化。我们部队过去不是提出军转民吗？就是这个道理。四医大在过去取得了那么多全军第一，全国第一，甚至是世界第一，如将十个断指连接成功。昨天看到这个介绍，我就想，这是一个特例呢，还是具有普遍性。咱不说十个指头，如果有个人一个手指断了，我们能不能把它接上？而且，这个技术不是掌握在一个技术权威上，有几个专家都要有这个本事。那样，我们的老百姓是真的有福气了。文艺界近些年流行一句话，叫作“金奖银奖不如老百姓的夸奖；金杯银杯不如老百姓的口碑”。说的就是这个意思。总之，四医大开展精品战略，不要流于形式。应当把其作为一项长期的管理系统，使之从无形到有形再回到无形当中。我们作为写作者，从事文化与文学的创造者，来这里真的不是在传授什么经验，我们真的是来学习的。至于四医大在将来会形成什么样的校园文化、军营文化，那还是要靠四医大人自己去创造和总结。最后，我想用大家熟悉的一句话来结束我的发言，那就是：没有人民的军队就没有人民的一切。

把我的房子建在你的山水里

——关于山水画家江爱松及其他

作家应该向画家学习什么？这是我最近几年一直思考的问题。新世纪走过十几年了，伴随着文化产业的浪潮不断升温，从事艺术学习、艺术创作的人越来越多。我个人觉得，这不是什么坏事。至于很多高校，特别是那些非艺术院校也开设艺术专业大量地扩招学生，我是持怀疑态度的。艺术这碗饭谁都能吃，但不一定谁都能吃得到、吃得好。早些年，在农场工作。农场里有一批文学爱好者，大家都没白天黑夜地写作，结果几十年下来，能写出点模样的也就一两位。其个中原因很多，其中有一点，就是很多作者不大注重艺术之间的联系。

现如今，作家、画家满天飞。过去，具体说在 80 年代，普通人一提到作家、艺术家，马上就让人肃然起敬。现在不这样了，在普通人中间，发表过文章出过书的人大有人在。有次，一位南方的作家对我说，我已经出版了七八本书，怎么在全国还没有名气。我一听笑了，告诉他，80 年代一个乡有一两个万元户就可名震一方。现在，即使你是千万亿万富翁，也不一定让人觉得你多么了不起。同样，书画界也是如此。北京当下有很多的画家聚集地，开画院建画廊的随处可见。至于到北京的书画家，究竟是一万两万，谁又能说得清呢？十几年前，我报社的一个临时工，他在地方文化馆曾经是个美术干部，还是县里的政协委员。按说，这样的工作在县里该是令人羡慕死的职业。可是，面对每月三五百元的收入，他怎么能心甘呢？当他听说自己昔日的同学、朋友到北京后都有了不错的发展后，便在某一天突然不辞而别，只身到北京做了北漂。在报社的日子里，他默默地做着发行工作，每天邮寄、分发报纸，晚上、假日才绘画会朋友。那期间，只有我是他的朋友，他把很多苦水和想法不时地向我叙说。因为是北京人，我当时体会不到北漂的艰难。一年后，他主动辞职，自己开了文化公司，办一本书法杂志，几年下来小有收获。前几年，他突然找我，说他画了几十幅水墨画，希望我能找一些名人为其写点文字。稿费当然要付的，只是不是很多。记得著名作家陈祖芬老师听完我对他的经历讲述后，很慷慨地不要一分钱，要当面见见这个苦苦挣扎的北漂。半月后，祖芬老师把稿子发给我，竟然有2500字。朋友说，祖芬老师不但写了热情洋溢的文章，还请他吃了麦当劳。

前几天，中国美协召开了代表大会，选举出新一届的领导班子。在理事名单中，赫然有我那位昔日的北漂兄弟。我随即把电话打给他表示祝贺。他说他在东三环某大厦吃饭，说那里有他的工作室，真诚地希望我哪天抽空儿去看看。从话机里我能听出里边的酒杯撞击之声，看来有人在为他祝贺呢！

不必质疑，我的北漂兄弟在京城终于落稳了脚跟，而且还赢得了一定的地位。我不知道我再见到他，他蓄起来的胡须会不会随着地位的飙升而更加潇洒呢？

在北京，像我的北漂兄弟这样获得成功的人士恐怕不止三个五个，但相对于那些至今还在奋斗的人群，我的北漂兄弟肯定是少数。由于工作关系，我经常会接触一些在京城举办的各种画展以及书画家们的聚会。我不知道别人的体会与理解怎样，每次同书画家们接触后，或者读了诸如吴冠中、韩美林、范曾、陈丹青等书画名家的文章，我对于散文和诗歌的创作都会有新的认识与提升。譬如吴冠中在谈到形与情的关系时写道：

我们大都看过老国画家作画，尤其是作泼墨写意时，一开始，黑墨落在白纸上，或成团块，或墨线交错，或许画的是荷花？石头？老鹰？不意却是屈原！有时，刚落墨数笔，还根本没有表现出是什么名堂，老画师就说不行了，他立即撕毁了画纸。未成曲调先有情，未备具象先有形。是鹰是燕，固然要交代清楚，但鹰与燕的身段体形或其运动感更是作品美不美的决定性关键，在未点出鹰与燕的具象时，老画师在墨的抽象形式中已经把握了美与丑的规律。

吴老这样精辟的阐述，使我想到了太极，想到了他所说的“笔墨等于零”，以至前贤所说的“功夫在诗外”。联系到散文创作，多年前萧云儒曾提出“形散而神不散”，影响至今。近些年，有个别人对此论提出质疑，我看后觉得没什么道理可言。今天，看了吴冠中先生的话，我倒更加地坚定此说了。

上边的例子，可以举出很多。我想要说的是，在我们的身边，有很多的书画家，他们积多年的创作心得，有很多是值得我们关注和借鉴的。

初冬时节，应友人之约，到北京东郊机场路附近的东小井去拜访来自福州的老画家江爱松先生。江先生系福州琅歧人，年逾七旬，早年毕业于专业美术学校，后在宣传文化部门工作，现为现代中国心相重彩山水画画家、福州画院专职画师、福建海天书画院名誉院长、中国文联翰墨书画院院长、中国北京东方画院副院长。对于绘画，我是外行，但我懂得，不管哪门艺术，总有它特殊的规律，在规律之中融入自我，形成新的风格，再逐渐被业内人士所接受，便是一种成功。

在与江先生闲谈时，他话语谦逊，多次谈到向传统学习、向西方学习、向青年人学习。关于其独具个人艺术语言的心相重彩山水画画风，江先生阐释为：我的心相重彩山水，也就是遵循自然、认识自然、反映自然、升华自然，并通过平时所积淀的传统绘画中的创作历年、表现手法、笔墨技巧，以及色彩应用，同时吸收儒家的和谐、佛家虚净、道家寻规乃至现代哲学中的矛盾统一，西洋绘画中的形、光、色、调、空间透视、时令、时空、画面构成等原理，结合自身的审美观念，进行长时间的探索和创作。当然，每个画家对自然界的观察理解不同，画家的自身修养不同，就必然导致实际应用中的不同效果。但万变不离其宗，大家都在努力追求笔墨，追求气韵。没有了笔墨、气韵，就失去了中国山水的基本内涵。说到底，这应当是民族气节。

好一个“民族气节”！在西方文化价值观盛行的今天，一个七十多岁的老画家断然提出中国山水画的民族气节问题，是多么的难能可贵。诚然，艺术是没有国界的，但艺术一定是有民族特色的。同样，色彩也没有国界，但色彩到了画家的笔下，却是有感情的。所谓感情，它绝不是单一地孤立地存在的，它肯定有它的时代特征和社会属性。对此，江先生在其《我对中国山水画的艺术感情》一文中写道：艺术家的创作离不开他所生存的社会环境，他们的作品无一不在体现社会的时代情感。艺术与社会相互作用，共同保持自己的全部活力与内在统一性。艺术家在不同的社会情境中创作出不同时代的艺术作品，反映出了他所处时代的社会情境，成了影响社会的一种文化力量。

艺术反映现实，与时代同行。这是我在看了江先生的部分画作之后的强烈感受。或许，在很多为艺术而艺术的画家看来，江先生的创作理念是主旋律，甚至是有政治色彩的。面对这样的疑惑，江先生一点也不回避：我们生活的这个时代是开放的、包容的，她是阳光的、年轻的，讴歌雄壮、浑厚的盛世气象，我们怎么可以吝啬用最华美的色彩去表现去演绎？这是我们的历史使命。

2012 年 10 月，江先生应邀到美国的印第安纳州立大学艺术研究院去讲学。在赴校务部长家做客时，江先生被部长家四周的优美环境所感染，不由得说出“您的家庭居住环境太好了”的赞许。然而，令江先生没有想到的是，部长先生听后竟然摇着头说“NO！ NO！”江先生问为什么，部长先生说：“我居住的环境再好，也没有您画得好。要是把我的房子建在您的山水里，那简直太美妙了！”

江先生跟我说这个小插曲时，表情很淡然。而我在那一刻，却仿佛已经置身于祖国的山水，被江先生的笔墨气韵给深深地融化了。

尽管他是个年老的北漂。

久违的插图

赵丽蓉老师已经去世几年了，可她的幽默形象一直为观众所喜爱，记忆犹新。我记得最清楚的也是让我经常思索的是她与巩汉林合作演出的《如此包装》。包装这个词，是个中性词，如物的包装、装饰、装潢、装裱等，无非是把物品进行一些捆扎，用起来方便，当然也有一个形式美观的问题。但如今，包装这个词用在人身上，就别有一番意味了。譬如，对歌星、影星、老板的装饰、打扮，以及传媒的形象宣传等。很难想象，在明星满天飞的时代，人不靠包装能大红大紫的。正因为如此，便有了专门打造明星的文化公司、电视选秀节目。

其实，在任何时代都有包装的行为。上至达官贵人，下至黎民百姓，谁不愿意包装自己，不然怎么会有人配衣帽马配鞍的说法呢？只是古人没有今天的人会玩儿会造罢了。我以为，包装无罪，只要需要，做什么样的包装都有其存在的理由。只是远离低级趣味、黄色下流就可以。如果说为了吸引眼球，一味地哗众取宠，就有失君子之德。

我从 20 世纪 80 年代开始从事写作，至今家里仍然保存着那个时期的许多文学刊物，如大牌的《十月》《人民文学》《收获》《当代》以及后来停刊的《丑小鸭》《文学青年》《处女地》《文汇月刊》等。这些刊物，今天看来，不仅能看到那个时期作家的思想如何活跃，也能看到很多今日成名的作家昔日是如何起步的，还能看到那个时期的刊物装帧、设计以至字体的选择等等。其中，最让我不能忘记的是内文中的插图。那个时候，刊物没有一家是彩色印刷，内文的插图自然就是黑白的。我喜欢那时的插图，有的跟内文配合默契，有的只是作为配图起装饰作用，但因其清秀、美观，渗透的手工气、文人气，很是令人喜欢。我自己早期的散文、小说，也常有插图的，这让我爱不释手。后来，我跟好多作家聊起插图的事，几乎每个人都能说出几个有意思的往事。很可惜，自 90 年代出版业高科技后，手工插图这种美编的行当几乎销声匿迹了。偶尔有人提到张守印、高莽等这方面的大师，人们唏嘘一阵后，痛感一个美好的时代结束了。

当然，我在这里说的是刊物。关于报纸的插图就更有意思。过去，很多报社都有美术部或者有专职的美编，编辑编完稿子后，总要请美编根据文章的内容给配几幅插图，尤其是报纸副刊，因为有了精彩的插图，极大地丰富了报纸的趣味性与可读性。像我们熟知的丁聪、方成、李滨声等人，莫不是这方面的高手，他们成就了报纸，报纸也成就了他们。

我所以写了这些往事，主要是由于几天前，《小说选刊》主编杜卫东先生把 2011 年度的刊物送我一套，希望我给提点编辑意见。就小说的内容而言，我觉得编辑们都独具慧眼，每期都有几篇吸引人的作品。如果让我罗列一些，再品评一番，恐怕文字就会很长。我觉得这是另一篇文章要说的。我在此只想说这家刊物的封面和内文插图。《小说选刊》自 2006 年改版前，杜卫东就提出面向草根面向底层的做法，具体说，就是在封面上用打破常规、反映底层人物命运的美术和摄影作品，譬如他们曾用选刊的内文纸包上几十个鸡蛋状做封面，以示优中选优，曾引起很大的争议。再譬如，他们还曾选用农民工龇着牙吃馒头的图片，也引起人们的关注。我注意到，今年的封面，除了继续秉承反映底层人命运的同时，还兼顾到了反映残疾人生活的图片，甚至在第五期上精心选了一张五个年轻的藏族喇嘛在一起踢足球的场面，样子很顽皮，也透着那么和谐。我还注意到，在内文上，每期中篇小说标题一律用书法家的手书体，同时，每一篇小说都尽可能配上插图，而且是彩色的。跟过去不同的是，过去是用画笔手工绘的，现在则多数是在电脑上制作的。我不是保守主义者，抱着传统不放，我总觉得，像报刊插图，最好还是选择手绘比较好。这就好比手擀面，怎么嚼着都接通人气。

就在本文结尾时，收发室的大姐给我送来这一星期的邮件。打开各地送来的十几本文学杂志，竟然发现，几乎所有的刊物内文都没有插图。我就想，是刊物的主办者办刊经费紧张请不起美编和书法家呢？还是刊物的编辑本身就没有这个审美能力？我不得而知。我总觉得，在把创新创意喊得震天响的今天，我们不妨对过去的文化传统回望一下，并不是什么都是过时的落后的。有些时候，对过去的坚守本身就意味着最大的创新。

门闩不仅仅是为插门的

——从现代评剧《三进门》说开去

小时候，农家的院门都是木门，门闩均是木制的，其形状很像“闩”字门框里的“一”字。门是家庭与社会的界限，也是公与私的界限。所谓私闯民宅，就是指未经主人同意，官府行公事以外的人随便进入这个院落的行为。现在很多农村都拆迁了，老百姓相继搬入了楼房，家家都用起了钢板制成的防盗门。安全问题是解决了，可人与人间的亲情却隔膜了许多。

其实，也不单单是居民楼的问题。这十年，随着文明程度的增高，许多国家机关的院墙纷纷拆掉，老百姓从门口经过感到心情透亮多了。但是，院墙虽然拆了，并不意味着老百姓到机关办事就很方便。首先是过门口的保安关，然后要过办公室的关，再接着还要过秘书的关，如果领导在，愿意接见，这老百姓还算有福气。一旦遇到不客气的一句“领导不在”，那你可就崴了。另外，如果遇到互相推诿的工作作风，让你楼上楼下地乱跑乱找，那就更烦人啦！

现如今，好多机关建立了服务大厅，极大地方便了老百姓办事。这种把过去的多重门槛，变为一个大门的做法，真是得民心顺民意。然而，在以人为本、执政为民的今天，我们仍然有相当多的领导干部喜欢坐机关，喜欢下边的文件层层上报，喜欢当天能办的非要拖延几天，以显示自己权力的重要。如果是某位主要领导批示，交办，几乎在几个小时甚至几分钟就能搞定。每每遇到这样的情形，我就会苦笑，这机关是为谁们设的呢？我们的政府是人民的政府，难道我们的机关就不是人民的机关？

前几日，在北京梅兰芳大剧院观看了由唐山市滦南县成兆才评剧团晋京演出的现代评剧《三进门》。这台戏从编剧、导演、演员、舞美、灯光、道具全部是自己原创。该剧以冀东某县城拆迁工作为背景，以“门”为象征，反映了地方党员干部在工作中顺民心、合民意、惠民生的工作主旨，他们在群众不理解、不支持、不满意中多次走入老百姓的大门，耐心地做工作，积极地想办法，解决他们的养老、就业、医疗等实际问题，最终在干部和群众之间打开了家庭之门，走进了心灵之门。记得一位领导同志曾说，在干部和群众之间，只有落后的干部，没有落后的群众。只要工作做到家，让老百姓得到实惠，看到希望，没有哪个群众不支持你，不愿意跟你走的。

说实话，刚接到戏票之时，我曾犹豫了一下。对评剧我是十分爱看的，尤其像滦南县成兆才评剧团这样的剧团，本身产生于评剧之乡，评剧创始人成兆才就出生在这里，因此演出水平不用怀疑，关键是“拆迁”这个题材，太敏感了。我生怕他们走入概念化的歌功颂德式的套子。但看完后，我的这个顾虑打消了。我觉得这是一出表现党群、干群和谐关系的优秀正剧，应该给予充分的肯定。长时期以来，我们的新编现代戏太少了，很多剧院、演员上演的几乎全部是传统戏，好看是好看，总觉得离现实太远。评剧发展一百多年来所以长盛不衰，与其多年来走进现实走进生活的定位有直接的关系。像我们过去所熟悉的《杨三姐告状》《刘巧儿》《嫁不出去的姑娘》《向阳商店》《夺印》《水墙》等都具有这样的显著特点。

当前，文化体制改革正在展开。我以为，一些地方中小剧团只要坚持改革贴近群众、贴近基层、贴近现实，特别是贴近艺术规律，这个改革就能成功。艺术离不开群众，离开群众的艺术是没有生命力的艺术。这就如同《三进门》，如果在艺术与群众之间永远有个打不开的“门闩”，那我们的改革就不会成功，艺术最终是要被人民抛弃的。

专业化是文化大发展的前提

——读《卢沉、周思聪文集》随想

星期日闲暇到潘家园旧货市场闲逛，在图书摊上偶得《卢沉、周思聪文集》，爱不释手。在美术界，卢沉、周思聪是非常响亮的人物，用今天的话说，真正做到了德艺双馨。可惜，他们英年早逝，使我无缘一睹其风采。我非书画专业人士，但从小就听很多人提到他们的大名。不久前，在中央电视台的一档书画名家栏目，我还看到有关他们的专题。这本《卢沉、周思聪文集》是纪念性的，由著名画家朱乃正先生主编。回到家，细看之，发现他们的很多文艺思想即使用在今天——特别是提倡文化大发展大繁荣的特殊时期，也仍有积极的参考价值。

我们说文化要大发展大繁荣，二者是互为促进的。没有文化的发展，怎么会有文化的繁荣。而繁荣的特征，则取决于文化的发展。何谓发展，发展指的是在原来的基础上向前向上的提升或提高，同时，这种发展是积极的，带有一定的前瞻性、先进性，是质的突破。那种只在量的数字上的大与小、多与少，还不能说是真正的发展。毫无疑问，任何事物的发展，都有一个从量变到质变的过程。作为艺术创作与生产，它也有一个这样的规律。不管你是多大的艺术家，你的创作最终都要得到社会的检验。当然，我们说的这个社会，并不是指社会的全部，它可以是社会的一个局部、某个阶层。因此，这就不可能不涉及创作与欣赏的关系问题。

卢沉先生在《风格与格调》中认为，风格，是指画家不同的画风、独特的艺术语言，客观上是适应了欣赏的多样性的需要。不同的风格是不同个性的体现，无所谓高下。而格调，则是一个品评标准，有高低雅俗之分。由于时代的不同，欣赏标准必然会改变。艺术欣赏，是个复杂现象。这里不仅有欣赏水平高低的问题，而且也有欣赏口味的差异。因此，不能要求自己的画人人都欣赏，也不能要求一种画符合各种人的口味。群众，一般不懂得欣赏笔墨趣味。同时，由于画种之间审美趣味的差异，有些油画家、版画家，也不见得都能欣赏中国画的笔墨。艺术品是个金字塔，欣赏者也是个金字塔。欣赏艺术品要有一定的素养，曲高和寡是真理。因此，不能要求所有的创作都能雅俗共赏。一件作品，是专家点头还是群众点头，发生矛盾时还得听专家的。我们不能因为群众看不懂，就不要草书篆刻，就不出黄宾虹画册。曲高和寡之所以是真理，因为有“曲高”这个前提，盲目提倡“和寡”这是欺人之谈。在艺术界也有欺世盗名的骗子。

不论李逵还是李鬼，要想把他们分开，关键是要有一双如孙猴子般的火眼金睛，而火眼金睛的核心是不断提高艺术的教育普及。这个世界没有神，只有无知。历史唯物主义认为，历史是由人民群众创造的，而非英雄。但历史一次又一次地证明，英雄在推动历史的发展进程中，又确实起到了巨大的推动作用。我个人以为，在文化大发展大繁荣中，不论是站在国家高度还是在地方群众文化发展战略上，建设一支强大的专业化文化队伍——包括文化的管理者、创作者和从业者是问题的关键。我们说一个人是否有文化，并不单纯是指这个人受到多少年的学历教育，而是指这个人是否认识文化的发展规律。具体说，你是搞文学创作的，你就要知道什么是小说，小说的要素是什么，什么样的小说是好的小说。如果你不懂文学的创作规律，以为市场流行什么，谁的名声大，获过什么奖，以至担任多高的职务，就认为那就是文学的高度，这就有点不着调了。近年来，文化艺术界名不副实、华而不实的现象和人物层出不穷，各种评奖连遭炮轰想来也不是个别人的空穴来风。

最近，各地正在进行换届选举。我以为，在选拔领导干部，特别是从事宣传和文化工作的领导干部中，一定要考虑其文化的专业性程度。过去，我们一直反对外行领导内行，但经过多年的呼吁，这个问题并没有得到根本的好转。很多的宣传、文化岗位的领导干部，有相当多的只看学历不看能力，只看从政资历不看专业水平，只看领导关系不看群众关系，干起工作来挂名要名的多，做具体实事的少。特别是在干部提职、评职称过程中，只看学历、年头、论文发表数量，而忽视业务能力和工作成效，从而使很多在宣传、文化岗位上工作的同志感到前途渺茫。文化要大发展要大繁荣，离不开文化人的大发展，文化人要真正地赢得地位，受到尊重，得到重视，一定要提高自己的专业化水平。做不到专业化，文化的大发展大繁荣就会成为一种口号。

甲子归哺的反思

——从“资老师，我们有点怕您”说起

12 月 16 日下午，在北京香格里拉饭店，有幸目睹了我国著名舞蹈家、舞蹈理论家资华筠先生的“舞蹈艺术生涯六十年——荣膺中国艺术研究院首届终身研究员学术交流会暨《甲子归哺——资华筠舞蹈艺术生涯六十年纪念文集》首发式”。在三个多小时的活动中，不仅看到了很多党和国家领导人以及文化部部长蔡武、副部长王文章等人的题词、贺信，而且还现场聆听到了文化部副部长赵少华、王文章和原副部长周和平同志充满感情的即兴发言，让人受到巨大的鼓舞和无比的感动。

一个从艺六十年的舞蹈家，受到这么多高规格的肯定与赞美，无疑是值得祝贺的。在现场祝贺的人群中，除了领导同志外，更多的是来自舞蹈界、文艺界的同行，还有不少从千里之外赶来的舞蹈界、戏曲界，特别是来自少数民族地区的非遗传承人——如：汶川的羌族、云南的傣族、四川的彝族、新疆的维吾尔族、湖南的土家族、苗族以及藏族、蒙古族等十几个地区的代表，都带来精彩的舞蹈、音乐和民族特色的礼物，献给他们所爱戴和敬仰的人。我还注意到，在舞蹈界前辈贾作光、同行赵汝衡、赵青、刘敏、彭清一、刀美兰、陈翘之外，还有资华筠先生的博士生、研究生，特别引人注目的有两位：一位是文化部教育科技司司长于平，另一位是中国舞蹈家协会分党组书

记冯双白。他们二人都是资先生的博士生。应该说，他们当下所负责的工作，在舞蹈界、艺术界都有着重要的影响。在现场，当九名学生代表上台向资先生献上礼物并发表感言时，冯双白感慨地说："说实话，不论在过去的学习当中，还是在日后的工作中，资老师，我们有点怕您。因为我们学习的有时偷懒，对社会的有时随俗，使得我们不敢正视您。其实，我们怕您，正是从心底里的热爱您！在舞蹈界谁敢仗义执言，谁敢在歪风习气面前说'NO！'只有您资老师！我们在今后无论做艺术还是做人会永远跟着您！我们爱您！"

听着冯双白的话，我想到王文章在致辞中所言，他称资华筠先生在舞蹈艺术、舞蹈理论、艺术教育、非物质文化遗产保护和对外文化交流五个方面都有着突出贡献，是标志性的文化人物。我觉得王文章所说恰如其分。同时，以我和资华筠先生的交往，我还要补充两点，一是她还是非常优秀的散文家和文艺批评家。我跟资先生接触是在1995年，那时我在《中国艺术报》。后来经资先生举荐，我于1996年末又调到《中国文化报》主持文艺副刊的编辑工作。资先生是报社的老作者，她于1994年在《中国文化报》开设的"舞蹈所长手记专栏"深受业内人士关注。在编辑副刊中，经我约写的资先生的作品总计有二十篇，总的印象是，她的散文突出一个"情"字，不管是领导还是名家、普通人，她始终贯穿的是情感线，譬如写老师戴爱莲、吴晓邦的，写文艺界老领导陈荒煤、赵起扬的，还有写胖嫂、保姆的；她的批评文章突出一个"真"字，不管什么人，什么来头，她只要认为不对，她就会挺身而出，扮演大侠角色，大有舍我其谁的气势。譬如关于文八股的，关于原生态定义的等等。对此，周和平同志在发言中深有感触："跟资华筠同志认识虽然比较晚，但从交往中感到是坦诚相交，她知无不言，言无不尽，有时为一件事她可以打电话跟你谈半小时、一小时，有时甚至是争论，直到把事情说清楚。我喜欢她的这种有时不讲方式，可以少走弯路。"

在一般人看来，舞蹈界的人文化程度不高，像资华筠先生这种独立舞坛、直面文坛的人物当属凤毛麟角。殊不知，只有初中文化程度的她，通过自学之路能成为舞蹈理论家、文艺理论家、作家，能熟练地说一口流利的英语，并创立了舞蹈生态学学科，形成完整的非物质文化遗产的理论，其付出有多么艰辛！“文革”当中，她白天被监视劳动改造，晚上则偷偷练功。特别在近年年事已高、身患重病时，她对自己所从事的各项事业仍然孜孜以求，永不言弃。汶川地震后，她首先想到的是对羌族文化的保护，及时对“非遗传承人”捐献到户，并于次年深入灾区进行考察慰问。著名川剧表演艺术家、非遗传承人沈铁梅特地从成都赶来，她对我说：“我特别佩服资老师，我多次对她说，您一辈子做了两辈子的事！”著名歌唱家胡松华十九年前曾为资华筠写了“义浪飞舟”的条幅，这次他则写下“舞学丰厚”四个苍劲的大字。我以为，这“舞学丰厚”四个字所代表的绝不仅仅是关于舞蹈的，也是关于舞人的，更是关于如何做人的。

你为什么不属猫

几个老画家聚会，都说几日没闻腥，不妨以此为题画几幅画添趣。我在一旁打诨，说：就画猫吃小鱼吧。大家说好，也有人说，吃老鼠也行。我说，鼠肉咱没吃过，不知啥滋味，还是对小鱼熟悉些。

于是，几个京城画叟挥笔画猫。

由此，我想到几则与猫有关的故事。

一则。某日到某著名女作家家串门儿，进得屋来落座，见茶几上灰尘一片，主人甚是尴尬，便声嘶力竭唤保姆过来，喊道：这是怎么回事？昨晚你没有收拾吗？保姆说：我收拾啦，可一大早闹闹（白猫）就趴在上面睡觉，能没有灰尘吗？主人说：我知道闹闹在上面睡觉，可你不知道今天要来客人吗？闹闹懒，难道你比闹闹还懒。你真是不可救药了！见此，我连忙说，没关系，我也很懒，到您家里，连个水果都没买。下次注意，下次一定注意啊！

二则。喊了多年实现四个现代化，如今实现了，人与人的关系却疏远了。不说邻里之间，就是父子、母女一年四季也很难见上几面。当然，有的夫妻之间也是形同路人。于是，出现很多空巢家庭。为了排遣寂寞，许多人家养起了猫和狗。常常是，电梯里的人和人没掐起来，猫和狗却已过招了。我这人情绪来得快，不免为此跟街坊发态度，结果，人家一句“猫狗不识抬举，你挺大的人也不识抬举”就把我给一语封喉了。

三则。2003年闹非典，友人送我一只白猫代养。所谓代养，是指其主人到国外打工，三个月回来后把猫还要领走。我在农场工作时，学过几年兽医，知道猫身上有一种弓型体病菌，极易传染儿童。其时我家小女不过四岁，想到此便做出为难之色。哪料朋友突然对我说，如果是战争年代，在被敌人抓捕之前，我把孩子托付给你你管不管？我说当然管，我为革命保留火种，是我义不容辞的选择。朋友说，昔日你能冒着生死收留我的孩子，今天你居然不肯收留一只猫，你变得也太快了，人心不古啊！无奈，为了一世英明，我只好将猫收下。然而，待非典进入白色恐怖之时，我再收留那只白猫，就会得到妻离子散的下场。于是，我平生第一次向远在友邦的朋友告之：您那亲爱的宝贝，在一个风高月黑之夜，趁我们不注意，跟它的一个异性朋友私奔了。

四则、五则——如此，无穷匮也。正写这篇短文，一旁在看动画片的女儿突然问我：爸爸，你为什么不属猫？我问她为什么，女儿说，猫比老虎聪明，它会上树。哦，原来女儿在看老虎学艺呢。想到此，我回答女儿：在这个世界上，所有的父母都希望子女比自己聪明，因此，他们在十二生肖中选择了老虎，而没选择猫。就是说，人单靠勇敢还不足以改造世界，还必须靠聪明和智慧。

我愿以此文推介这本《名家笔下的猫儿们》。

我的祖籍在哪里

某日，到派出所给女儿办户口，看着户口卡片的固定栏名，我突然有了一种奇怪的想法。譬如籍贯一栏，我的卡片上填写的是北京。前年我父亲去世，我在为他注销户口时，清楚地在他的户口卡片的籍贯上，也填写的是北京。如果再往上推，我爷爷的户口卡片的籍贯一栏，也该填写的是北京。那么，我爷爷的父亲呢？我不知道他那个年代是否有户口卡片，即使有，也不知有没有籍贯一栏。

父亲健在的时候，他曾说我们家是随清朝皇帝一起入关的。就是说，我们家很有可能是满族血统。但我后来从地方档案馆查村史，发现我所居住的北京东郊大部分村庄的居民，几乎都是明朝期间从南京、山东而来的。典型的是常营。这里如今已是北京有名的经济适用房居民区。我记事时，就知道常营是回民聚集区，那时常营叫常营大队，分八个生产队。上中学时，我们班上有七个同学都是常营的回民。他们吃饭很讲究，从来不跟我们汉族孩子一起吃饭，即使自己带着饭，也不在一个饭箱里蒸。说怕串味儿。从此，我每跟回民朋友交往，就格外注重生活习惯。话题有点扯远，这常营名字的由来，主要是来源于明朝大将常遇春。他是个回族将领，作战勇敢，帮助朱元璋取得了大明政权。后来，他又奉皇命辅佐朱元璋的儿子朱棣，率领他的常家军挥师扫北，占领北京。常营，顾名思义，乃是常遇春统军屯兵扎寨的地方。而与常营南约十余里，位于萧太后河和通惠河之间的于家围、定辛庄、张家湾等地，则是朱棣进驻北京时安营歇息的所在。据史料记载，定辛庄原名叫定心庄，谐音定定心神的意思。换句话说，有常遇春这样的大将辅佐，朱棣进军北京能不马到成功、安定于民吗？这于家围、定心庄、张家湾都位于从广渠门到天津的黄土大道旁。从各种记载传说中得知，这一路两侧商铺繁多，驿站林立，自由贸易异常发达。仅以我居住的于家围村为例，较比其他附近的村落，老百姓向来轻农而重商。我想，这肯定与明清时期的地理、商业和环境关系十分密切。

而且，我还听我父亲说，我的祖辈在北京城里曾开过一家钟表店，铺面不算太小，至于与大名鼎鼎的亨得利是否有关不得而知。解放前，我爷爷就到北京城里做工，开始当小工，学各种手艺，归结于厨师，解放后在积水潭医院食堂工作，家住北京西城区大茶叶胡同29号。记忆中，我爷爷很少回到乡下，一是交通不方便，二是已经不习惯农村的生活了。这一点，从我父亲不善于干农活儿，我就能猜测爷爷也不会干。日后从街坊的闲谈中得知，我家在解放前确曾有过几十亩薄地，由于我奶奶不会打理，家里也没帮手，那地更多时只有荒芜了。

由此，我推测我可能不是汉民的后代，或者说我的先人是汉族，但也长期在城市里经商，或者在东北、内蒙古一带过着游牧的生活。前年，我到承德赛罕坝林场，看到一处八旗子弟大营，我突然有一种感觉，好像我的先人就曾经在这里战斗过。至于他是士兵，还是将军，这不重要，重要的是我有了从此找到祖先的感觉。前年，我到北大荒及哈尔滨的金大都遗址参观，我也曾有过找到祖先的感觉。然而，尽管我充满了希望，终因没有基本的根据而无法证实。后来，我把这种想法说给一些作家朋友们听，有人从我的长相上说有前面所述的可能。而几位姓陈的朋友则说，咱们姓陈的肯定在黄河流域，具体说在河南，那是古代陈国所在地。如果这一依据成为事实，那我的姓氏就是国姓了。于是，我跟河南的几位文友联系，叮嘱他们务必帮忙，我准备约一些陈姓作家、艺术家，譬如陈建功、陈祖芬、陈世旭以及台湾的陈若曦，加拿大的陈浩泉等，择个黄道吉日大家一起去河南搞个寻根问祖之旅什么的。

说来有趣，去年广东亚运会前夕，番禺区约请国内一批作家进行采风活动。在番禺乡下一个小镇，我们发现了一家陈氏祠堂，文字记载有四百年历史。我当即拉住《解放军报》的陈先义和《文学报》的陈歆耕，说咱们三个陈氏子孙在祖宗面前合个影吧。他们听后，当然像我一样兴奋，说，真是天赐的缘分啊！

这家陈氏祠堂的后人我见到了几个，长相一般，日子过得也不是很富裕，但我却很羡慕他们。虽然他们很少有时间到外面的世界去看看，可他们每天守着老祖宗。而如我一样的人呢，几乎成天在空中、铁路上穿梭，可不管飞得如何高，走得如何远，怎么也找不到自己的根了。一个没有了根的人，如同没有了祖籍。没有了祖籍谁知道你从哪里来，甚至你自己也不知道你从哪里来。想来，这样的人生是多么可怜多么无助啊！

第四辑

吃猕猴桃时要先想到猕猴

文艺批评的关注度为什么不高?

“当下的文艺批评具体肯定，抽象否定，这已经成为一种现象。正因为如此，人们对文艺批评的关注度越来越低。”7 月 2 日，上海文学报社结合新创刊的“新批评”专刊在京召开了部分文艺评论家参加的征求意见座谈会。会上，针对近年文艺批评的整体失语、不景气，大家各抒己见，纷纷提出了许多建设性意见。

文艺批评作为文艺的重要组成部分，对推动和繁荣文艺创作有着极其重要的作用。历史经验证明，什么时候文艺争鸣、文艺批评越活跃，什么时候就越能出优秀和经典的作品。今年是建党九十周年，很多人都到延安杨家岭亲自参观了毛主席发表《在延安文艺座谈会上的讲话》的地方。如果不是亲眼目睹，你能想到这个会议竟然开了 21 天，毛泽东主席三次莅临，从早到晚，仔细旁听讨论，并接连发表三次讲话。正是由于这次会议的召开，才从根本上解决了文艺的方向问题。从那以后，我们的文艺创作出现了空前繁荣，涌现出一大批反映现实生活的经典作品。

20 世纪 80 年代，随着文艺创作的整体繁荣，文艺批评和争鸣更是推波助澜，二者交相辉映，以至于过去了二十多年，人们还在怀念那个时代。应该说，那个时期不论是创作还是评论，以及各种评奖都是非功利性的。很多老作家、老编辑、老评论家，不止一次地说，某些作者在最初发表作品时，跟任何人都不认识，也不可能让领导打招呼，更不要说请客送礼塞红包。有的作家小说都获得全国奖了，他们还在生产队的田地里劳动呢！文学批评也是如此，评论家们只看作品不看人，有好说好，有孬说孬，不怕争论，一次不行两次、三次，甚至于争论几个月、一年之久。每一期报纸、刊物出来，几乎都是洛阳纸贵。

然而，此景不长，进入20世纪90年代以后，随着市场经济的深入和文艺创作的整体向内转，人们对文艺，特别是对文学越来越淡漠了。直接的表现是：过去动辄发行几十万的省级文学报刊，很快锐减到万八千份，更多的仅仅是两三千份。前不久，一位出版社的老编辑对我说，作为文学大省的山东，目前能在出版社正常出书拿稿费或版税的作家只有七八个人，其余的要出书都得拿钱自费出。即使这样，各种文学奖仍层出不穷，一级作家照样满天飞。如果你问他们的作品在读者中究竟有什么影响，读者往往连听说都没听说过。可是，就是这样的作品，居然不断地被研讨，不断地被所谓的评论家们吹嘘成精品，文章充斥大大小小的专业和非专业报刊，这就难怪读者的猜忌：如今的评论怎么成了一边倒，没有不是精品的，没有不是马尔克斯的？

以我个人的遭遇为例。从2002年到2007年，我应长江文艺出版社之邀，每年编选年度争鸣小说。开始两年，我还能多少从报刊上看到争鸣的小说。后来，我几乎看不到什么了。即使有一本《作品与争鸣》杂志，所选小说的后边刊登的正反双方评论，也不是读者和评论者已有的争鸣，而是编辑者向评论者事先约好的：一个扮演正方，一个扮演反方。这有点像电视里看到的大学生辩论会。我非常感谢这个杂志多年对我的栽培，使我在上边发表了很多的“争鸣”文章。平心而论，发出的大部分作品，并不是我的真正意见。有的我想对作品充分肯定，可编者却让我扮演反方角色，真的很无奈。我知道，像我这种情况的评论家几乎是大多数。唯一欣慰的是除了每篇二百元的稿费，我们绝没有再拿到一分钱。由于这种争鸣长期地人为化操作，久而久之，刊物的影响力越来越小。随之带来的是我所编的年选也最终夭折。可以想见，这不是一本刊物一本书的悲哀，而是整个中国评论界和中国文坛的悲哀！

那么，中国的评论界为什么如此悲哀，让人议论颇多呢？这里边的原因很复杂。我想大致有四个原因：一是社会的原因。在人情风、媚俗风盛行的社会，批评之声无疑是最大的不和谐；二是媒体的原因。随着新闻出版的产化业，媒体作为企业的转化，必然会淡化其社会监督的职能。因为，作为企业，你必须要学会与社会妥协，与政府沟通，同时还要广交朋友，否则你就很难与别人合作；三是写作者的原因。现在的文艺创作跟具体的利益挂钩，譬如评奖、评职称、提职，以及房子、票子、劳动模范、政协委员、人大代表等等，当然还影响到图书的发行版税和稿费。如此，作者只能听得表扬与肯定，否则，他所付出的全部努力就瞎子点灯白费蜡了；四是评论者的原因。过去的评论家人格相对独立，也很少有各种的利益诱惑，彼此间比的是学问、见解。现在的评论家，大都跟着潮流走，跟着时尚走，跟着利益走，跟着研讨会、评奖会走，很少有人坐拥书斋研究学问了。以前，作家与评论家很多时先是诤友后是朋友，如今只有朋友很难再有诤友了。

《文学报》最近两年一直试图在文艺批评上有所作为，过去曾发表过一些批评性文章，已然引起文学界的关注。自今年 6 月，他们推出《新批评》专刊，其用意不言自明。座谈会上有人对“新批评”提法有些争议，即什么样的批评算旧，什么样的批评算新？我以为，新旧是相对的。过去长时间没有了批评，今天开始有了，这本身就是新。我赞成许多批评家为改变当前文艺批评的现状提出的看法和建议：一、文艺批评家要有充分的知识准备，要善于同作家，包括批评家之间互相交流；二、作为批评家要保持人格的相对独立性，不能为权力和金钱所左右；三、批评家要有自己的判断，一定要放到文学的支点上，要清醒地知道不是所有的作家、文学现象都值得去批评关注；四、批评的基石是真实，批评的态度是与人为善，批评的程度是肯定与否定的结合，不打棍子，不扣帽子，不搞人身攻击；五、文艺批评要注重学理化，在语言锐利的同时，也要加强语言的通俗化，不能云里雾里，让人不知所云；六、整个社会要养成虚心接受批评的作风与修养，对待正当的批评，任何人都没有获得被批评的豁免权，更不能仰仗权力和势力对批评者打击报复。当然，关于加强文艺批评，中央有关部门已经多次提出要求，但真正建立起健康有序的文艺批评氛围，恐怕不是一朝一夕的事情。它必须引起社会的足够关注，也需要文艺的创作者和批评者共同努力，才有可能回到它应有的地位，发挥其特殊的监督与指导作用。

改文风不仅是文章的改革

识字、读书、写文章，是每一个人在接受教育时必须要经过的过程。文章千古事，得失寸心知。就是说，写文章是一个人乃至一个政权、一个国家的大事。熟悉中国历史的人都知道，很多政治、军事、经济、文化的变革，往往是同文章的变革联系在一起的。有什么样的文风，就有什么样的社会风气；反之，有什么样的社会风气，也就会产生什么样的文风。

在中国历史上，文人历来是被重视的，不然就不会有“万般皆下品，惟有读书高”了。尽管文人也曾遭受过“焚书坑儒”的血洗，以及各种“文字狱”的清算，也正因为如此，更加证明文人的厉害。文人的厉害，实际是文人所做的文章的厉害。文章是由文字组成的，若把文字单一地排列开来，意义不是很大，一旦组合起来，就有了平仄韵律、虚实结合、思想奔流。大凡经典文章，一定是做到了内容和形式的统一。光讲形式，不讲内容，是空洞的文字，是架子花；光讲内容，不讲形式，是无声的僵尸，是流水账。

中国汉字从古文到白话文经过了漫长的时间，白话文发展的一百多年，使中国最普通的公民都有了接受初等或中等教育的可能。如果说古代的科举考试，一直沿用的是八股文，那么，自从有了白话文之后，就没有了八股文了吗？这显然是不对的。早在 1942 年 2 月 8 日，毛泽东同志在延安整风期间就曾发表了著名的《反对“党八股”》的演讲。这篇讲演阐述了党八股产生的历史渊源，指出它是“五四”运动积极因素的反动，也是“五四”运动消极因素的继承和发展；讲演历数了党八股的八条罪状：空话连篇、言之无物；装腔作势、借以吓人；无的放矢、不看对象；语言无味、像个瘪三；甲乙丙丁、开中药铺；不负责任、到处害人；流毒全党，妨害革命；传播出去、祸国殃民。演讲还深刻地揭露了党八股的主观主义和宗派主义的本质，是主观主义、宗派主义的宣传工具和表现形式，是一种低级庸俗的形式主义方法。长此以往，其危害将会是使革命精神窒息、害党害国。

当前，中央号召全党要“走基层、转作风、改文风”，这绝不是简单的一时的政治需要、应景需要，它需要的是全党同志，特别是领导干部、新闻从业人员要长期不懈地坚持，也只有这样，才能更好地全心全意地为人民服务，它直接关系到人民对党的信赖问题，甚至关系到中国共产党的执政党地位问题。我们注意到，自党的十八大以来，中央领导同志以身作则，自觉做到走基层，转作风，改文风，如取消过去的各种豪华的规格、待遇，发言减少程式套话、啰唆话，有相当多的汇报禁止书面宣读，各种会议文件都大幅度地减肥，领导出席庆典仪式以及题词、剪彩活动被取消等等，这些举措深得人心。

具体到文风的改变，不同的媒体、载体有不同的方式。我以为，文风的改变，要从两个大的方面考虑。第一，是思想的改变。刘云山同志2011年8月15日在《求是》杂志上曾撰文指出，宣传思想文化工作承担着宣传群众、动员群众、服务群众的庄严使命，本质上就是群众工作。在指导思想上要进一步树立群众观点、强化群众立场，在工作内容上进一步反映群众愿望、满足群众需求，在思想作风上进一步增进群众感情、拉近同群众的距离，回答解决好“为了谁”“依靠谁”“我是谁”的问题，使我们的工作获得最广泛最可靠最牢固的群众基础和力量源泉。相当长的一个时期以来，随着市场经济的深入，特别很多媒体、出版行业也开始逐步进入产业化运作后，经济利益的需要逐渐占了上风，很多报刊、电台、电视台为了吸引眼球，往往不顾文字、节目的质量优劣，一窝蜂似的全部充斥到各个角落。譬如，各种虚假广告的宣传泛滥，各种评奖的泛滥，各种歌舞晚会、相亲节目的泛滥，各种相同题材的电视剧泛滥等等。这些内容，表面上是做到了与人民大众的共鸣结合，实际是对人民大众的戏耍与愚弄，从这里几乎看不到有多少理想与精神的提高。还有，很多的所谓的文化学者，也在不遗余力地抛掷出许多新思想，借古讽今，把封建皇帝、佞臣宦官捧上了天，更有些文人学者于历史的真实不顾，对党史、军史进行恶意的颠覆与诽谤，譬如：否定共产党在抗日战争的巨大作用，否定抗美援朝战争，否定建国初期到改革开放前三十年的经济建设的成就等等。第二，是文章内容和形式的改变。前面我已经说过，大凡好的文章，一定是做到了内容和形式的统一。一个写作者，内容选择什么，主要取决于他的世界观。如果你的心里想着基层，贴近老百姓，你就会从生活中发现细节，找到鲜活的素材。那么，有了好的素材，就一定会写出好的文章吗？不一定。这就有一个写作形式和技巧的问题。有道是水无定式，文无定法。我们必须承认，写作是有天赋的，但我们也不能过于迷信天赋，只要方法得当，经过勤奋的探索实践，写作的形式和技巧也还是可以熟练掌握与应用的。当然，文章写得好不好，最终要由读者来检验。多年的评奖证明，往往读者喜欢的文章，也恰恰是内容和形式把握最好的文章。

走基层，转作风，改文风，一成不变的是长期坚持的信心，但我们也要根据实际情况，在发展的动态中进行“走转改”。那种僵硬地一味地等领导先做指示再行动的做法是不可取的，只有在思想和行动上自觉地“三贴近”才能真正地让人民满意。

文艺评论的初衷不是为了稿酬

最近，关于文艺评论的话题又多了起来。最为关注的是上海为了加强文艺评论而增设了“文艺评论奖励基金”，其核心是提高文艺评论的稿酬。在这之前，上海还曾因给《上海文学》《收获》杂志增加稿酬而引起文坛的骚动。之后，北京的《人民文学》和《十月》等文学刊物陆续紧跟其上，大幅度地提高了稿酬。一时间，“提高稿酬”成为写作者和出版者的热门话题。

关于提高文艺作品稿酬不是什么新话题，在十几年前就被许多作家呼吁过，甚至在全国人大、政协会议上，还被很多代表、委员写进了议案、提案，终因没有一个统一的标准而一拖再拖。我们在此真的不能埋怨或批评所谓的主管部门，可以想见，让谁制定这个政策都是棘手的事。比如，新闻稿件的标准是多少，是按千字计算，还是按文章影响力大小计算？散文和杂文的稿酬怎么计算，有人认为杂文难写，应该多给稿酬，而有的作者就不同意，说散文容易写，那为什么名篇越来越少？新诗和旧体诗也是如此，很难分清伯仲。最难把握的是作词作曲，还有编剧。请问一首歌词多少钱，20 行 100 元咋样？好了，如果按这个计算，那为一首歌谱曲多少钱，500 元，还是 1000 元？当下，有好多的作家都热衷于写电视剧。大家都明白，写电视剧很赚钱。但问题是，谁来给电视剧剧本定稿酬？一集电视剧一般 15000 字，若按千字 500 元计算，则一集为 7500 元。实际上，金牌编剧一集一般都在 8 万以上，即使差些的也要两三万。差距如此之大，你让主管部门怎么定标准？

多年前，针对散文写作的如火如荼，我曾经撰文说“散文进入了商业化写作时代”。现在，面对越来越盛的稿酬大战，我们是否可以说文学进入了商业化写作时代呢？其实，不光是在文学界，在学术界的商业化写作早已是众人皆知的诟病。目前的学术期刊，还有几家不是靠收取论文费过着脑满肠肥的日子呢？

回到文艺评论这个话题。众所周知，文艺评论是繁荣文艺创作的重要组成部分，也可以说是最实用的利器。在春秋战国时期，我国涌现出了诸子百家争鸣的良好学术氛围。新中国成立后，党中央提出的“二为方向”和“双百方针”一直成为文艺工作的指导思想。应该说，除了“文革”十年，我们的文艺工作者总体上是自觉地执行和贯彻这一指导思想的。特别是在 20 世纪 80 年代初，我们的文艺批评得到了空前的热烈和繁荣，不仅为发展文艺创作，而且为我们国家进一步地解放思想起到了巨大的推动作用。但令人遗憾的是，自 20 世纪 90 年代以来，特别是进入新世纪后，我们的文艺评论曾一度失语，甚至成为粉饰文艺创作的装饰品。结果是，既不利于文艺创作，也失去了文艺评论该有的地位。我们过去不是总是说有作为才会有地位吗？既然文艺评论没有了批评与争鸣，那它何谈自己的地位呢？

要搞好文艺评论，必须处理好三个方面的问题：

第一，对艺术规律的尊重问题。文艺评论，也是文艺创作。作为从事文艺评论的人，应该有自己独立的文艺思想体系，同时还要有独立的人格与职业操守。在艺术规律面前，人人平等，既不唯上，也不唯权，更不唯利，只有这样才能写出公正的作品。同时，作为文艺评论的载体、报纸或刊物，以及新兴的媒体，也应该有自己的职业操守，坚持发表那些有独立见解的作品。我以为，作为一个职业的从事文艺批评的人，要坚持自己花钱买票买书的原则，只有这样才能从本我出发，客观地去看文艺作品。我相信，一个真正的文艺评论家，他在写作时，其写作初衷绝不是为了稿酬，而是因为他看了这个作品而有所感所想所思，于是用文字把自己的想法真实地写出来，表明自己的态度，提供给社会去参考。

第二，坚持什么样的道德问题。文艺批评，主要是艺术观点的体现。艺术与道德，本来是两个领域的问题。一个正直、独立的文艺评论家不存在道德的虚伪问题。解放前，有很多小报记者，专门爱采访名人的花边新闻，以求哗众取宠，被人关注，这就是不道德的行为。当下，也有一些文艺批评家，喜欢“酷评”——即不从艺术规律建设性的批评出发，专门挑一些边边角角的东西，恨不得将写作对象一棍子打死，这种批评通常是只对人而不对作品。这就难免引起批评者与被批评者之间的矛盾。这种文艺的批评方式自然也属于不道德。还有一种批评，批评者天生对被批评者就带有一种偏见，不论其作品好坏，一味地加以否定，或者说是别有用心地加以否定。这种没有客观评判的做法从一开始就不道德。当然，被人指使，拉帮结派式的批评就更加不道德。

第三，如何看待市场经济问题。文艺评论，作为文艺体裁的样式，一旦发表，就具有了商品属性。既然是商品之一种，自然就会有价格。价格的高低，取决于商品品质的优劣，尤其是市场的供需空间。如果按字数制定稿酬标准，这不难。但问题是，文艺批评具有特殊性。尤其是在当下，文艺评论直接影响作者和作品的荣誉、职称、提升以及收视率、发行量，最终是作者的利润。既然批评家明白了这一点，那他的评论就很难做到不与被批评者的作品捆绑在一起，同时被批评者也心甘情愿地做风险投资，如果是政府出钱买单，那么，不论是批评者还是被批评者都是零风险。而风险在哪里呢？当然是读者和观众。聪明的读者和观众毕竟是少数，他们很容易被专家忽悠。圈里人都知道，如今写评论是把写作当成活儿来干。人们一般不问作品内容，而先问字数、集数，审读者看文字和影响是可以量化的。据我所知，文学作品通常是这样的标准：20万字3000元，30万字5000元。而美术评论则是三五千到三五万不等，主要看批评者的身份。这都是人所共知的潜规则。从这个意义上，我们来看政府主管部门给文艺评论提供鼓励、扶持、奖励基金的办法，用以提高稿酬，显然是杯水车薪，不过是表明对文艺评论的一个态度而已。

作为一个从事文艺评论的作者，我觉得政府主管部门能主动拿出一部分资金用以扶持、鼓励文艺评论的出发点是积极的善良的，也是必要的。而要真正地改善和改进文艺批评，光靠物质刺激和经济挂帅是不行的，它必须在尊重文艺评论家的劳动价值的同时，自觉地提倡和号召广大的文艺评论家要尊重艺术规律，保持自己的道德底线和职业操守，用自己的学识与思想来赢得自身的地位。也只有这样，文艺评论家才能真正地问心无愧地做到多劳多得，为社会所尊重和敬仰。

评奖是评委的标准，不一定是艺术的标准

最近一个时期，各种文学奖项、艺术奖项先后出台，有的征稿，有的揭晓。作为多种文学奖项的直接亲历者，我想说，不论什么奖，作为主办者和参与者，千万不要太当回事。在市场经济如火如荼、艺术标准多元并存的今天，哪个机构和部门评出的奖、盖出的公章都不足以是那个机构和部门的高度。文学如此，艺术如此，经济、体育、环境、卫生也大约如此。

道理很简单，任何一种评奖，包括诺贝尔奖在内，充其量是十几个所谓的专家在那里折腾。有的评奖单位觉得人少了缺少权威性，便攒鸡毛凑掸子多网罗一些同人同党加盟。更有的单位为了使奖项升格，具有某种权威性，还把一些退在二线的部级、副国级官员请出来坐镇，至于这些人物是不是这个领域的专家，是从来没有人追问的。这不重要，重要的是这些重量级人物来了，获奖者与他们握手合影了。

荣誉证书不论大小，但荣誉的含金量确实有厚薄。我在参加的一些文学奖评比活动时，不论时间多么紧张，我总要尽可能地把所有作品通读一下，以做到心中有数。如果我没把所有的作品过一遍，便觉得心里很不安。这样做肯定要付出辛苦，但想想那些期待的眼神，自己这么做似乎是必须的。

这年头，设置一个奖很容易，有人出钱就行。前些年，也有没有

奖金的评奖，但几乎没有一个能坚持住的。虽然人们表面不在乎钱，但没有钱是万万不能的。我在组织、参加一些文艺活动的评奖后，很多作者知道我是评委或是活动的主要负责人，便纷纷打电话询问自己是否获奖。我发现在这些关注自己的作品是否获奖的人群中，几乎没有一个人问评委是怎样评价自己作品创作得失的。我对此感到非常失望。因此，我在跟他们交流的同时，往往不正面回答他们的作品是否获奖，而是跟其交流作品创作的得失。这其中，有一半的作者还是能听下去的。在很好的交流后，对于作品是否获奖，获得什么样的奖，已经不那么热心关注了。而另一半的人，则对获奖十分执着，如果你跟他交流创作的得失，他的内心常表现得是焦虑和不耐烦，如果你直接告诉他没有获奖，或获得的奖项具有鼓励性质的时候，他则表现得十分沮丧，仿佛家里死了老人。对于这样的作者，我对其能否适合搞文艺创作，表示非常怀疑。一个缺乏胸怀的人，他的作品不会好到哪里去。当然，那些虔诚倾听别人意见的人，也不一定能写出惊人的作品。文艺创作这个行当，带有很大程度的偶然性，它与作者的才气和运气有着直接的关系。

如今，当官已经成为高危职业的选择了。同样，当各种活动的评委也不是轻松的事。评委是否受贿，拿了人家好处固然是关注的热点，但更为关注的是评委是否具有专业的水准。现在很多评奖单位都搞什么专家库制度，即在评奖前从专家库里抽取名单，这样保证其公平公证性。殊不知，这个专家库本身就是个人情的“水库”。道理很简单，这个专家库的人员最初的提名往往是根据某个领导或部门几个人的意见推荐出来的，而且这帮人一定是听话服从纪律的。任何活动的组织者都不愿看到浑身是刺不听招呼的人。多年前，在媒体上我曾呼吁——在评作品前，先要评评委。评评委主要有两点，一是专业水平；二是道德操守。就个人而言，我更看重专业水平，哪怕这个人有点毛病，甚至与其话不投机，只要他在学术上有一家之言，不随风摇摆，我照样尊重他。但这样的情况并不多见。

过去，我们的各级行政组织，包括党群组织，在决定某个重大事情，也包括人事问题时，一般都要采取集体表决的方式。这种方式好的一面是集体决定，出了事集体承担，个人的责任要相对小一些。不好的一面是，事情一旦出现了问题，没人承担责任。现如今，实行法人负责制度，出了问题，法人必须直接面对，谁再想推卸责任就很难。但评奖不是这样，玩的仍然是集体意见，即投票表决，少数服从多数。对于政治、经济、军事、科技等问题，我研究不深，就艺术而言，我对集体对某些艺术的评判，向来是持怀疑态度的。我发现，在很多的标准选择上，艺术——尤其是文学艺术，几乎是没有什么标准的。迄今为止，还没有一个权威能告诉人们，什么是好小说、散文、诗歌，更何况对于什么是小说、散文、诗歌的定义一直是有争论的。因此，这些因素给文艺评奖带来一定的难度。也因此，评奖在选择评委时，大都愿意找志同道合的，这样，在做集体决定时，往往容易统一。

在这样的一个背景下，我们的各种评奖的结果可想而知。所以，不论对于世界级的还是国家级，以至各种机构搞的评奖，我一般看得都比较淡定。我心里明白，再大的奖，奖金再高，充其量也不过是几个人几十个人的标准，绝非是艺术自身的标准。那么，如何确定评委的标准接近艺术的标准呢？这可是天大的难题。因为，评委不等于艺术，所以，评委标准不等于艺术标准。那究竟怎么办呢？我一时还说不出。我只知道，每个人心中都有自己的标准。如果你认为你是正确的，你就坚持好了。等无数的人都接受了你，你就是权威，你就是标准了。

名家应该有社会担当

市场经济，名人效应，是不可回避的。当下，在各个领域，都有自己的名人，这跟过去的几十年前是不同的。20 世纪 80 年代以前，人们一说到名人，首先想到的是科学家，是英雄人物，是劳动模范。如果说坏人是名人，人们是不愿接受的。那个年代的名人，是正面人物，是能给社会传递正能量的人，具有榜样的力量。

进入 80 年代，特别是新世纪以后，名人在公众中的形象发生转变。最走红的已经不再是科学家、英雄人物、劳动模范，而是歌星、演员、体育运动员、企业家、私营企业主、网络红人。在这里，名人与传媒是密不可分的，甚至某些名人完全是靠传媒给捧红的。

记得 90 年代，电影明星刘晓庆曾说过做人难、做女人难、做名女人更难的话。这样的话，就一般人是很难理解的，只有身在其中的人才能知道其个中甘苦。因为，大多数的公众，更多的时候，看到的只是明星在人前的一幕。相反，当我们看到胡蝶、邓丽君、杨丽坤、梅艳芳等名人身后的故事后，才真正理解刘晓庆说过的话。

文学界也是这样。历史上的那些名家，有几个官运亨通、春风得意的，大多宦海沉浮、屡遭谪贬、妻离子散，到头来满腔悲愤、一肚愁肠，倘不如此，他们不会留下传世名篇。近当代的鲁迅、老舍、巴金、丁玲、胡风等也概莫如此。

既然名人的生活如此艰辛，既然作家的经历如此坎坷，人们不禁要问，能不能不做名人、作家呢？回答是否定的。因为任何时代，都有这样或那样的先锋，也都有那个时代的歌者与记录者。无数的人在选择自己所干的事业时，他们对未来是始料不及的。时代造就英雄，时代给英雄提供了舞台，你想不成名都难。

80 年代以前的人，对名利相对淡薄得多。单位评先进、评奖金、提职务，很多人都谦虚礼让，甚至把荣誉给那些家庭困难的人。现在则不同，提拔干部、表彰先进，人们是削尖了脑袋往前钻。原因嘛，是利益太大所致。人一旦成了领导，成了名人，就会有好多的好事等待你。住房、医疗、各种政治荣誉、各种研讨剪彩红包等等，使人们像走马灯似的停也停不下来。

人所在的社会不同，对人的价值取舍也会不同。当下，人们看一个人是否成功，主要看两点，一是仕途是否通达；二是经济是否富有。至于精神文化上的，只不过是参考分。这就应了那句话："宁可在宝马车里哭，也不在自行车上笑。"

当然，我们也不能只拿这两条标准去衡量每一个人，这两条标准终究不是人们的普世价值。可这两条标准谁又能轻易回避得开呢？

当官、挣钱、做名人，本不是什么见不得人的事，也不是什么俗人俗事。相反，只要在党纪国法范围内，在社会道德允许的底线内，当大官、挣大钱、出大名，都是无可厚非的。我相信，社会也是赞成的。

但问题是，当官、挣钱、做名人仅仅是不触碰社会底线还是不够的，还要有一定的社会担当。道理很简单，从政者和名人往往都是社会公众人物，其一言一行在社会上具有较大的影响力和引导作用。名人不等同于名家，名家不等同于大家，它们有性质上的区别。所谓名人，是指在某一领域或在某一事件中做出成就具有新闻效应的人。名家呢，则特指在某一艺术、学术领域具有独特理论和风格的人。大家是在名家基础上的对社会民族国家有担当的人。如果一个人光有学问，对民族国家社会没有担当，无论如何是不能称为大家的。我们说，鲁迅、梅兰芳是大家，想必是不会有人反对的。

回到当下，我们会看到，名人明星众多，而名家太少。至于能够称为大家的，几乎是寥寥无几。由此，我想到，去年习近平总书记在文艺座谈会上讲话所说的“有高原，没有高峰”，其核心就在于我们文艺界现在不但缺少名家，更缺少大家。而要真正跨过高原，冲向高峰，除了在某个文学艺术领域上形成自己的理论和风格外，关键还要关心人民疾苦，情系国家民族命运。如果把自己置身于国家、民族、人民利益之外，一个人关在书斋里孤芳自赏，或者一味地钻营赚钱，这样的人断然是成不了大家的。吴冠中先生生前在谈到艺术创作时，曾撰文“笔墨等于零”，我想先生在阐述艺术规律的同时，一定会谈到艺术与生活、与社会、与国家人民的关系的。因为，艺术永远是人民的艺术。离开了人民的艺术，最终会被人民毫不留情地冷淡，甚至是抛弃。

文化的黄灯有多亮

近来，关于司机闯黄灯是否要扣分罚款的事被炒得很热闹。细想之，在我们的现实生活中，由于出现闯黄灯管理不严而最终闯了红灯造成严重后果的事件层出不穷，诸如幼儿园接送班车人数超标、党政干部违法乱纪、煤矿安全隐患、医生乱开药、饭店使用地沟油、工业废水乱排放等等问题，常常成为社会和媒体的焦点问题。那么，作为人类精神文明中的文化，具体说在我们的文化事业和文化产业的发展创造过程是不是也有闯黄灯闯红灯的问题呢？回答当然是肯定的。否则，我们的政府部门就不会制定那么多的法规与条例。

小时候，我们都知道红灯停、绿灯行的走路行车规矩，而恰恰是对黄灯的问题没有明确的说法。有人人告诉我，黄灯属于过渡色，只要没有车，就可以走。事实上，就走路的人而言，通常采取的是只要没车，即使是红灯也要走过去。而更多的机动车，在遇到黄灯时几乎是全部加油通过的。假如你不开过去，后边的司机就会骂你傻骂你二。等长大后，胆子更大，走路时，遇到红灯也敢冲过去，人人都有侥幸心理，都有“反正你不敢撞我”的真理在握。事实是，大多数交通事故都是因为各种侥幸心理造成的。如今，随着年龄的增大，即将步入中年后，再通过马路时，胆子逐渐小了起来，遵守交规已经成为一种习惯。我以自己的经历去观察别人，似乎也有这个变化。

对于闯黄灯，80年代中后期，从中央到地方到处讲观念更新时，有理论家就提出“遇到绿灯快步走，遇到黄灯大步走，遇到红灯绕着走”的政治、经济理论，一时成为一种时尚。后来，又有学者提出“上有政策，下有对策，打擦边球”的思想，也很是盛行。今天回过头来看，当时的这些提法和做法，对于闯禁区、解放思想、深化改革，确实起到过积极的作用。但我们由此也会发现，因为已经习惯不按规矩出牌，从而使得人们的观念到今天都认为制度是表面的，而人的因素是第一的实用观点依然成立。譬如，过去司机开车违章，他首先想到的不是我是否违规，而首先想到的我跟这片儿的交警熟不熟，如果熟，就可以把驾驶本要回来。现在好了，道路的路口都安装了监控探头，不管你是谁，只要你违章，它就把你记录在案，然后通知你去交罚款和扣分。我们必须承认，这种措施确实很得力，也很科学，但即使这样，也不排除有人会想尽办法钻空子。

还说80年代，那时期的文艺创作，不论是文学还是美术、曲艺、戏剧、电影、音乐作品都非常关注社会，是典型的现实主义，如《爱情的位置》《于无声处》《如此照相》《人到中年》《第二次握手》《庐山恋》《军港之夜》等等。这些作品，不仅闯了黄灯，甚至闯了红灯，结果一诞生，就产生了轰动效应。进入90年代以后，随着经济变革的不断深入，各种问题接踵而出，必然使人们的思想发生多元的变化，直接影响到每个人的价值观和社会价值观。突出的一点是人们从过去的关注社会而转向关注自我。于是，一些充满对人性挖掘，对社会冷漠的作品大量涌现，更有的直接反传统、反崇高、反理想，甚至是颠覆已经成为定论的历史。对于这些作品，有些是有探索价值的，但有些确实走过了头，其性质根本不是闯黄灯、闯红灯的问题。以有关性题材的作品为例。显然，在90年代前，我们是谈性色变的。但进入90年代后，你会发现，我们的电影、电视、美术、文学作品中，几乎充斥着大量的性作品，性用品商店满街都是，等级不同的宾馆几乎都有性服务，不过有的公开有的隐蔽而已。这就给我们一个警示：在这些大量的性作品中，究竟哪些属于艺术的范畴，哪些属于贩黄的范畴。用交通规则形容：哪些是闯了黄灯的，哪些是闯了红灯的？同理，歌星假唱算不算闯了黄灯？演员的床上戏算不算闯了黄灯？影视产业制作中大量使用政府拨款而得不到回报算不算闯了黄灯？这些都应该引起我们的思考和深思。

几天前，在《上海文学》上看到作家刘心武写20世纪初他到巴黎和高行健交往的文章，其中有一部分是他们二人关于性题材作品的讨论。刘心武认为，在中国本土的文学艺术里，从来就有对性题材、性描写相当成熟的表现，如《诗经》《红楼梦》，这些作品中的性内容，绝不是诲淫的色情展览，而属于有内涵的情色文字。包括茅盾的小说《蚀》和《子夜》。人们对性题材、性描写之所以有争议，其症结在于不能像法国那样，对什么是文学艺术的性表现，什么是市场的色情消费，大体上分清，于是，有的严肃的性题材作品，富有艺术性的情色描写，被斥责、被禁制，而有的滑落到低级趣味的色情作品，却又被有身份的评论家肯定为创新之作。高行健说，其实法国现在也遇到一个如何划分界限的问题。譬如，有一部女导演拍了一部电影《来上我》，光看片名就触目惊心。里面不仅充满了性器官的直接展示，还有大量暴力镜头。电影上映后，遭到很多人的反对，他们向法国行政法院递了状子，要求禁止在电影院里公演，结果法院破天荒地进行了支持裁决。这在法国以往的历史上是罕见的。当然，这样的电影也不是不能放，那只有到性用品商店去购买，回家自己看。刘心武和高行健所讨论的核心，就是对有争议问题如何划分边际或者说是界限。

日前，黄灯的问题公安部交通管理局终于有了一个说法。在之前，他们出台这个文件时，无论如何也不会想到，会引起社会的如此关注。我国的文化建设有着悠久的历史，也有着现实的问题和机遇，如何看待、处理在发展中的问题，不仅仅要看黄灯有多亮，也要看绿灯、红灯有多亮。我们需要记住的是，不管是灯的前面还是后面，最重要的永远的都是人。

理发馆里不炒菜

周末接石维坚老师电话，问周六晚能否到北京人艺看他演的话剧《理发馆》。我说这是难得的好事啊，当然要去。众所周知，石老师本是话剧演员，一度担任过中国青年艺术剧院的院长。在20世纪80年代因主演电影《天云山传奇》而成为家喻户晓的电影表演艺术家。

想来已经有半年多没有石老师的消息了。偶尔从电视剧里看到他饰演的角色，瞧着就那么亲切。我知道，石老师演的这些角色，最近的也是一两年前拍摄的。去年夏季，孙维世的女儿从国外回来。石老师因一直视孙维世为老领导、恩师，对孙维世的女儿自然就更加的亲近。那天，承蒙石老师厚爱，他约上我参加了他们一帮老友的聚会。

席间，我从邓颖超同志的秘书赵敏、万里同志的公子万伯翱以及艺术家宋戈等人口中听到了许多关于孙维世的诸多往事，讲到情深处大家一阵唏嘘不已，大有斯人已去徒自悲伤之感。石维坚老师50年代从上海戏剧学院毕业后，分配到中国青年艺术剧院，很有幸在孙维世的领导下工作演出。他说，孙先生对待艺术工作的态度是非常严谨的，一点马虎不得，有几次在排练中他都被孙先生批评过，不止一次地重来。孙维世的女儿听后说，母亲确实这样，她说着还把母亲过去的日记拿出来让大家看。这可太出乎人们的预料了，石老师等人忙不迭小心翼翼地取过来传阅，也有的纷纷拍照。当看到周恩来总理在日记上为孙维世的亲笔题字时，很多人都眼含热泪。我知道，在他们那一代演员的心里，对总理有着无限的景仰与深情。

交谈中，有人建议孙维世的女儿把日记捐献给国家有关部门。有的人不大赞成，说捐出去恐怕就再也收不回来，因为谁也不知道那些收藏部门是否会妥善地保存。前些时，就听某著名画家的子女讲，说他们父亲捐给国家某机构的几幅油画已经被雨水弄得不像样子。听到这个佐证，人们便说这日记还是先由家人自己保存为好。我觉得这也不必太为难，可以找人先弄它几套影印件，既可以保存，也可以让他人观赏学习。

快散席时，我问石老师最近可在拍新戏，他说，拍得少了点，主要是眼睛得了青光眼，看东西有些模糊。我说那您得好好治治。石老师说，他最近正在休息，在调整，尽量少累眼睛。我对眼科疾病外行，不知有什么好的建议。不过，对石老师的记忆力，我是十分佩服的。快八十岁的人了，至今能完整地背诵《长恨歌》《琵琶行》，更不要说大段的影视台词了。说来很有幸，在2009年建国六十周年时，由石老师担任主任的中国老教授协会艺术家专业委员会要举办一场文艺演出，朱琳、苏民、李光羲、殷之光、游本昌等艺术家都参加演出。在准备的十几个节目中，缺少一首为这台晚会专门写的朗诵诗，石老师便打电话问我能不能赶写出来。我问，谁来朗诵？石老师说他亲自朗诵。我一听，说没问题，三天交稿。本来，我应几家报纸副刊之约，就要写关于国庆题材的散文、诗歌的，石老师这一约请，我的激情马上就迸发出来，很快，我就创作出六十行的《风，从海面吹过》。石老师看后，说，非常适合朗诵。在9月29日晚会上，当石老师充满激情地朗诵这首诗时，我和我父亲在下边观众席听得如醉如痴。父亲说，我还是第一次听到儿子的作品被大艺术家朗诵。那时，父亲已经患癌症一年多了。两个月后，父亲离开了这个世界。如今四年多过去了，我不知道天堂里的父亲的耳边是否还会听到他儿子的诗歌《风，从海面吹过》。

话剧《理发馆》讲述的是一个北京人怀旧的老故事。石维坚老师在剧中饰演一个归国老华侨，在带妻子回到北京胡同寻找老中医时，意外走进了三代经营的一家老式理发馆。于是，围绕着新与旧、恩与怨、情与爱展开了一幕幕人生的喜怒哀乐。就剧情本身而言，我觉得没什么新奇之处，甚至有落套、说教之嫌。但我依然喜欢这个戏，原因有两点，一是演员班底来自北京人艺，具有浓郁的京味儿特点；另一是石维坚和吕中两位老艺术家，甘为绿叶，与一批刚出茅庐的年轻演员搭戏，体现着大艺术家的风范。

演出结束后，外面下着暴雨。我等了十几分钟都没打上出租车，最后趟着雨水走到三联书店附近才搭上一辆公交车。在车上，我听一个老年乘客说，他几天前去一家发廊理发，想让理发师给刮刮胡子，结果那年轻的师傅说，对不起，我没学过那手艺，您最好还是买把电动剃须刀自己刮刮吧。我听后，想到刚才在话剧里记者问理发馆师傅的话："你们这里为什么叫理发馆？"师傅答道："因为这里不炒菜！"不禁哑然一笑。这样的故事，真不知道石老师听到后会有什么反应，但愿他能笑出声来。

不是为了买糖，而是为了追忆

——关于劳动模范张秉贵

或许是与从小受到的英雄主义教育有关，我相信，四十岁以上的人对秋瑾、杨靖宇、赵一曼、刘胡兰、黄继光等战争年代的英雄以及李瑞环、张百发、雷锋、时传祥、王进喜、倪志福、陈永贵、张秉贵等新中国成立后涌现出的劳动模范和典型人物都会留下深刻的印记。今年上半年，随着老劳模倪志福、吴仁宝的先后去世，给很多人的心灵带来了无限的忧伤。我知道这种忧伤不仅是对劳模个人离去的惋惜，而更多的是对那个时代的记忆与憧憬。

某日，我同作家周明老师聊起这些劳动模范。周明老师兴奋地告诉我，1978 年 7 月，在全国财贸工作会期间，他曾亲自陪同著名作家冰心先生三次采访过北京王府井百货大楼售货员张秉贵师傅，后来老人家满怀激情地写出了散文《颂“一团火”》，发表在《人民文学》同年第八期上，在社会上引起了强烈反响。从此，张秉贵师傅的“一团火精神”在北京王府井百货大楼，以至在北京、全国的服务业迅速传播开来，成为一个时代的标志。“什么时候我们一起去百货大楼，重温一次‘一团火’精神吧？”我向周明老师提议。“这个建议好，我也多年没去百货大楼了。要去，我可以约北京老工人作家夏红一起去，他原来担任过市商贸工委书记，对张秉贵的事迹了解很多。”周明老师痛快地答应着。

说来凑巧，我们三人几次相约后，真正走进北京王府井百货大楼时，时间恰恰定格在7月12日，一个周末的下午。而35年前的7月12日，则是冰心先生动笔写作《颂“一团火”》的时间。在一层的人行通道——张秉贵博物馆参观时，我十分感慨地对周明老师说：“35年前您陪冰心先生三访张秉贵，35年后您又陪我寻访张秉贵，这是不是意味着一种文学的传承呢？”听罢我的话，周明老师意味深长地说：“可惜的是，现在有很多作家已经不再关心身边的劳动模范、先进人物的事迹，他们以为只关心自身就是在关注社会，关注人类。其实，不是这样的，你冷淡了生活，生活就会冷淡你。”

在百货大楼接待室，我们见到了商场党委工作部和宣传部的两位部长，特别是见到了张秉贵师傅的儿子张朝和——一个个头不高，为人热情、憨厚的中年售货员。知道我们要来，张朝和特地拿出一张35年前冰心等人与张秉贵师傅的合影。周明老师说，他也带来同样的一张。张朝和告诉我，他手里的那张就是周明老师在十几年前送给他的，他一直珍藏着。周明老师说他的那张准备捐送给张秉贵博物馆。说着，周明老师指着照片中的人物依次给我们介绍：柯岩、周明、冰心、王愿坚、张秉贵、崔道怡、王南宁。为了增加大家的印象，周明老师还分别向在场的人详细介绍照片中每个人的简历、背景。等周明老师介绍完他人后，我指着周明老师说：“这个人叫周明，资深的老作协，曾是《人民文学》杂志的常务副主编，一辈子为作家服务，被作家朋友亲切地称为‘文坛的基辛格’。因为一辈子总干副职，大家也叫他周副主席。”

听完我对周明老师的介绍，大家禁不住一通哄笑。接着，周明老师绘声绘色地向我们介绍起当年他是怎么陪同冰心先生三访张秉贵师傅的经过。这些话，我在周明老师所写的《三访张秉贵》（见《往事如歌》一书）一文中早已熟知。在这里我不想做过多的展开，我只想表达我的几点感想：第一，张秉贵作为从旧社会走过来的老工人，他和时传祥等劳模一样，亲身经历了新旧社会的变化，真正体会到了劳动人民当家作主的幸福与自豪，他们忘我地热爱本职工作，是发自内心的；第二，像张秉贵这样的劳模典型，在新中国成立初期国家百废待兴之时，由国家树立形象，大张旗鼓地宣传学习，对促进全民的生产积极性是非常必要和有效的；第三，冰心先生 1978 年采访张秉贵时，已是七十八岁高龄，而且深入采访三次，体现出一个大作家的平民情怀；第四，作为中国文学第一刊的《人民文学》杂志在 1978 年前后连续推出张秉贵、陈景润这样的典型人物，对推动整个社会的进步具有不可估量的意义。

“朝和，你现在还卖糖吗？”在我思索之际，周明老师与张朝和拉起了家常。

“卖呀，已经 14 年啦！王府井百货大楼就是我的家。”张朝和答应着。

“你的技术也像你父亲那样做到‘一抓准’吗？”

“不瞒您说，我还真赶不上我父亲。为这绝活儿我练了好长时间。”

“我刚才从楼下糖果专柜路过，发现买糖的人很少。”我不解地问。

“在过去物质比较贫乏的时代，到王府井百货大楼买糖是一件很奢侈的事。现在生活好了，哪都有卖糖的，不新鲜了。”张朝和向我解释着，“再者说，现在卖的也不都是国产糖。几乎都是进口的，美国的、德国的、法国的，都有。”

记得在 1993 年我曾经对百货大楼进行过一次采访。当时我在《北京工人报》工作，采访的内容就是关于王府井百货大楼“一团火”服务精神的。我还清晰地记得，那时的百货大楼还保持着新中国第一百货大楼的气派，许多国内外的游客都以到过百货大楼而自豪。自然，那时的百货大楼全部是地道的国营，售货员都是一口纯正的京腔京韵。如今，20 年过去了，王府井百货大楼已经旧貌换新颜，里外装饰非常讲究，所卖的商品已经不再是面对普通老百姓，而更趋向于中高端。尤其是柜台，大都出租给国内外的知名企业和经销商。你如果和售货员说话，几乎听不到正宗的京腔京韵。为此，我曾一度怀疑，这里还是王府井百货大楼吗？

百货大楼宣传部的同志告诉我，自1993年大楼股票上市后，企业发展很快，到目前在全国已经拥有49家连锁店。就是说，北京王府井百货大楼的“一团火”已经火遍全国。我对股票市场不懂，我更关心的是企业文化，就问宣传部的同志：“你们的柜台、员工如今已经不是原来的，请问，如何发扬大楼的‘一团火’精神呢？”

“百货大楼再高再大，但我们的‘一团火’精神必须发扬。”宣传部的同志说，“在张秉贵师傅之后，我们大楼还涌现出一大批全国劳模、市劳模，有的是张秉贵师傅的徒弟，有的是张师傅徒弟的徒弟。”

“朝和师傅，你在以你父亲的名字命名的糖果专柜卖糖，你最大的体会是什么？”我想，我的这个问题也是很多人都关心的问题。

“实话告诉您，我站的这个糖果柜台，也是出租柜台。我为什么要站在这里，就是要把父亲的精神传下去。张秉贵的名字已经不仅属于我，属于王府井百货大楼，他更属于首都和中国。现在有很多的外国人也常慕名来这里买糖。我知道，很多人到我这里，其真正的目的不是为了买糖而买糖，而是为了追忆过去，追忆那个给人以温暖的过去。”

张朝和师傅的话让我们在场的所有人都感到很吃惊，很震撼。记得多年前，看鲁迅先生的文章《中国人失去自信力了吗？》，也曾让我们吃惊、震撼过。现在，一个劳模的后代，一个月薪只有两千多块钱的普通工人又在不经意间向我们、向社会提出了一个令人深思的问题。诚然，任何事物都不是一成不变的，都会发展变化的，但我冥冥之中始终相信：这个世界一定会有值得让我们永生铭记，永远坚守的东西。至于这个东西究竟是什么，我愿与大家一起去感悟。

雷锋精神，是我们最宝贵的非物质文化遗产

华夏文明五千年，英雄人物层出不穷。新中国成立六十余年，涌现出的先进人物、英雄人物更是数不胜数。可以说，我们是生活在英雄的时代。在众多的先进人物、英雄人物当中，雷锋算得上一个非常响亮的名字。今年3月5日，是雷锋同志因公殉职50周年，各地将以不同的形式开展纪念活动。

我们纪念雷锋，不仅要学习他毫不利己、专门利人的崇高品质，还要把他的精神在新的时期进一步发扬光大。雷锋精神，跟焦裕禄精神、铁人精神一样，已经成为我们民族精神的重要组成部分，它们就像条条奔流跳跃的小溪，在时间记忆的长河里汇聚成我们民族永恒的文化符号。

曾几何时，在人们幼小的心灵里，就开始被大人灌输要向雷锋叔叔学习，做好事，不留名。曾几何时，学生在雪天里为五保户扫雪、打扫卫生，战士们到敬老院为老人剃头、洗澡、洗衣服。曾几何时，第四军医大学学生张华为抢救落水农民而英勇献身，一度成为人生价值观讨论的中心话题。曾几何时，电影《离开雷锋的日子》公演后，被人们争先恐后观看，再度成为群众议论的话题。我们注意到，在相当长的时间，也有相当多的一部分人不去研究雷锋的精神内涵，而专门无事生非地研究雷锋到底是公伤还是自伤，他有没有私房钱，他为自己买没买过好衣服穿，甚至造谣污蔑雷锋这个典型是假的！面对这

样的问题，我们没有理由不站出来为雷锋说话，为雷锋精神说话。

毫无疑问，雷锋有着苦难的童年，是共产党、新中国把他解放出来，使他成为一名共和国军人。在他的心灵深处，党、祖国、军队和人民群众是紧密联系在一起，不可以随便分割的。这一点我们从他的日记里，可以非常清晰地看出来。在五六十年代，像雷锋那样的年轻人，怀着对共产党、新中国的热爱，在本职工作上做出突出成绩，在社会上乐于助人的普通人到处都是，雷锋不过是那一时期这一英雄群体的一个缩影。毛主席发出“向雷锋同志学习”的号召，固然有伟大的影响力，但如果没有与当时全民族整体的时代热情相结合，恐怕也不会产生如此大的宣传力量。同时，还有一点不容忽视的是，扶危济困历来是中华民族的传统美德，这种美德也是中华民族传统文化的重要组成部分。雷锋精神在很大程度上体现的就是这样的一种文化。它的先进性在于毛主席等老一辈无产阶级革命家和人民群众把其赋予了新的思想内容。正如周恩来总理给雷锋的题词所总结的那样。

近些年，社会上出现了很多奇怪的现象，人与人之间的信任程度逐渐出现危机。典型的如：当有人出现落水、车祸，以至路边摔倒时常常无人问津，更有甚者，还有人竟然喊出救人给多少钱的要求！还有个别医院，当病人急诊急于做手术，因一时交不上住院费、押金而延误治疗导致病人死亡的事件屡见报端。诚然，人分三六九等，出现碰瓷儿、故意讹诈的人总会有，但总不至于处处都是、人人自危吧？去年高考试卷曾围绕诚信出了一道题：甲委托乙购买福利彩票，结果乙没有中奖，而甲中奖，问乙该怎么办？在考卷上绝大部分同学都写乙要如实告诉甲。而在考试后，很多同学在讨论时则提出不告诉甲，或告诉甲，但甲要出一半钱给乙作为报答。当然，更多的人认为，要是三五十元也就罢了，如果多就要让对方有个说法。同理，在很多家庭房产纠纷当中，也遇到相似的情况。如此推理便可得出：小事学雷锋，大事就要因事而议了。想来，这样的推理是非常可怕的。

引申开来，我们过去学习雷锋公而忘私，那么现在是不是就可以公而有私，即公私兼顾了？也可以先私后公，或者是大公小私、大私小公？社会在发展，社会在多元，在过于强调自我价值、自我实现的今天，让所有的人都做到公而忘私、“狠斗私字一闪念”显然不合时宜，但做到不损公肥私应该是道德的基本底线吧？可这底线又有多少人能做到呢？在这里，我把雷锋精神提升成一种精神文化符号，无非是在提醒告诫人们：不论社会怎么高科技、市场化，我们已经形成的文化传统是万万不能丢失的。它们是我们民族最宝贵的东西。我们当下不是在抢救各种非物质文化遗产吗？我看雷锋精神就是我们最宝贵的非物质文化遗产，其传承人就是我们每一个中国公民。

我是在做人生的学徒

这个标题不是我起的，我是从铁凝那里偷来的。在前不久举行的“古县牡丹杯”2011年度华文最佳散文奖颁奖典礼上，铁凝主席以获奖作家的身份委托评委会向大家转达了问候和感谢，并发来贺信。铁凝说：“人们有时会把写小说称为‘作小说’，但很少听到有人把写散文说成‘作散文’。也许散文的不可制作性确立了它的难度，散文需要智慧、诚恳、真性情。我是在做人生的学徒。作为一名写作者，散文是对我的情怀与文字的终身磨砺。当我学写散文时，我以为我是在做人生的学徒。”

这段话确实很精彩。作为从事散文研究多年，特别是对铁凝散文进行过专门研究的本人，我对这段话有着深刻的理解。关于散文的不可制作性，铁凝在1992年出版的散文集《草戒指》自序中就表述过。我当时的理解是，散文的内容要真实，要体现自己的真实情感。而经过多年的研究，尤其是当自己也有了一定的散文写作经验后，我就越发觉得铁凝所说的“散文的不可制作性”有着先见之明。因此，我在很多的散文讲座、座谈中，多次提醒那些热心散文的写作者，千万不要以为散文好写，更不要以为那是在做作文。

散文不是作文。作文的重要意义是让学生掌握语言，把一个命题叙述清楚。作文的高端，才开始涉及表现手法和思想的挖掘。可以说，作文的高端是散文的初始。但我们从大量的散文写作者写出的作品看，他们大都还停留在做作文的中高端。我们从书店中看到的许多的《中学生作文选》，为什么很少吸引成年人阅读呢？主要的原因是思想的浅显和文字的学生腔。至于个别优秀的作文，即使放到成年人写的散文里，也不会差到哪里去。有的还有可能是非常优秀的散文。

作文和散文还有一个非常重要的区别。作文往往是命题作文，是老师要求必须写的，甚至规定了字数、时间，属于被动型；而散文则是作者自愿的、自由的写作，其写作的动因是生活中的某一个节点被激活，让你不得不叙述、思考、议论、抒情。没人给你规定时间、字数，甚至发表与否都无所谓。前者是从概念出发，后者是从生活出发。这就不难理解“生活是创作的源泉”这句经典的文艺语录了。

正是带着这样的思考，当我看到铁凝说出“我是在做人生的学徒”这句话，我就感到强烈的共鸣。对于作家而言，你的创造再充满想象、智慧，你也不会如生活给予我们的内容更丰富。所谓生活，首先要考虑生，人只有拥有了生命才能很好地活着。活着需要质量，光能呼吸、吃饭、睡觉，那不是真正地活着。人只有思想活着，才算是真正地活着。大千世界，芸芸众生，每个人都有着对世界发现、思考的本事。谁也不要说你是造物主，谁也不要说你对世界早就看透了，在世界、生活、人生面前，我们永远是微小的。我很喜欢“学徒”这个词，人只有想学手艺，才可以找师傅当学徒。写作很神秘，它的神秘在于我们一直有很多未知。即使你今天知道了许多，对于明天发生什么，我们仍然无法判断。然而，我们也不能因为其神秘，就变得无所适从。如果假设写作是一门手艺，那我们就可以找到它的规律。我们过去喜欢称呼某人为自己的老师，这个老师其实不是你发现生活创作作品的老师，而是带领你去研究作品创作规律的老师。而你真正的老师、师傅，只能是生活，是人生的悲欢离合。

那么，拜生活为师，是不是把生活如实地记录下来就是艺术呢？当然不是。铁凝说，散文的不可制作性决定了它的难度，散文需要智慧、诚恳、真性情。我理解为，作家首先要尊重生活，然后才根据自己的眼光、性情去发现、感觉、体验生活。在这里，智慧不仅是如何发现生活的亮色，更重要的是如何表现生活。如果有人把比喻、夸张、抒情、描写等看作是文学的制作性，那就大错特错了。艺术就是要表现，就是要来源于生活高于生活。生活没有表现，哪里还会有艺术。四五十年前，著名戏剧导演石挥就曾说过：“艺术家要比人民高一点。”这里说的高一点，并不是工资待遇、社会地位，而是指对生活、人生的认识程度。假如你的认识程度还不如人民群众，那你这个艺术人民群众肯定不欢迎。艺术家的创造从来都不是孤立的，更不是闭门造车、苦思冥想出来的。聪明的艺术家往往会从人民群众的智慧中总结集体的智慧，化成自己的智慧。这种不断地从我走向我们的转化过程，就是艺术的不断创新过程。由此，也就真正理解铁凝为什么会说“作为一名写作者，散文是对我的情怀与文字的终身磨砺”那样的话了。

财道在德

我所供职的报社门口有一卖福利彩票的门市。由于对买彩票中大奖这事从来不感兴趣，也就很少光顾那里。记得只有一次，报社的一个女孩一天从这里路过遇到我，她硬拉着我走进那充满诱惑的大门。进得门来，她熟练地拿出 20 块钱买了 10 注，刮掉封闭密码的胶条，冲着墙上的兑奖号码看了看，一脸无奈地说，没戏。我素来有怜香惜玉之心，见不得漂亮女孩有一脸的愁容，便自我嘲讽地说："都怪我，没有给你带来好运气。"女孩听罢转忧为喜，扑哧一笑说："这怎么能怪您呢？都是我的命不好，与财运无缘。"

那么，谁与财运有缘呢？

忽一日，西安的文友打来电话，说周至建了一个曲江楼观台文化展示区，不妨来看一看。我说我对佛教还略知一二，对道文化一点都不清楚，只知道老子写过一篇《道德经》，还看过王蒙先生去年出了一本《老子的帮助》。朋友说，你知道老子的《道德经》在哪里写的吗？告诉你，就是在周至的楼观台。

于是，我向作家师友从维熙、蒋子龙、肖复兴、舒婷等人发出邀请，希望他们能前来助兴，感受道文化的滋养。大家都慨然答应，只是蒋子龙先生说他之前已经答应到青岛大学了。如果时间有变，他一定会来。

等按约定的时间到达周至的时候，才发现以周明为首的京城陕西乡党阎纲、王宗仁、雷抒雁等人已经先期到达了。周明是周至人，他少小离家近六十载，但始终不忘以自己的微薄之力为家乡作贡献。在周至采访期间，我有意跟随周明到他从小生活的村庄看看，那地方在秦岭脚下，风景美得很。离楼观台不足十里，有个著名的寺院仙游寺。说著名，它当然不像杭州的灵隐寺、扶风的法门寺、北京的潭柘寺、嵩山少林寺那么天下闻名。但如果我告诉你，白居易那首著名的诗篇《长恨歌》就写作于仙游寺，你肯定会肃然起敬的。在仙游寺管理处工作人员的陪同下，周明反客为主，一一向我们介绍仙游寺的过去、现在和将来的远景。特别是听他讲当年他如何请冰心、赵朴初、王蒙等大师为仙游寺题词的往事仿佛历历在目，很感人。仙游寺管理处的工作人员感慨地对我说，周明老师为仙游寺的开发建设倾注了大量的心血，可以说，没有周明老师，就没有今天的仙游寺。

这篇文章不是为表扬周明的，但因为动情，就信笔写上几句。我们到达周至已是傍晚，天空下着蒙蒙细雨，毕竟是深秋了，天黑得特别早。我们入住的宾馆名曰“财神客栈”。这让我们眼前一亮，都说陕西有八大怪，难道这起店名也是一怪？财神客栈，好大的口气！

问客栈服务员得知，财神客栈隶属于西安曲江楼观台文化展示区赵公明财神庙景区。叫财神客栈，实际上是一家青年酒店，即通常意义上的快捷酒店。因为是夜色迷茫，远处迤逦的秦岭，巍峨的赵公明财神庙现在是一点也看不出来，只能等待次日天明了。

近几年随着文化产业在全国的蓬勃兴起，一些有特色有实力的文化产业品牌应运而生。如大型实景剧《云南映象》《刘三姐》《长恨歌》，如歌华公司、华谊兄弟、紫禁城影业，以及周庄、同里、乌镇、798艺术街区等，在国人心中声名鹊起。这其中也包括西安的曲江文化旅游集团。他们以大明宫遗址为依托，运用文化资本不断扩张，先后兼并了法门寺、寒窑等旅游景区，而选择财神赵公明故里、老子撰写《道德经》所在地周至。打造中国道文化、财神文化、佛教文化，应该说不失为一种创举。

我们对有创意的人充满敬意，为他们鼓掌！

参拜财神，是中国的传统文化，应该选择黄道吉日。我们不知道到周至的第二天是否是个好日子，当我们冒着绵绵秋雨走到财神文化广场时，看到高大的赵公元帅塑像，我从心里不由说出：伟大的财神爷啊，我来看你了。至于祈求财神爷给我带来财运的话，我实在说不出。我清楚得很，天上没有凭空掉馅饼的好事，尽管进得财神庙，我们一行人在玩耍用铜钱投金钱眼的游戏时，每人都有三五枚的收获。

赵公明财神庙位于田峪河东岸，占地约五百余亩，开发以财神故里、众神传说、集贤鼓乐为代表的民俗文化旅游，打造祈福娱乐一体化的华夏寻根文化项目，并将传统的道教文化与现代生活有机结合，给游客深刻的历史体验和人生感悟。走进偌大的院落，不论走到财神街、财神殿、赤松殿，还是三霄殿、茗心阁、问道阁、道·梦剧场，所到之处，无不让你感到富丽堂皇，从心底发出到底是财神庙的喟叹。

诚然，一个景区，选择一个有个性的项目去打造，无可厚非。就说这财神庙的建造，它非常符合中国人迎财神、敬财神、抢财神恭喜发财、财源茂盛的求富心理。人爱钱，希望物质丰富些，这没什么不好。问题是，在物欲横流的今天，人们选择什么样的方式去发财致富，却有着不同的意义。贪污腐败总不应该吧，明抢豪夺、欺行霸市总不可以吧！过去我们总是说，取财有道。在这里，道不仅指的是方法、规律，它还指道德和道义。如果发财不讲道理，损害公德，什么钱都挣，就有失人德了。我很欣赏问道阁门前匾楣上的四个大字——财道在德，那实在是一种大境界。

很巧，在问道阁里我们见到了长年在老子墓修炼的郑道长。此公年届五十，据说在老子墓修炼已经达 28 年。我问他为什么要出家呢？难道在凡尘受尽磨难，譬如爱情失败等原因。郑道长说，他出家完全是出于对文化的信仰。他的话让我们感到很震惊，以往我们听到的更多的是对宗教的信仰。我又问他，这二十多年你是否曾经产生过动摇？道长说，没有，一刻也没有。他喜欢食云饮露的出家生活。看着笃厚的郑道长，联想到门前匾楣上的“财道在德”四字，我忽然有所开悟，郑道长的修炼何尝不是“修德在心”啊！想到此，我顿觉眼前一片光明，仿佛阳光已经照进问道阁了。

吃猕猴桃时要先想到猕猴

到广东采风，做梦都没想到，在台山川山群岛的上川网塘湾居然有个省级猕猴自然保护区。自2005年，我同京城的一批作家加入了中国野生动物保护协会后，就特别关注野生动物保护的情况。对于猕猴，我大致了解一些。首先，猕猴是猴科的一个种类，在世界，特别是亚洲很普遍，光各种名称叫法就有几十种，如我国广西猕猴、台湾猕猴，国外的如锡兰猕猴、地中海猕猴、恒河猕猴等等。猕猴也称猢狲，身材娇小，生性好动，常在峭壁、树林、水边生活。我以为，吴承恩所写的《西游记》中的孙悟空，其原型就是猕猴。我曾多次到过位于江苏淮阴的吴承恩纪念馆去参观，尽管我们无法考证淮阴这个地方过去是否有大量的猕猴在此生存繁衍，但吴承恩看过并认真观察过猴子的生活习性当是不用怀疑的。

据说日本有一种猴叫石猴，我没有见过。听这方面的专家说，那石猴其实就是猕猴。还有一种食物，叫猕猴桃。我不知道，当初给这种水果起名字，是因为水果的表皮颜色与猕猴的毛色接近，还是因为猕猴天然爱吃这种水果呢？

陕西周至大量产猕猴桃。女作家叶广芩前几年到那里挂职担任县委副书记，具体有什么业绩咱说不清楚，但有两件事被传说得挺神。一是她到那里夏天一直穿旗袍，这在思想相对传统的农业大县周至简直就是另类。不过时间长了，从干部到普通农民都接受了这个形象。

另一是她担任了猕猴桃的形象代言人。叶大姐我是熟悉的，她本出身皇族，本姓叶赫那拉，跟慈禧是亲戚，人长得大气从容，作品写得阳刚老道，从她的身上无论如何也看不出猕猴的长相，更闻不出猕猴桃的味道。但乡亲们就认准了这个旗袍书记，说她名气大，气质好，非让她当形象代言人。您还别说，自打叶广芩当上了猕猴桃的形象代言人后，周至的猕猴桃销路还就是好。以至挂职时间期满，县里的干部和乡亲找市委，强烈要求叶广芩再延长挂职时间。

这川山群岛上的猕猴有上千只，而且训练有素，会很多技能。我们去的这天上午，天气晴好，从大巴车上刚下来没走出几步，就被一群猕猴围住，确切地说，我们也把一群猕猴围住。因为没有准备，我们每个人都两手空空，这让猕猴们很失望。我注意到，刚生过孩子的猕猴妈妈们的肚子下边似乎有个口袋，小猕猴两手搂住妈妈的肚子，亲密程度完全可以用浑然一体来形容，与澳洲的袋鼠很相似。等到了训练场，工作人员只轻轻地一拍手，几只大些的猕猴便开始表演。猕猴们真有功夫，有的骑自行车，有的爬树，更有的居然能快速地接飞刀，而且准确无误。我从工作人员那里花 10 块钱买两包食品，第一包刚打开，一个没留神，就被一只小猕猴飞快地抢走了。等正要打开第二袋，另一只猴子则猛地跳起，凶狠地向我手上抓去，我大叫一声赶紧把食物甩给它。那家伙接过食物几下就蹿到树顶，冲我得意地吃着美味。工作人员说，猴子们吃起来没够，多亏你把食物给了它，不然它会跟你打架的。或许知道猴子们的脾气，同行的作家陈世旭自始至终没有下车，他说在峨眉山曾领教过猴子的厉害。

我第一次看猴是在北京动物园，那是上小学三年级时学校组织春游时看到的。后来，陆续在很多的地方都看过。我最不喜欢看街上耍猴的。那种猴摘帽子等着要钱的把戏实在有损猴子的尊严。我也看不惯很多科研单位拿猴子做各种药品实验。特别是前些年有些大款暴发户动不动就要吃猴脑。2012 年 12 月 27 日，央视焦点访谈节目报道了江西抚州市资溪县国营林场猎杀 7 只猕猴的恶性事件。据盗猎者说，他们把打死打伤的猕猴卖给城里的餐馆，猴肉 280 元一斤，猴头 900 元一个，供不应求。记者注意到，这些盗猎者枪法极准，几乎弹无虚发。他们在林区先后开了 9 枪，持续了三四个小时，而林区管理人员竟然没有一个人出面阻止。而专营野味的饭店，经常是公款消费的主顾。除猕猴外，店里还加工大雁、野鸡、竹鼠、獾猪等野生动物。典型的是“大雁四吃”。看着猕猴惨死的情景，我真想对那些狩猎者打上一枪。我要告诉他们，我们要建立的和谐社会，不光是人与人的和谐，还包括人与自然的和谐以及人自身的和谐。

姚明在电视上为野生动物做的公益广告中说，有买卖就会有杀害。我以为，这只看到了人在物质利益方面的疯狂。其实，杀害还有一个对生命的蔑视问题。人和动物之间，人显然是强者。那么，人要实现生存，就可以残害、吃掉野生动物吗？深而探之，某些人为了达到个人的目的，就可以把弱势群体视为草芥，看作虫卵，任意欺凌、侮辱、伤害以至付出生命的代价。这些年我们经常看到有关工头拖欠农民工工资、干部子女开车撞人逃逸等事件屡见报端，这足以看出在一个逐步走向文明的社会里还有多少的丑恶仍然在有恃无恐、肆意横行。因此，我们有权利呼吁，也必须呼吁，中央必须加大执法力度。而要真正做到人的平等，得到尊重，我们不妨从尊重一只猕猴开始——即吃猕猴桃时，首先想到猕猴。

都是草莓惹的祸

如今，在水果市场中，任何一种水果都不是什么稀罕物。高科技确实很神奇，可以反季节，也可以跨地域。只要您有钱，什么样的水果都可以吃上。

去年春节前，《陕西日报》副刊编辑约我写一篇应景散文，我写了《草莓红了》。文章大致意思是，北京郊区的农民很聪明，利用得天独厚的地理优势，纷纷种植草莓，惹得城里人趋之若鹜，成箱成篮地往家里摘。最后我说，农民的日子就像这春天报早的草莓，过得越来越红火。

过了春节不久，遇到一位在郊区工作的领导干部，我说今年北京郊区的草莓卖得真不错。领导说，何以见得？我说，元旦不久我到郊区去过两趟，亲手摘过几箱草莓，味道确实比超市的好吃。领导问：多少钱一斤？我答：朋友出的钱，估计也就三四十元。领导听罢，摆摆手说，不可能，你那时去至少 60 元一斤。

领导的话让我不由伸了一下舌头。以我的了解，我们家附近的商场、水果店里卖的草莓不论是四川的还是北京郊区的，最贵的也就 30 元一斤。大棚里的即使再新鲜，再让人们白尝几个，也不至于 60 元一斤吧。见我有点惊讶，领导说，说 60 元其实还有点便宜你，你知道天价草莓多少钱一斤？我说该不会 1000 元一斤吧。领导说，那倒不会，实话告诉你，最高卖到 120 元一斤。

“这哪是卖草莓，简直是在印钞票。这下种草莓的农民可发了财了。”我羡慕地说。

“要真是这样的价格当然好了。”领导有些无奈。

“难道不是这样吗？”我反问，“怎么有什么变数了？”

“是啊，元旦前后本来还是有很多人采摘。可一到春节，上边发了通知，严禁党政机关以各种名义采摘、团购，结果草莓都烂在地里了。”

“那为什么不降价向市民倾斜呢？”

“降价？怎么降？从 80 降到 60，再从 60 降到三四十，农民能接受吗？”

“要我说，这草莓本就不应该炒到那么高的价格。还不是政府招待、送礼、采购造成的。”

“唉，今年的草莓算是赔大发了。不知道农民明年还有没有种草莓的积极性。”

“不知道您究竟怎么想，我总觉得在北京郊区拿出上万亩土地种草莓不是正常的事。您想啊，草莓不是生活必需品，三天不吃您能得血压高？！”

“那倒是。”我的话领导没有继续讨论下去。或许在他的眼里，我这一介书生的话不足以说服他。这年头领导干部不知怎么了，脑子装的不是市场，而是处处时时盯着上级的脸色、爱好。

今年元旦过后，郊区的朋友给我打电话，问我还来不来摘草莓。我说街上的草莓才 15 元一斤，就不给添麻烦了。朋友说，他是自己花钱埋单，又不是花公款。我说不管公款还是私款，都没有自己花着舒坦。朋友说，好吧，就让你崇高一次。

前几天，偶尔从网上看到一消息，说郊区某局长带着市里的几个处长去摘草莓，结果被纪检暗访干部给逮了个现形。我打电话给我熟悉的那个领导干部求实，领导说这事是真的，那个局长已经被停职了。末了他还甩了句：都是草莓惹的祸！我说，您可别逗了，草莓可是好草莓，依我看，惹祸的还是人的内心，是贪心！领导听后连连苦笑道，您说得对，对，草莓可是好草莓，都是人的贪心惹的祸。

花红花白在在春

常熟是个很有名的地方。我最早的记忆来自于京剧样板戏《沙家浜》。几年前，有个作家也以沙家浜为题写了个中篇小说，对阿庆嫂进行了颠覆性的描写，结果招致很多新四军老战士和沙家浜众乡亲的强烈不满，纷纷写信向有关部门进行抗议。当时的《中国作家》杂志副主编、报告文学作家何建明更是义愤填膺，公开向媒体发表声明：像这样丑化沙家浜，丑化新四军，丑化阿庆嫂的恶搞行为，作为沙家浜人我不答应！

《中国作家》杂志与我所供职的报社同在一个办公楼，我在四层，何建明在三层，中间只隔一层水泥板。中午我们同在一个食堂吃饭。再者，由于我们是多年的朋友，所以，从这个沙家浜事件之后，每次见到何建明，我的眼前都会浮现出六个字：常熟，沙家浜人。

其实，作为历史文化名城的常熟，其有名的人、景、物，不仅仅是沙家浜和阿庆嫂。诸如还有历史人物仲雍、言偃、张道裕、顾炎武、柳如是、翁同龢、宗白华、王淦昌，文物风景名胜虞山、尚湖、兴福寺、琴川运河以及众多的名人墓葬、古代石刻碑志，近现代纪念建筑、馆藏文物、古树名木、文化书院、藏书楼等等。我的案头有一本国家历史文化名城词典《常熟》，由上海辞书出版社出版。翻开宛如 16 开本《新华词典》的《常熟》，不论看到哪一页，你都会感到常熟的历史文化非常厚重而有魅力。以我所到过的全国县级市比较，几乎很少能有与常熟相比肩的。当然，各地的城市有各地的特色，我们不能用一二三四的顺序硬性加以排列。

这次到常熟，是应一帮文友之约而至，主题是参加言子文学奖的启动仪式，顺便到尚湖看看牡丹。当地的朋友说，这里正在举办牡丹节。我听后一怔，问：你们这里也盛产牡丹吗？朋友曰：是啊，常熟种植牡丹的历史很早，可以追溯到3000年前。大约到2000年前便开始了解牡丹的药用价值，等到1600年前，人们渐渐懂得观赏牡丹。

我以为，懂得观赏，在很大程度上意味着牡丹由野生向家庭种植转化。也说不定在那个时候也许会有专门种植牡丹的花农以及专营牡丹的花店哩！

漫步尚湖牡丹园，眼前盛开着五颜六色的花朵，让你觉得春风拂面，神清气爽。作为国花的牡丹，在我国各地广泛种植，品种多样，不说有上千种，几百种总是有的。譬如尚湖的牡丹园就有金阁、花游、紫二乔、赵粉、花二乔等几十个品种。至于散落在常熟寻常百姓家的牡丹品种有多少，我不得而知。我从《常熟》一书中记载的关于《杨园古牡丹》词条中看到：在杨园查滨村姚家桥姚姓家，有一株主径高1米，胸径0.15米，冠幅达3.3米的牡丹，每年谷雨前开花，花瓣绛红，花蕊金黄，色泽明亮，花朵直径达0.18米。据姚家所载抄于清光绪十一年（1885年）的《毗陵姚氏宗谱》载，当时牡丹已有300年历史。以此推算，如今这株牡丹也该有400余年了。

在尚湖牡丹园的展厅，我看到许多常熟籍画家所绘的各种牡丹题材的作品。我想，在众多的作品中，一定会有清初著名的常熟“虞山画派”的传承。虞山画派创始者为王翚，位列于清朝画坛“四王”和“六家”，他在数十年的丹青生涯中，汲取古代诸多名家的艺术精髓，托古改制，形成了他山水画的自我风格，影响至今。提到王翚，必然要提到另外一位与其同列“六家”的常熟人士吴历。吴历被人评述为“此老高怀绝谷，独来独往，不肯一笔寄人篱下。观其会韵沉郁，自是俯首诸家，另树一帜”。我不谙书画之妙，但对其中的道理倒也常心有灵犀。吴历一生多才多艺，其画其书其诗都有很高的造诣。由于不曾投入丹青之门，便不得通观王翚、吴历两位名家的画作，但我从吴历的题画跋辑成的《墨井题跋》所记录的他在长期的绘画实践中对山水画创作理论的思考与见解，足以见得他们在当时的稍许风骚。如吴历所言的“古人能文不求荐举，善画不求知赏，曰文以达吾心，画以适吾意”，每每读之，都会浮想联翩，心得无数。想想我们的各种艺术门类，有哪种不是追求“画以适吾意”呢？假如我们做文，不是适吾意，不是从我出发以我们结束，那我们的文又有什么创作的意义呢？

我这篇小文本是应约来写牡丹的。可我在看了吴历的《梅花山馆图》题诗后，竟被深深地印在脑海里了：

山迎水送程程画，
花红花白在在春。
物色也须人管领，
老夫端的是闲身。

我不怕读者诸公看到此说我见异思迁，骂我水性杨花。我以为这“山迎水送程程画，花红花白在在春”的意境何尝又不适合状写牡丹呢？如此，只要意旨相通，不管是谁说我有意冷落了牡丹，就都不算数了。

我们的文化大院

我不大懂外文，每当看到外国的人名地名，常怀疑翻译人员是否有崇洋媚外的想法。譬如，布莱尔这个名字，中间的这个“莱”字，很少有写成“来”的。再譬如，《乞力马扎罗的雪》。为什么用“乞、力、马、扎、罗”这五个字，而不是用“齐、力、马、加、骡”？或许有人认为我抬杠，人家翻译者最初起名字时就觉得这个字或词比较美，足以表达它的意思。

仲夏时节，赴烟台的莱山区采访。烟台我是到过几次的，但对莱山区并不熟悉。区委宣传部的同志告之，莱山区于 1994 年由三个乡镇组建起来，属于濒海新区，也是烟台市委、市政府所在地。我问为什么叫莱山区，是因为此地有座莱山而得名吗？想不到我这一问，还真把当地的官员问住了。一个领导想了想说，烟台机场全称叫烟台莱山机场，那里确实有座小山叫莱山，不过不是很大。或许，莱山区真的由此而得名。然而，这种说法马上就被文史专家给否定了。专家认为，莱山区这个地方在春秋战国时曾为莱子国，姜子牙东进后占领了莱子国，后划为齐国。由此可以证明，诸如莱州、莱山、蓬莱、莱芜等带有莱字的地区都该归古代莱子国所辖。这样的说法很快得到大多数人的认可，很多的烟台人甚至愿意称自己为“东莱人”。

所以要考证这个地区是否为莱子国，主要是莱山区人总认为新区没有历史的积淀，不容易进行文化产业的开发。诚然，对于一个历史厚重的地方，如西安、北京、南京，要做文化产业项目，当然是具有得天独厚的条件。那么，对于历史文化相对薄弱的地区而言，就很难开展文化产业的开发吗？我看也不尽然。

宁夏镇北堡过去荒凉吧，在张贤亮的小说《肖尔布拉克》——后来被改编成电影《牧马人》里，我们都不曾忘记。然而，就是这片荒凉的土地，经过张贤亮的数年经营，如今竟成了著名的西部影视城。同样，北京的798艺术园区、通州宋庄画家村、潘家园艺术品交易市场，这些过去都不曾跟文化艺术有关的地方，如今却都成了文化聚集区。过去，外地人到北京总要去长城、故宫、天安门，现在恐怕还要连带去798、潘家园吧？

这就是文化的魅力！

一个城市的地标，往往渗透着强烈的文化烙印。到烟台莱山山区，好客的主人给我们安排了许多采风点，诸如凤凰山、岱山、朱雀山，以及游乐城、烟台大学和即将建成的文化馆、图书馆。或许是职业特点使然，我更愿意在这里写写位于海边的渔人码头和山沟里的文化大院。

有海边，就会有码头。所谓码头，主要是指渔船停靠的地方。后来也有人将在某一地域或某一系统有势力的人物比作码头，说白了也就是靠山的意思。码头是三教九流鱼龙混杂的地方，人世间的悲欢离合喜怒哀乐在这里都能找到故事。莱山区海岸线不是很长，十几公里的样子。过去的码头不是很大，现在投资建立起现代化的渔人码头里私人会馆、餐饮娱乐应有尽有。但这些都不足以引起我的关注，我更喜欢豪华的鲸鲨馆。陪同的朋友说，这个馆是大连一家文化公司投资兴建的，从名称上看里边的主人一定是鲸鱼和鲨鱼。进得馆里，确实看到了大小不一的豹纹鲨、黑鳍鲨、白鳍鲨、柠檬鲨，特别是在海底世界，游动着一条巨大的鲸鱼，后边跟着成千上万条只有巴掌大小的黄鳐，仿佛一个歌星后边跟着无数的粉丝，让人嫉妒得不行。我问工作人员，鲸鱼难道不吃这些黄鳐吗？工作人员说，不吃，它们相处得很和谐，因为鲸鱼要吃特殊的食物。我说，那成本会不会很高？工作人员说，当然了，一天要喂四五次呢。工作人员的话使我认识到，这鲸鱼好难伺候耶！除了鲸鱼，馆里还展示了五光十色、形态各异的水母和热带珊瑚鱼，其名字起得很浪漫而富有诗意，如：海月水母、太平洋水母、天草水母、黄狐狸、月眉蝶、七彩吊等等。我相信，在这璀璨的海底世界前任何人都会发出惊叹：海洋里的宝贝真不少！

是的，海底世界是个巨大的聚宝盆。如果说这鲸鲨馆是人类把海底世界挪了个窝，那么，在朱雀山朱唐夼村的文化大院，着实让我们领略了一下山里人的新变化。“夼”这个字一般人不会认识，它属地方方言，主要在山东地区使用，意思是指两山间的大沟。我们到的时候，村里早已安排很多的乡亲到大院门口迎接我们。大院占地能有四五亩地，中间是黄土地面，四周有十几间房，分别有图书室、娱乐室、学习室、健身房、儿童活动中心等。走进图书室，书架上摆着几百种图书，有科学致富的，也有文学艺术的，一个五十多岁的老乡手里拿着一本《蒙田散文》在阅读。我问他能读懂吗？他说，不大行，慢慢理解。我又问一位老乡经常来这里吗？他说，常来，咋不来呢！这里环境舒适，还可以几个人一起交流。村里的干部对我们说，这些年村上的年轻人大部分都到外地打工去了，村里剩下的是老人、妇女和孩子，如何让这部分人生活得有依靠有滋味，是摆在村干部面前的重要课题。在抓好农业的同时，能够通过文化活动把人心凝聚起来，是他们首先想到的。经过反复考虑，在上级有关部门的支持下，他们便兴建了这个文化大院。实践证明，在农村有没有文化大院意义非常不同。由于有了文化大院，仿佛使整个村庄都有了活力，都放飞出了希望！

在烟台莱山区虽然只逗留三天，尽管我对莱山的了解还停留在走马观花的状态，但我站在岱山之巅的长寿峰俯瞰这个新兴的濒海新区时，我不由得发出感叹：一个新兴的城市，有可能因为它的初创而缺乏历史的渊源与厚重，但只要这里的领导得力，按照科学发展观的要求，带领广大的人民，经过十年、二十年甚至是五十年、一百年的奋斗，一定能创造出新的奇迹。这个奇迹就是为后人谱写的历史。过去的深圳已经做到了，今天的莱山同样可以做到。我们有理由相信，因为我们正处在一个适合创造伟大奇迹的时代。

想说爱你不是很容易的事

——从电视台几档相亲节目谈起

写文章谈爱情，是件吃力不讨好的事情。不过，在电视上看有关婚姻爱情方面的电视剧、娱乐节目，倒也是很多人茶余饭后的乐事。记得多年前，北京电视台曾经有过一档相亲节目，叫“今晚我们相识”，那时候电视还没有上星，估计节目的普及面只在北京地区，但就是这个节目，让北京市民很好地关注了一阵。也就是那时，我记住了节目的主持人杨光的名字。如今二十多年过去了，“今晚我们相识”早已被江苏卫视的“非诚勿扰”、湖南卫视的“我们约会吧”、浙江卫视的“爱情连连看”和北京卫视的“选择”所代替。而那个美女主持人杨光也不知道现在身居何处干什么行当。我知道，我的内心深处还是非常怀念那个时代的。

也就是在20世纪80年代，我们也曾经看过小说《爱情的位置》《爱，是不能忘记的》、电影《被爱情遗忘的角落》《小街》《庐山恋》《山道弯弯》《李双双》《牧马人》《我们村里的年轻人》《甜蜜的事业》《嫁不出去的姑娘》等等，对于经历过“文革”的人们，对于这些闯禁区的作品，是那样的眼前一亮，是那样的激动人心。如果用久旱逢甘雨来形容，一点也不为过。尽管那个时候我的年龄还小，但少年懵懂的我，也还是对男女爱情产生了不小的冲动与期待。现在我明白，我的早熟确实与那个时期的思想解放有着直接的关系。

去年，电影《山楂树》着实火了一把。我看后，觉得一般，最大的问题是不真实。因为我就是那个时代的人。我们向往浪漫的爱情，但我们不可能在一个池塘里游泳，也不可能让姑娘坐在自行车前梁上招摇过市。我们看到的爱情，通常是男的在前面走，女的在后面五六米装作没事人似的跟着，至于像今天的年轻人在大庭广众之下就敢拥抱接吻，是无论如何不敢想象的。我清晰地记得，我们80年代上中学，甚至是此前上小学，男生和女生的座位往往是隔开的，少则一拳，多则可以摆一块方砖。这就是那个时代的男女关系。前几年，我们中学同学聚会，晚上到歌厅娱乐时，有五六对同学跳舞时搂得非常紧。有个男同学竟然哭着对我这个当年的老班长说，真的感谢你，如果不是你组织了这次同学聚会，我恐怕一辈子都不敢跟我的同桌说话。今天，我终于大胆地告诉她，我其实从小就喜欢她，这种感觉在心里埋藏了三十多年。

因此，当我看到电视台的“非诚勿扰”“我们约会吧”“爱情连连看”和“选择”等相亲节目时，我是那样地乐此不疲，那样地开心大笑。我爱人对此常常不解，她说你挺大的人，孩子都十几岁了，还对相亲的节目这么有兴趣。我说是啊，我真想再回到年轻的时候，也大大方方、从从容容、乐乐呵呵、美美滋滋上电视相一回亲，你看看，一个男士可以面对24名或30名美女，即使牵手不成，过过眼瘾也是蛮爽的。女儿听到，说老爸你也太花心了。就凭你这老脸，没一个女孩喜欢你。我一听，装作很生气的样子，告诉女儿：你还别这么说，我要是真去了，说不定有个别女孩会激动得泪流满面的。女儿也不示弱：您别臭美了，人家女孩激动地哭，是坐在宝马车里，而咱家的车不过是七八万的比亚迪！

女儿的话对我触动很大，想不到她对“非诚勿扰”也是关心的。我真想告诉她，虽然我不欣赏《山楂树》的虚假，可我对后来的骑自行车谈恋爱还是充满留恋的。可我又不好对女儿说，我的初恋就发生在自行车上。那年，我和一个女孩一起看了电影《妈妈再爱我一次》。电影结束时，已接近晚上十点，我对女孩说，你们家那边公交车已经没了，我骑自行车送你回家吧。女孩说，那要很远的。我说我不送你，那你怎么回。女孩说我住我亲戚家。我说还是不麻烦人家，我给你送回家，正好路上聊聊天。女孩犹豫了一下，说，那好吧。我当时心里窃喜，我明白，这深更半夜的，一个女孩敢跟你走，一定是喜欢你，信任你，这事有谱儿了。果然，走到半路，女孩双手紧紧搂住我的腰，脸自然地贴在我的后背上，我感觉浑身上下像过电一样，脚下无形增添了很多力气。等到了她家门口，当我要离开时，女孩猛然转过身扑进我的怀里，我们疯狂地亲吻起来。等我骑上自行车离开她家，走在乡间的小路上时，我一点也不觉得可怕。相反，看着那些黑乎乎的水稻，我竟然感觉到眼前是一片一片的金黄。这应该就是所谓的爱情的力量吧。我想。

对于四十五岁以上的人来说，今天年轻人的爱情不管多么直接，多么拥有豪宅豪车，我相信，我们大都不会动心。过去的人生观、世界观，带给我们的更多的是革命的爱情观。譬如，我就欣赏保尔与丽达的爱情，尽管他们最终没有能走到一起。我也欣赏《刑场上的婚礼》中周文雍与陈铁军的爱情。说白了，人的一生能找到一个志同道合的伴侣并非易事，如果能为彼此共同拥有的革命理想去奋斗去牺牲就更不易。我知道，对于今天的十几岁二十几岁的年轻人跟他们谈革命的理想与爱情，实在是一种奢望。但我也知道，一个人或者两个人，如果只把爱情放在具体的物质追求上，这样的爱情是被怀疑的。

也正因为如此，每当我看到“非诚勿扰”“我们约会吧”“爱情连连看”和“选择”等电视相亲节目，我就会有如下的想法：一、电视相亲节目是整个电视节目中生活娱乐的重要组成部分，它的意义并不在于男女是否牵手，而在于整个男女对决（包括主持人的插科打诨）过程中的娱乐性、观赏性；二、男女相亲相爱这种隐私的东西，一旦在电视上进行曝光，就多少带有一定的实用性、公共性、物质性、攀比性，而缺少过去的浪漫与含蓄；三、电视上的相亲面对面，尤其是思维上的交锋，能给人们去发现认识社会提供一个平台；四、男女直白的条件要求，不仅使生活更加直接、冷酷，也使爱情更加直接、冷酷；五、对于不会恋爱，缺乏恋爱经验的人，电视相亲节目会把人变得更聪明更务实；六、对传统的婚姻、爱情观是一种挑战，相对于青年相亲节目，北京电视台的中老年相亲节目“选择”其实更具现实意义，离生活更贴近；七、就大多数相亲节目而言，对物质对现实的东西偏重，而理想、崇高的东西不是很多，这也充分体现出当代人的现实性与物质化；八、相亲节目的主持人，比起其他节目的主持人，似乎综合素养更强一些，更生活一些。这也是这类节目受欢迎的因素之一。

尽管相亲类电视节目比起歌舞类节目越来越受到观众的欢迎，但我总以为，多个电视台都在克隆效仿，时间长了，总有生厌之嫌。所以，我呼唤这类节目要有所创新，譬如可以让男女双方扮演某些爱情经典中的人物，以此来体验经典之所以成为经典的过程。话虽然这么说，弄起来并非易事。不论是电视中的男女是否牵手、选择，也不论这类节目怎样地推陈出新，要想让观众真正地认可，还真要花费脑筋。我始终认为，爱情是崇高的，选择爱情的过程也可以变得崇高起来。

《乡村爱情》好看不仅仅因为爱情

春节过后，电视连续剧《乡村爱情》一度在各电视台热播，据赵本山说收视率在 8% 以上。事实上，这 8% 的收视率主要来自城市的抽样调查，如果包括农村在内的观众调查，其收视率肯定突破 10%。我不知道这收视率抽样调查的方式是否科学，但从街坊四邻、单位同事以及公共场合人们的聊天中，几乎都在热议这部新年大戏《乡村爱情故事》。

《乡村爱情故事》是《乡村爱情》系列电视连续剧的第三部。前两部在播出时，也取得了相当可观的收视率。我注意到，最近一个时期，中央电视台一套、三套和八套接连播放了《当家的女人》《欢乐农家》《女人的村庄》《暖春》《刘老根》以及经典名剧《篱笆·女人·狗》，尤其是连续重播了《当家的女人》和《乡村爱情》系列，由此不难看出，央视是在不遗余力地推动新农村建设中的新典型新形象。

那么，这些新典型新形象大众接受吗？回答当然是肯定的。事实上，大众不但接受，而且已经深入人心。我以为，像以《乡村爱情》为代表的表现现实生活、寓教于乐、催人向上的电视剧，理应成为我们时代的主流。就是说，《乡村爱情》的成功，绝不仅仅因为其中的爱情故事的一波三折，妙趣横生，还包括其艺术创作和表演的成功。

第一，电视剧的主题是反映现实，紧贴时代的。当前，全国已经全面展开新农村建设，亿万农民奋发图强，寻求致富门路，改变过去贫穷、僵化、落后的生产生活方式已然成为时代强音。特别是一代知识青年的崛起，为实现这一目标提供了科学的保证。如剧中的回村承包果园的大学生谢永强、农业技术员陈艳南、清美集团的白清明、李秋歌等。

第二，电视剧的主创人员对农村生活非常熟悉，编剧张继系山东作家，出身农民，长期致力于乡土文学创作，总导演兼演员赵本山本身就是农民，从小在农村摸爬滚打，练就一身“土本领”。其他演员大多是从农村走出来的二人转演员，由于长期在农村演出，对农村的风土人情，语言习惯了如指掌，因此在表演上游刃有余。用本山大叔在主题歌《咱们屯里的人》的歌词来形容，这些人所代表的是“我的老家就住在这个屯，我是这个屯土生土长的人”。

第三，电视剧突出了地域性。文艺创作有个共同的规律，往往越是带有地域性的，越能突出特色，正如鲁迅先生过去所说“越是民族的，越是世界的”。《乡村爱情》大的地域是东北地区，具体是辽宁省铁岭市开原的一个叫象牙山的村庄。从全剧整个画面看，带有浓郁的地方特色、风俗、方言、饮食等等，我注意到，在这部戏里，演员们几乎没用任何二人转演员所擅长的演唱、秧歌，但同样收到良好的效果。就二人转演员来讲，这部戏的语言是一大亮点。如刘能、谢广坤、刘大脑袋以及王大拿、王木生、王小蒙等各有特点。

第四，电视剧塑造了典型人物。影视剧跟小说一样，不论你怎么表现情绪、思想，最终考验其是否成功，主要是看你塑造人物是否成功。我们看《人生》，看《许茂和他的女儿们》，看《渴望》，看《香雪》，多年之后，你可能忘记了这个作品的编剧、导演，但你不会忘记高加林、许茂、刘慧芳、香雪这些经典的人物形象。一部好的小说、影视剧，往往能成功塑造几个人物，像《乡村爱情》，我相信多年以后，人们肯定能记住谢大脚、刘能这两个形象，就是刘大脑袋那一句“必须的”，也都将会成为老百姓的口头经典，如同小沈阳那句著名的“真没有”。

第五，电视剧脉络清晰，层次准确。一部电视剧，一般要有一条主线，在围绕主线的同时，附着另一条或几条线。通常的是战争加爱情，反特加爱情，或者是改革加爱情。毫无疑问，《乡村爱情》的主线是爱情，只是这爱情不是一对，而是由多对，既包括老年人的爱情，也包括年轻人的爱情。另两条线分别为：一、象牙山要发展，必须招商引资，扩大生产，发展高科技；二、村主任长贵不想当主任，一门心思调镇里总是调得不顺利，而刘能总想当村主任，总是问题百出。这样，三条线错综绞合，把剧中的男女命运捆绑在一起。像在一个剧中，能有三条线，而且处理得如此完整有序，这在很多剧中是很难做到的，由此可见以本山大叔为主的主创人员为此花了大量心血。

第六，电视剧自始至终充满了生活的情趣，使观众在娱乐中得到审美的享受。在生活中，一个人能不能得到别人的喜欢，这个人有没有幽默感、情趣，至关重要。譬如有的人在工作上很优秀，但就是不会谈恋爱，其根本原因就是缺乏幽默感和情趣。文艺作品，包括影视剧，其人物有没有情趣决定这个人物能否立起来，就电视剧而言，决定观众能否愿意看下去。《乡村爱情》所以好看，与全局充满生活情趣的表演有着直接的关系。全剧充分发挥二人转演员的个性特长，不断编织妙趣横生的细节，如王木生口吃、谢广坤要衣服钱、赵四看病、王天来拒绝李秋歌追求、刘大脑袋往家里偷菜等等，让人过目不忘。如果说民间二人转、小品尚有许多不雅的东西，但在《乡村爱情》中却没有一点糟粕。应该说，《乡村爱情》在借鉴民间艺术上是非常成功的典型。

人为什么要生动起来

——关于“人物专访”一类文章的写作

我本不是个办事拖沓的人。几个月前，女诗人，喔，现在还要加上女博士头衔的尽心从网上给我发了个指示，说她要出书，让我写序。她这个人整天睁着个大眼睛，天真地看人看景儿，你不知道她什么时候会突发奇想，弄出点你意想不到的事。

书是关于“人物专访”类的，写序就顺便连她这个小女子一块儿写了。我知道她这是在跟我揭根子，大约多年前，我曾经跟她说过要为她写点什么的话，几次阴错阳差都没促成机会，后来她结婚了，我就打消了这个念头。当然，像我这样的人在文坛肯定不止七个八个，我相信大多数男人都有过这样的经历。果然，再以后相继接触了好几位跟我同尽心都哥们儿的人，他们也彼此彼此。前些年写尽心的不少，连张中行、吴祖光、周汝昌、张锲、丁芒等大家都写了她不止一篇，近两年，印象中司马南写过，文字虽不长，但写得老道，估计能说到人家女孩儿的心尖尖上。不然，同样是朋友，她跟司马南合影为什么比我多距离也近？

这些自然是笑谈。想来同尽心相识有十年了。1996 年我在《中国艺术报》工作时，尽心去找我的一个同事，虽是匆匆见上一面，话语不多，但彼此给对方留的印象还算好，便记住了。事后，有机会参加诗词书画界的几次聚会，同尽心也见过，无非是打个招呼而已，并无深聊。当时，尽心给我的印象是这个女孩儿挺神，对诗词很有研究，如果长此下去，肯定是个了不起的人物。在中国写旧体诗词的人肯定比写自由诗的人要少，但总该有几十万吧。不过，年轻人和女诗人都很少，写出名堂的就更少，在认识尽心之前，我只知道著名书法家林岫女士是这方面的高手。现在，出现了个尽心，年龄不大，人样子又十分抢眼，她不火才怪呢!

正如前面玩笑所说，自参加完尽心的婚礼后，我们就疏于往来，偶尔在报刊上看到她的消息，便回忆一下她先前的样子。忽一日，看中央电视台马东主持的“挑战主持人”，无意中发现尽心也去凑这个热闹，还好，她居然得了那一场的冠军。尽管我不大主张尽心去参加这类近乎于选秀的节目，但从心里我还是希望她成功的。这就是所谓的朋友吧，甭管多长时间不见，一直还是惦念。

等到真的和尽心叙上旧，是在2006年的6月间。那次，我和许多的作家、诗人应邀到延安的延川县，去参加黄河乾坤湾笔会。去的人大部分都是熟人，有的还是多年的老朋友。比如诗人石英、石祥和汪国真。可巧，在黄河边夜宿的当晚，我和汪国真被安排在一个房间。饭后聊天，我对国真说，去年我邀你给我主编的《文化月刊》写了一组诗，读者反映不错，很多人给编辑部写信打电话，希望了解你的近况。你这次即使不来，我也要找你的。希望给你做个专访。国真说好啊，那你就写吧，咱们都是老朋友，我把近况跟你说说。我说，咱们是朋友，好多人都知道，为了避嫌，还是换一个人。最近有人采访过你吗？国真犹豫了一下，马上说，前不久有个叫尽心的女孩给我写过一篇文章，还没发表呢。我一听说是尽心，马上问国真，你说的尽心是写诗词的那个尽心吗？国真说怎么你认识，我说我们是朋友，好多年没联系了。这样好了，你就让尽心把稿子发给我，我尽快安排。事情就这样巧，巧得让你感到得来全不费工夫。

凭借写得一手好诗词，我相信尽心的人物专访写得不会让我失望。果然，回北京后几天，尽心发来写汪国真的稿件——《汪国真：别来无恙？》。我用几分钟浏览过一遍，心里不由感叹：到底是尽心啊！文字写得干净，利索，准确。我马上交给编辑，说就安排在第八期。然后，又在网上给尽心发了邮件，希望我们尽快见面。尽心很快回复，称她也很想跟我见面，最好还是等刊物出来，跟国真一起见面。我说好啊，让国真请客，不过你要打扮得漂亮些，我们编辑部的女孩长得都很漂亮，别让她们觉得我的女朋友太土。其实，我的话是在有意刺激尽心。虽然几年没见，凭她的修养一定会比过去更加出众的。

我们三人见过面后，我就主动邀请尽心经常给我们杂志写人物专访类的稿子，我告诉她我喜欢她的文章。尽心听后，很认真地问我：真的吗？你能不能具体说说？我说先不忙，你再给我们写几篇以后我再说。此后，尽心非常守约，接连写了蓝天野、甲丁、黄宗江、周有光等艺术家(没发的就别说了吧！)。我们编辑部的几个编辑都说好。除了在本刊发表的，她还从网上传来写丁聪、方成、王蒙、陈铎、周国平、姜昆、薛飞、卞留念的几篇。也就在这时，尽心有了出书的想法。她指示说我务必要写个序，主要原因是我读她写的人物专访最多，最有发言权。我当时想都没想就答应了。我不是不讲谦虚，对于人物专访这种文体我一直就想谈谈自己的看法。人物专访，在文学体裁中没有这个文体，在新闻写作中有人物通讯、人物专访和人物特写的分法。过去，人们习惯把人物特写纳入散文的范畴。我的理解是偏重新闻性的叫通讯，偏重文学的叫特写。好的人物特写，就是人物散文。不论偏向哪种写法，都要涉及人物，而且这个人物是专访。既然专访，人物肯定有其特殊性。有的人是领导、专家、名人，也有的人物是普通人，小人物。想来报纸、杂志和电视要开有关人物的专栏，就是要满足人们对这个人物的关注。塑造人物有两种，一种是新闻人物，强调新闻性；另一种是作者发现、推出的人物，他在跟公众见面之前，还不是新闻人物，但跟公众见面后就有可能成为新闻人物。人们写人物，最重要的是要把人们对人物不可知而最想知道的东西以最快的方式公布出来。当然，以最快的速度公布出来是写作的目的。但以什么样的手法、技巧，不同的写作者会有不同的选择。就个人而言，我不喜欢用编年体大而全地介绍人物，我喜欢以某个角度某个侧面或某个情节某个细节的描写，那样的人物才生动。人不生动写着没意思，看着更没意思。生动才不失为典型。写人物毕竟不是写生平事迹。我也不喜欢把人物写得过于丰满、完美，任何人都是有两面性的，人物过于完美肯定有失公正。尽管做到这些很难。还有一种写法，作者采写人物，不仅仅是因为人物感动了作者，而是人物适合了作者的某些思想。这种写法必须很大胆，既不能喧宾夺主，又要达到作者之目的。这几年我一直在做着这方面的尝试。记得同尽心的交流中，我隐约地也曾暗示过她，不知她有什么想法。

也就是写这篇文章前，尽心送我一本她编写的有关自己 2006 年"生活写真"的小书，里边记录了许多她与各界人物交往的剪影。自然也包括她与我和汪国真的合影。读来很是亲切，温暖。真难为她做得如此心细。我在被感动的同时，不免也生发一些遗憾：我已经很少看到尽心的诗词了。真不知是我对她关心少了，还是她对我疏忽了？或许，疏忽的还有诗坛吧？但愿我的担心是一种多虑。

假如时光让我重来

老朋友冯卫东的长篇小说《宅事沧桑》出版了，而且由我主持在朝阳区文化馆给他开了作品研讨会。参加的人有三十几位，涉及文学、知青、房产等方面。显然，这是朋友间的一次座谈。

我和老冯是三十年的文友，20 世纪 80 年代初我们就在朝阳区文化馆参加文学创作的培训。老冯那时四十岁左右，属于正当年，听别人介绍说他在朝阳区换房站工作。我那时尚在农场工作，对于城里人换房的事没有多大兴趣。等多年后我到城里工作了，才知道房子对一个人有多么重要。即便如此，我也没有想到要找老冯帮忙在城里弄间房子。后来老冯说，他当站长的时候，倒腾几间房子实在不算什么难事，90 年代，花万八千块钱就能弄一间独居。我对老冯说，那个时候，谁舍得拿出那么多钱去住耗子窝啊！老冯说，你说得没错，可现在就不同了，如果你有当初的一间耗子窝，赶上拆迁，怎么也得弄个 60 平米独居。我说那敢情，可惜咱没长那后眼呐！

老冯与共和国同龄，是老三届毕业生，1968 年到北大荒生产建设兵团，1977 年回到北京，跟他父亲一样一直在房管局工作，担任过木匠、房管员、换房员、房屋纠纷调解员、拆迁办公室办事员、房屋咨询公司经理、换房站站长。用北京话说，老冯干的是肥差。可是，当我真正地走近老冯、熟悉老冯的家庭后，我发现他在这个肥差的岗位上并没有捞到什么油水。一位和他共事多年的朋友对我说，老冯管事那阵子，整天净帮助别人了，你别看他自己一天到晚忙兔子神儿似的，其实他没怎么为他自己。不过老冯也有闲的时候，一有空儿，他就看杂书，记笔记，几十年下来，日记本弄了一大摞，也不知道有用没用。

老冯说，记日记是他到北大荒养成的习惯。有道是，好记性不如烂笔头，这记日记确实能帮助人记住很多事。譬如，写这本《宅事沧桑》就是根据80年代到本世纪初20年间一些日记基础上构思出来的，书中至少有二十几个人物都有生活原型。我说，你费了十几年劲，为什么要写成50万字像砖一样的大部头呢？老冯说，我在这里记录的虽然是我所经历的20年间发生在京城的宅事，实际也是在记录中国的宅事，这是一段令人无法忘记的历史。这就如同我们无法忘记“文革”十年，无法忘记我们的知青岁月。当前，我们不是在讲中国故事吗？中国的故事很多，房事、股事、官事、学事、医事、军事——我不敢说，我记录的就是事情的全部，但它可以作为历史，唤起人们的记忆，去珍惜我们今天的幸福生活。

看着老冯稀疏苍白的头发，让你不得不用沧桑二字形容。我不禁想到，在二三十年前，生活在城里的人们住房是多么的困窘，尤其像老冯他们那批知青，猛地从农村回来，本以为回到他们曾经熟悉的城市，会得到这样那样的温暖照顾，谁料，马上面临的就是就业吃饭住房三大问题。尤其是住房，几乎成了家家面临的困境。如果那个时候，北京电视台有“谁在说”家庭调解节目，我敢肯定地说，人们一定会为房少不够住而争吵。今天则不同，上“谁在说”的家庭不是因为房少而是因为房多而争吵。也就是说，这是发展中的问题，如同剃头推子要夹头发，阵痛后就会结束的。当然，这里还有一个如何对待财产的价值观问题，过去很多家庭因为房少而谦让，现在则由于多而对簿公堂。究其深层原因，与我们这个时代对人的私权看得过重不无关系。

关于《宅事沧桑》，可说的话题很多，譬如人物、叙述、结构、思想等等，我在这里只谈其最具特色的京味儿语言问题。当下，从事文学创作的作者很多，不论是涉及哪个体裁，语言是最不可回避的，特别是小说创作。小说创作的类型多样，我较为看中的是地域性。这些年，关于文学的地域性不再谈了，认为中国文学都走向世界与国际接轨了，还谈及什么地域性呢？我觉得不是这样。人们所以对鲁迅、老舍、赵树理、萧红等作家记忆深刻，除了他们作品塑造的人物外，其独特的地域文化是重要的支撑。在地域文化中，除了风土人情外，最突出的就是语言。在现当代文学中，有几个被公认的文学流派，如京味儿文学、海派文学、荷花淀派文学和山药蛋派文学等。我生在北京，自然对京味儿文学更感兴趣。京味儿，顾名思义，就是北京味儿，其代表作家是老舍先生，之后有邓友梅、刘绍棠、赵大年、陈建功、王朔、刘恒等人，包括后来的许桂林、袁一强、季恩寿、刘一达。最近十几年，我几乎很少看到京味儿文学了，原因很简单，老作家写不了了，年轻作家又跟不上。在 80 年代开始从事文学创作的作者中，有相当一批京味儿作者，本来写出的作品有点意思了，结果赶上市场经济大潮，纷纷下海经商，活活给耽误了。本来，在我们朝阳区文化馆培养的作者中，田韬和冯卫东是最有前途的，无奈，他们也由于家庭生活所累，对文学创作断断续续，以至到了七十岁上下，才显示出自己的才华。可惜，田韬在刚发表三四个地道京味儿的中篇小说后就仙逝了。冯卫东这部小说的语言，明显地借鉴了传统说书的语言，将市井与流行结合，十分接地气，让读者读起来宛如三伏天吃冰棍——太爽了。如书中所写：黄竹坡说，您是想使个缓兵之计，先把我稳住，然后想辙对付我，买人行凶，杀人灭口，或者想怎么掩盖，耍猫盖屎的鬼把戏，这点儿雕虫小技我还不明白。又如：贾梦楼说，怎么着，要用这个弩射我一家伙？要射你现在立马射。我前几年就活腻歪了，恨不得上吊、跳楼自杀。可有一样儿，想起房事，我又舍不得死了。我要被你射死，葛儿屁着凉了，我痛快了，嘎巴一下，翻白眼了。你后死，可就痛快不了啦。我今天来，就为你的房事，鸡蛋壳擦屁股——喊里喀嚓，来个痛快的。读着老冯淋漓尽致的京味儿小说，我想读者一定会像我一样为老冯叫绝的。

今年春节过后，冯卫东给我打电话，他说和老伴儿过几天当背包客，自费到越南、老挝、柬埔寨。我问，你们是随团去吗？老冯说，不用，就自己去。20天过后，老冯风尘仆仆回来了，到家里来看我，我上下打量他，根本看不出有多少疲倦，这让身体多病的我感到自愧不如。我说，你写一组游记给我吧。老冯说，等我把头绪整理好了就写。送老冯出门时，看着他的背影，我想到一句话：假如时光让我重来。

背影里的风骨

台湾作家柏杨先生人们大都熟悉，对他的作品和经历也大致知道一些，但要更细致深入地了解，恐怕就不那么简单了。这就如同我们说鲁迅，谈巴金，忆冰心。改革开放三十余年，特别是近十年，大陆和台湾互通后，文化的交流日趋频繁，我们在任何的场合、书店、影院都可以看到有关的电影、电视剧、书籍以及文艺家们的身影。

前几年，我随大陆新闻代表团到台湾有着十天的采访交流，亲眼目睹了台湾的社会景象，回来后写了一组文章。回想最近几年，我同台湾作家陈若曦、痖弦等人有过几次接触，特别是多年前读席慕蓉、张晓风、三毛、琼瑶等人的作品，使我对台湾文学情有独钟。我始终认为，台湾文学是对我国二三十年代文学最好的传承。他不同于大陆，由于战火和后来的政治运动，把二三十年代的文脉给断掉了。

大陆读者知道柏杨，基本是从那本《丑陋的中国人》开始。这本书在大陆曾经广受青睐，也备受争议，这在意识形态比较敏感、思想比较开放的 90 年代，是十分正常的事。长时间以来，我们太习惯做老大了，从不希望有任何人来批判自己。批判了自己，就仿佛你欺师灭祖不是中国人了。

我们看一个人说什么，写什么，要看他写作的时间和背景。曹雪芹、鲁迅写那种揭露与自省的小说，人们觉得很正常，同样，新中国成立之初，有相当一批作家、诗人写赞歌式的作品也无可非议。因此，我们在看柏杨先生的作品时，当我们了解了他的身世、成长经历、人生磨难后，对于他的棱角，对于他的犀利，也就释然了。

我很喜欢柏杨先生的公子郭本城将写父亲的传记取名《背影》。在中国当代读者中，对朱自清先生的散文名篇《背影》，人们的记忆是刻骨铭心的，道理很简单，当你看到朱自清的父亲，你不能不想到你的父亲，具有强烈的思想共鸣。我们说大爱无声，这往往指的不是母爱，更多的是父爱，是父子间的爱。前些年，有人把孔子雕成塑像，置于历史博物馆门前，我不知道别人看后的感受，反正我看后总觉得别扭，那形象真的不美，甚至有点丑陋，我心中的孔子不是那样。我把这看法说与朋友听，朋友说，要让你做你咋办？我说，要是我，我就塑造孔子的背影。像这种神一样的人物，往往越具象，越不是我们心中的样子。我相信，一百个人的心中，一定会有一百个孔子。

柏杨先生有五个子女，我肯定，父亲在他们心中是不尽相同的。在他们的心里，随着时间的流逝，父亲在他们眼前留下的终究是背影。不要以为这背影是模糊的，它恰恰是人与人之间最强烈的记忆，是最深刻的正像。我看着郭本城在书中对父亲用时间叙事体的记录，往事历历在目，不论是少小受继母欺凌，还是求学艰难，以及在台湾以莫须有罪名入狱，这似乎是各个鲜活的具象，可我在看时，却是泪眼模糊的。情感这东西就是这样怪，越是真实的，越是让你模糊，这或许就是艺术的不二法门。

近些年，我对柏杨先生的逐渐的认识和了解，来源于同作家周明老师的交流当中。周老师退休前任中国现代文学馆副馆长，他跟柏杨先生有着深厚的友谊。柏杨先生去世后，他曾写文章《隔海相望的友情》给《中国文化报》“美文”副刊。周明老师在文中说，1987 年他在台湾认识了柏杨先生的夫人张香华女士，得知柏杨先生一直有回大陆的愿望。1988 年，经过多方面的努力，柏杨先生终于回到他四十年来魂牵梦绕的家乡河南。2008 年，周明最后一次见柏杨先生，柏杨先生决定把他所有的文学资料都交给中国现代文学馆。消息在报纸刊载后，引起台湾各界的极大关注。

看着这本《背影》，我更多的是从晚辈对父辈的认知来加深理解。我们每个人都有父亲，不论父亲在与不在，他都会有个形象矗立在我们心头。我一边看郭本城先生写他的父亲柏杨，一边就联想到，如果让我写我父亲，我该会怎么写。我父亲已经去世六年多了，他在农村做了 38 年的村干部，他的一生也是轰轰烈烈的，在政治上积极主动，甚至很激情。改革开放的三十年，他也积极参与，在享受成果的同时，也被时代经济浪潮打击过。看完柏杨先生这一生的坎坷，很多地方我的心灵都受到强烈触动，有些地方我还不免落泪了。我以前写过一篇文章叫《什么样的人物可以进入历史》，就是关于传记文学的问题。我觉得进入历史，从人的平等性来说，人人都可以进入历史。但是作为传记文学作品，这个人可能就得具有一定的经典性、特殊性，让别人看了以后容易记住。比如朱德，他写他的母亲，人们就想看。如果是一个普通人写他的母亲，这就很难。我原来看柏杨先生的时候，更多的是从他思想的锋芒、棱角来关注的。看了这本书以后才知道，他为什么能写出那样的作品。一个作家、一个艺术家，他所干的事情与他所处的环境是分不开的。柏杨的历史，既是文学史，也是社会史，这跟大陆很多的作家很相似，譬如王蒙、张贤亮、从维熙、浩然。

我很赞成或者说佩服郭本城的创作态度，虽然传主是自己的父亲，可他在叙述着墨时其情感是非常理性的。他在总结父亲柏杨的一生时认为，历史可以原谅，但不能忘记。人不论遇到什么样的坎坷，一定要相信你不是世界上最苦的人，还有比你更苦的人。今天，当人们还在议论柏杨，也许他不是什么领域的权威，可他一定是以硬骨头的文人形象活在人们心中。

柏杨先生 1920 年出生于河南辉县，1949 年跟随国民党到了台湾，后以叛乱罪入狱流放到绿岛，2004 年得以平反。对于这次平反，柏杨先生是充满期待的。柏杨先生说，道歉是需要勇气的，反之，原谅是最大的勇敢。这一切，他都经历了。经历本身就是一种财富，所以，我视这本《背影》为励志书。

向一朵牵牛花致敬（代后记）

——作家红孩印象

陈志宏

每个人都喜爱自己的家乡。作为一个普通人，生活在南昌，我想是幸福的，因为这里山美水丰气清。同样，作为一个写作者，生活在南昌，也该是幸福的，因为这里有着深厚的文化积淀，尤其是这里有一座滕王阁。

或许因为《滕王阁序》誉满古今，吸引无数文人心之向往；或许因为南昌这座绿色崛起的中部城市，正以更加开放的胸怀接纳四海宾朋，于是有了两年一届的国际华人作家滕王阁笔会。这是文化南昌的大手笔，更是当代语境和国际化背景下的洪府盛会。

一

当南昌市作家协会的吴欢老师通知我做好准备参加中国（南昌）第三届国际华人作家滕王阁笔会的时候，我正在读新近出版的《报刊文摘》，于是放下报纸，认真听吴老师吩咐："你就负责陪同北京来的作家红孩。到时候，我们会给你一份有关他的个人简介。"放下电话，我就想，这是怎样的一种荣耀啊！不光能近距离地接触名家大腕，而且还是一个难得的学习机会。也许真是有缘，当拿起报纸再读，竟意外地读到了红孩老师的犀利杂文《当“鲁郭茅”遭遇“赵小宇”》，认真读了好几遍，感触极深。

红孩老师在文中开头写道：“大凡热爱文学的人，几乎都知道‘鲁郭茅巴老曹’指的是哪六位作家。不说他们在文学史上的成就顺序是否准确，但有一点毋庸置疑：即鲁迅、郭沫若、茅盾、巴金、老舍、曹禺等文学大师堪称中国现代文学的精英，乃至世界文学的精英是不成问题的。当然，现代文学大师还有冰心、夏衍、沈从文、郁达夫、艾青、朱自清等诸公，他们的名字与‘鲁郭茅’一样，组合在一起，便构成了20世纪中国文学的灿烂星空。”红孩老师认为，正是因为有了《故乡》《匆匆》《红岩》《暴风骤雨》《李自成》《背影》《小桔灯》和《大堰河，我的保姆》等优秀文学作品，才使得我们前行的道路有了不灭的灯盏，给了我们无穷的信念与理想，给人们带来精神的向往与寄托。

然而，当下有一种价值变化让红孩老师深感忧虑。他写道：“进入20世纪90年代后，随着文学整体向内转，消解政治、躲避崇高，渐渐成为一种时尚，现实主义作品几乎很难再成为报刊及出版社关注的主流对象。于是，开始有大批的人关心老百姓的俗常生活了。赵本山、郭德纲、周立波、小沈阳、李宇春就是这种背景下的产物。毫无疑问，这帮明星的出现，确实活跃了文艺舞台，满足了观众娱乐的基本需要，有些作品甚至还堪称一时的经典。问题是，如果电视屏幕总是滚动播出《不差钱》、老郭的光头相声、老周的脱口秀，是不是我们的欣赏水平也略显庸俗了些单调了些。或许，有人反对我，认为俗没什么不好，老百姓过的就应该是俗人的日子。对此，我实在不敢苟同。我总以为，一个国家、一个民族光靠几段相声、几个小品就能打发日子，这样的时代肯定是可怕的。”

是的，这样的时代让人担忧。红孩曾参加一个少儿文学的颁奖活动，当一位老作家动情地讲起“鲁郭茅巴老曹”时，听到一个中学生小声地问："他们是谁？"红孩哑然失笑，反问道："那你们知道'赵小宇'吗？"孩子们快速抢答道："赵本山、小沈阳、李宇春！"这件事，让红孩思考良久。是的，当今文化的粗鄙化带来的危害不仅在文化本身，还在于对国民精神的败坏上。人们的眼球关注品牌或明星在所难免，但不能只停留在这些表面的过眼云烟上，应该看到更深层的东西。不然，我们的眼里就不应该储存那么多的泪水。

读完这篇犀利的文艺时评，我就在设想，我将要见到的红孩老师，会是怎么样一个人呢？他应该是一个快言快语的北方大汉，有着疾恶如仇的刚烈性格，但似乎又兼具南方人性格中的细腻，在一个花苞中歌颂春天，在一片落叶里吟诵秋之美。

后来，我看到红孩老师在接受《南昌晚报》记者专访时说："我的文艺评论很猛，当属生猛海鲜型的，而我的散文则相对温柔。我喜欢站起来是山，躺下去是水的性格。"这应和了我对红孩老师最初的印象，有山的伟岸和坚毅，又有水的温柔和细腻。

二

在中国（南昌）第三届国际华人作家滕王阁笔会开幕式上，我手握红孩老师的介绍，向知情人士打听他的位置，没能找到机会聚谈，只是远远地打量他。下午，我们同车去进贤县参观，才有缘在一起，互换名片，交谈开来。

红孩，这位中国散文界年轻的风云人物，涉猎散文、小说、诗歌、报告文学和文学评论等诸多文学领域的著名作家、学者，显得那么谦和，没有一点大作家的大架子，仿佛就是十分亲和的一位大哥。和他在一起，当然要向他讨教散文创作的秘诀。他是散文名家，身兼中国散文学会常务副会长和《中国文化报》文学副刊主编等要职，而且，散文评论匠心独到。曾读过他的散文名篇《女人的荷》，以清丽的文笔，勾勒出当年清纯的恋情和月夜下清婉的荷，以及如荷般芬芳的三个女人。

红孩老师说，这篇散文是一次到南戴河参加散文笔会，归来后有感而发的。这是一篇他非常得意的散文。此作在他的博客上贴出后，很多读者认为这是一篇继朱自清先生之后写荷塘月色的又一名篇。有散文评论家认为，这篇散文不仅仅是他个人的重要收获（成名作或代表作），还有可能是新世纪十年来散文界的一大收获。有很多散文家，将之与朱自清先生的《荷塘月色》和《桨声灯影里的秦淮河》等名篇相提并论。对此，红孩老师笑言："从事多年散文写作和研究的我，当然明白，《女人的荷》这篇散文对我有着非同寻常的意义。但与大师的名篇相比，还是感到惶惶然。"

我问红孩老师："散文创作的精髓是什么呢？"他说："就拿《女人的荷》来说吧。创作这篇散文我的着力点并不在于写景，而是通过写景去写人，写人心灵深处的东西。当下的散文，大多是议论与叙事居多，缺乏写景与抒情，所以读起来便缺少意韵。没有了意韵，还会有美质的东西吗？我觉得，有时创新到一定程度反而离本质更远。而回到原点恰恰是最好的创新。换句话，坚守有时比创新更重要。这是我最近重读《朱自清散文选》所悟到的。"

三

红孩老师来过南昌，曾参加了第二届国际华人作家滕王阁笔会。谈及对南昌的印象，红孩老师眉宇间闪动着睿智的光泽。他觉得，南昌的人文环境特别好。就南昌而言，因为有了王勃的《滕王阁序》，从此谁敢小看南昌的文化底蕴！他说："我这人不喜欢山，我喜欢水。"看来南昌的水，给了他巨大的震撼。他说："南昌是一座湖泊城市。水资源丰富的地方就会充满灵气。"好山一定要有好水，有了好水才能泡好茶，才会有好的心情。为此，他找到了一个推介南昌的精准切入点——请你喝一杯南昌茶。他以此为题的散文名篇，无疑为人文南昌增添了一抹亮色。

南昌确实是迷人的地方。如果你只知道南昌是中国人民解放军的诞生地，那显然是远远不够的。在红孩老师眼里，江西人对外感觉性格是比较倔强的，但是置身于南昌，感觉又不完全这样。他说："南昌是座历史文化名城，生态环境保护做得特别好。南昌这边的山脉比较平缓，跟湖南、山西不一样，那边比较陡峭，感觉这边风土人情比较舒缓，让人舒服。"他称赞南昌是座比较适合宜居的城市，有风景名胜又有历史文明。

红孩老师印象中的南昌人，拥有包容自信的心态。他觉得南昌人的声音各个平和，温柔，不像北京人有天子脚下的牛气，上海人的贵族气，广东人的商业气息——"比起这几所大城市，南昌人或许比不得这三气，但南昌人拥有自己的文气与现代生态气息。不少南昌的人，提起星罗棋布的江湖水网，无不自豪地说，南昌是中国的威尼斯，是天然的水城，每条河流都是相通的。通则不痛，或许是由于水流的缘故，使得南昌人有别于广泛的江西人，尽管南昌是江西的省会。"

红孩老师印象中的南昌城，都是大手笔绘制。"过去的不说，譬如八一广场、八一大桥，就说新建的红谷滩秋水广场、赣江公园文化长廊、摩天轮夜景这一组相连的文化休闲设施，其壮美的程度真可以用美轮美奂来形容。特别是沿赣江大堤建造的多达几公里长的文化长廊，将历代与江西有关系的名人进行雕塑并配以书法镌刻的诗词碑林，真是震撼人心。我敢说，这样的奇思妙想，这样的规模宏大，这样的艺术品位，在全国绝无仅有。不久前，在北京798艺术园我同几个从事文化产业的朋友闲谈，他们提出要在不同的城市建立公共美术雕塑园。我当即说，近些年在全国很多城市都建有标志性的雕塑建筑，也有的建有雕塑群，但大都设计粗糙，缺少创意。如果真想做这事，不妨到南昌看看赣江公园的文化长廊，那些雕塑群很经典。我还幽默地告诉他们，我这不是在替南昌市政府推销政绩，人家也不需要推销。我相信南昌的老百姓都会认可这个真正的世纪工程。有机会我一定还去南昌，南昌真的很好啊！”

四

在当代中国散文界，红孩老师始终保持独立的声音，他传导的是一股强大的散文力量，谁也不能无视他的存在。有相当多的作家，认为红孩老师在新世纪十年中国散文的发展历程上，是贡献了自己独特智慧的具有领军性的人物。他的很多观点已经被公认并为同行所传播借鉴。譬如用最简单的两个字确立了散文“说我”与小说“我说”的理论界限定义。再如散文的真谛在于哲学——即从我走向我们。同时，始终坚持以“情”写文的传统标准。尤其以散文领袖般的公心胸怀一贯无私地推荐新人，以高度的责任心，百倍的干劲儿，引领全国散文工作者不断进行散文的探索与实践，并用散文《女人的荷》的实践典范着当代散文不倒的旗帜。

红孩老师从2003年起，一直在编选《我最喜爱的中国散文100篇》系列年选，这是一个浩大的工程，推介散文作品的同时，也在大力助推散文新人。2005年，他还主编了十卷本千人千篇散文大系《零距离——名家笔下的灵性文字》散文丛书，这是迄今为止中国最大的一套散文书系。我还注意到，在《2008年我最喜爱的中国散文100篇》序言中，他别出心裁提出了九个“散文的不担当”：一不担当说教，二不担当造假，三不担当论文，四不担当做导游，五不担当做史地考古老师，六不担当百科全书，七不担当升官梯子，八不担当长跑运动员，九不担当随笔、杂文。这些，无一不体现着红孩老师对散文的担当。

对时下散文看似繁花似锦的景象，红孩老师一直保持着清醒的头脑。他认为：

第一，当前散文创作虽然繁荣，但总体感觉比较芜杂。这其中的主要问题是，对散文的标准，即什么是散文？散文的标准是什么？什么是好的散文？一直没有弄清楚。这既是好事也是坏事。好就好在使散文写作更自由更宽泛，不好的一面是无章可循。当下，最需要警惕的是有很多非文学的东西进入散文，如文体不分、语言不分，使散文缺少了文学的意义。

第二，当前散文创作人心总体浮躁，追求散文自身质地的少，追求名誉地位的多。如前些年盛行的南有谁，北有谁，东有谁，西有谁，甚至让人尊自己为一代宗师等等。更有人，盲目追求评奖，也有人片面追求发表数量，不重质量。还有相当多的人喜欢模仿，如文化大散文，就有相当多的人模仿余秋雨，结果使文化散文越写越差，有的已经钻进文史堆里，背离散文创作的规律。

第三，通过上世纪二三十年代、五六十年代和90年代散文发展出现的高潮规律看，散文创作在新世纪十年和未来的十年或者二十年间，很难再出现大的高峰。未来的十年，是散文家徘徊思考的十年，也是平稳过渡的十年。因此，散文界应该冷静地思考一些问题：一、什么是散文，散文的标准到底是什么，散文创作是否有规律可言？二、散文要面对现实，回到生活本身，文化散文、思想型散文是否作为散文发展的主流？三、散文越写越长，叙述、说教越来越多，描写越来越少，是否意味着散文发展的倒退？

第四，注重散文单篇的创作，名家一定要有名篇。没有名篇的散文时代算不得散文的高峰，一个散文家的名篇也不能代表一个时代。不论报刊发表，还是各种散文评奖，一定要加大单篇的力度。

第五，文学要正本清源，散文更要正本清源。散文要回到文学性、艺术性上来，目前非文学的东西太多。像过去地域性强，语言讲究，有独特风格，文章短小精悍、生活气息浓郁的散文作家越来越少，说教的，演义历史的，语言混乱的作品充斥报刊，实在是对散文的极大破坏。

谈及文学的本质，红孩老师相信，文以载道，这话到什么时候都不过时。换句话说，我们的文学作品一定要有所担当。在这里，我觉得有必要对载道的“道”进行外延的扩大。过去，我们所谓的载道，主要强调的是道德，道义，而忽视道理，道路。何谓道？道就是用头指挥脚走路。而要想走得正确，就要有方向。方向分两个部分，一是指思想上的，另一是指事物发展的内在规律。长时期以来，我们的文学创作往往只重视思想性，而对规律性就有所不顾。结果，使我们的文学作品的水准大打折扣，甚至成为政治的附庸。反之，文学创作片面强调规律性——注意，我在这里反复用的是规律性，而不是艺术性！艺术性容易骗人，让人发蒙，很多人一碰到艺术性就有所担心，怕自己是外行。其实，我们有很多天天大喊大叫为艺术而艺术的人，他们恰恰不懂艺术，不尊重艺术。所以，我们在当下艺术价值判断混乱的时候，必须重新提出文化的担当，艺术的担当，文学的担当，散文的担当。

五

中国（南昌）第三届国际华人作家滕王阁笔会压轴大戏是主题为“环境与文学：森林城乡，花园南昌”的文学论坛。在这次论坛上，红孩老师深情缅怀一朵牵牛花。他小时候生活在北京郊区，到处都能看到牵牛花的身影，与之感情深厚。可是，北京以城市建设的名义，把牵牛花在内的所有本土草木全部搞掉，植上所谓的景观花草树木。他甚至阻拦正在铲除牵牛花的园林工人，可是，他们说，我不能听你的，听你的拿不到工资，给我发工资的人说，必须铲除这些杂花杂草。他不服，致电园林局，可他们说，没有办法，为了美观，只能这样。

仅仅为了美观，土生土长的牵牛花，就无情地死去，而那些所谓名贵花草，却在消耗原本十分珍贵的水资源。这是哪门子道理，哪门子事嘛！人、社会和自然，要和谐发展，应和谐共处。红孩老师认为，一个城市应该给本土的植物一个生存的机会，至少应该给他们与外来植物平等权利，共生共长，而不是一味地抑此扬彼。每一个人，都要向牵牛花致敬！因为，牵牛花是独一无二的，有个性的，给人的印象是最深刻的。

散文天然与自然联系在一起。人人都会写散文，而要把散文写好，却不容易。现在散文走入一个误区，就是少描写，重叙述。叙述只能是说事，而描写才会出人物。红孩老师说，当今文坛不缺作家缺人物，“那么多作家，得了那么多年的奖，但没有为中国的文艺画廊增加一个经典人物，我们读书的时候，鲁迅、老舍笔下那么多人物，现在我们谁的作品中出现过（经典）人物？没有，一个都没有。小说家没有贡献人物，散文家没有名篇，诗人没有名句名诗是遗憾的事。不能让人记住所创作的人物（名篇）的文学是很可怕的。”为此，他在很多文学奖评选时，放弃了投票的权利。这不是任何一个作家都能做到的。

向一朵牵牛花致敬！也即向那些为中国文学留下经典人物（名篇）的作家致敬！这是红孩老师的空谷蛩音。我想，不论在任何时代，思考者和实践者都是值得敬重的，而像红孩老师这样的思考和实践的散文先行者，尤其是。

一届笔会，让红孩老师记住南昌，并印象深刻。而从此，南昌更记住这个散文家，这个心中永远记惦牵牛花的北方汉子，永远叨念着人物的散文才子！